紅妝攻略

2

文創風 717

三石 著

目錄

第三十章

既然房山的地不能買了，她得為自己手裡的錢另謀出路。

一時間，沈君兮竟然覺得有些為難起來。

她上一世也是掌過家的人，看著大把的錢握在手裡，卻不能錢生錢，會有股罪惡感自心底油然而生。

買地、置商鋪、做生意、倒海貨、放印子錢……上一世全都折騰過，真要說來，放印子錢和倒海貨都是錢來得最快的方式，只是這兩樣的風險都太大，她現在又不像前世一樣急需用錢，根本沒有必要去冒這個險。

做生意和置商鋪，又需要信得過的人幫她打理，而她身邊除了幾個比自己大不了幾歲的丫鬟外，並沒有人可用。

買地，似乎成了她的不二選擇，所以大舅母隨口那麼一說時，她才上了心。

而現在，這條路也好似被堵死了。

見沈君兮的情緒低落下來，黎子誠便道：「不過，鄉君，這次去房山的途中，我路過大黑山，雖說那兒是以坡地和山林為主，若是種植得當，一年的收益下來，也不見得會比那良田差。」

大黑山？沈君兮猛然抬起頭。

她沒想到自端午節後，大黑山的名頭會以這樣的方式再次躍入她的腦中。

「怎麼說？」沈君兮願聞其詳。

「大家只道那坡地和山地不好，可若種上甜瓜、果樹，收成也不會差。我記得每年新果上市的時候，價錢可都不便宜。」黎子誠正色道：「京城裡的這些富貴人家，一年四季的瓜果都不曾斷過，其實很有銷路的。而且那邊的地比起房山也不算貴，差不多也是五、六兩銀子一畝，就算買上千畝，也不過才五、六千兩銀子的事。」

沈君兮一想，好像也是這個理。而且她還知道這京城周圍的地只有越來越貴的分，現在若能以這個價錢拿下大黑山的地，將來算是倒手賣，也是穩賺不賠的。

如此一番商議下來，沈君兮決定讓黎子誠再跑一趟大黑山，若真如他們所想的那樣，在那邊置個田莊也不錯。

只不過買地這事，自然不能一蹴而就，她將此事交給黎子誠後便丟開了。

六月初四是紀老夫人的壽誕，因為不是整生，紀老夫人只想請幾個世交老姊妹到家裡來坐坐，熱鬧熱鬧。

沈君兮瞧著離正日子還有幾天，先是將之前宮裡賞賜之物的清單過了一遍，發現多數都是珍珠、瑪瑙一類適合年輕小姑娘的珠寶首飾，她若再轉送給外祖母，有些不適合；於是她攛掇紀雯同她一道女扮男裝上街，一起挑選送給外祖母的壽禮。

因為有了之前男裝出行的經驗，沈君兮後來私下讓針線房的平姑姑為她做了兩套杭綢直裰，這會兒穿上新衣又梳了個男子髮髻的沈君兮，頓時覺得自己化身為翩翩公子，自有一股風流倜儻。

「這樣穿真的好嗎？」第一次換上男裝的紀雯卻還是有些猶豫，躲在沈君兮的屋裡，遲遲不肯出來。

「有什麼不好的？」沈君兮撩了布簾子，將紀雯從幔帳後面拖出來。今年已經十二的紀雯胸前已經開始發育，倒不似沈君兮那平平的身板，跟個男孩子無異。

沈君兮幫紀雯把衣服微微整了整，讓她的衣衫變得寬鬆點，不似先前那樣顯身材。

「哎呀，我還是不去了吧。」紀雯卻覺得哪兒都不對勁，手也不知道抬了，腳也不知道邁了。

沈君兮則是歪著頭，眨巴著眼睛，道：「雯姊姊，妳真不想同我一起去為外祖母挑生日賀禮嗎？妳要不去，那我一個人出門了，我還約了福寧呢。」

紀雯一聽，也有些心急。平日除了去學堂，她少有機會出門，這次還是沈君兮借著周福寧的名頭才能出一次門，她當然不想放棄機會。

「那怎麼行！」紀雯卻義正辭嚴地道：「我怎能放心妳一個人出門？不管怎麼說，我總是要在妳身邊護著妳的。」

見著紀雯那一臉的大義凜然，沈君兮在心裡直偷笑。

「那我們快走吧！」沈君兮瞟了眼屋裡的自鳴鐘。「這都快未正了，福寧肯定等得心急了。」

紀雯無法，在沈君兮的催促下，拽著身上的直裰，上了候在二門外的馬車。

沈君兮同周福寧約在春明坊的長慶樓。

春明坊的長慶樓算是京城一家老字號的銀樓，因為他家的手工師傅通著宮裡的人，因此長慶樓的首飾向來都是整個京城花色、式樣最新的。

也正因為如此，成了京城貴婦們首選的店家。

只是讓沈君兮沒想到的是，生怕遲到的她，竟然比周福寧還要先到。

每年一到五月，京城那些大戶人家的夫人和太太們，因為怕熱，不怎麼愛出門，如果想要打什麼首飾，也是叫銀樓裡的管事們帶著最新款式和花樣子上門訂做。

若說上半晌還有些上門生意，到了天氣更炎熱的下半晌，店裡顯得更冷清了。

長慶樓的楊二掌櫃站在櫃檯裡，手支著下巴，懶洋洋地打了哈欠，卻瞥見店裡進來兩個未及弱冠的小子。

因為長年在店裡迎來送往，楊二掌櫃自詡練了一副火眼金睛，只需瞧上一眼便能知道對方會不會買首飾，又會買什麼檔次的首飾。

他一眼認出這二人身上的暗紋直裰，是今年杭州府新出的杭綢，也料定這二人不是一般人家的孩子；但二人的腰間卻空蕩蕩，空無一物，不似其他世家子弟總要在腰間垂掛一、兩件玉珮彰顯身分，想必不是什麼貴胄之後。

而且二人單獨來店，身邊又沒有女性長輩跟著，肯定是瞞著家人偷偷跑出來的。

楊二掌櫃立即判斷，這兩人肯定是想到店裡買點什麼，至於買什麼，肯定不是什麼太貴重的東西。

雖然這長慶樓是開門做生意的，可平日接待的達官貴人多了，自然而然將來客在心裡分了個三六九等；再加之楊二掌櫃喜歡以貌取人，多少生出些輕慢之心。

他懶洋洋地衝著店裡的學徒使了個眼色，繼續站在那裡發呆，一點都沒有要親自待客的意思。

那學徒倒是個機靈的，一見這狀況，笑臉相迎地湊上前來，微躬著身子問道：「兩位小爺需要買些什麼？本店剛新到了一批玉珮和扇墜，兩位小爺要不要挑選一番？」

自從進到店起，沈君兮便留心到那掌櫃有些輕蔑的神情，在心裡冷哼一聲。

雖然這一世是第一次來長慶樓，可上一世身為延平侯夫人的她可沒少光顧這裡。只是上一世她聽聞，長慶樓的二掌櫃素來與大掌櫃不和，認為東家特意打壓他，後來還大張旗鼓地帶著銀樓裡的手藝師傅，投奔另一家新起的銀樓，當時可是鬧得人盡皆知。

紀雯見沈君兮沒有與那小學徒搭腔，同學徒笑道：「家中有長輩慶生，我們想挑兩件稱心的首飾，表表心意。」

「那小爺來我們店就對了！」那學徒笑道：「最近我們店的師傅們剛打製出一批花開富貴的頭面，小爺們要不要先過過眼？」

紀雯笑著點頭，那學徒猶如腳底抹油似地跑了起來。

不一會兒工夫，他便取來一套金頭面和一套銀頭面。

兩套頭面都是取自牡丹花形，挑心、頂簪、分心、掩鬢和釵簪一應俱全，而且做工都還算考究，只是金頭面上鑲的是貓眼石，而銀頭面上鑲的卻是五色碧璽石。這樣一來，整套頭面看上去美是美矣，卻讓人覺得格局有點小，像是那種中小戶人家的太太們才會佩戴的首飾。

沈君兮掃了一眼，便道：「都說這長慶樓是京城裡最好的銀樓，怎麼只有這些？」

那學徒聞言，看了櫃檯裡的楊二掌櫃一眼。以他在店裡的級別，只能拿到這種等級的首飾，再往上，得二掌櫃的親自出馬了。

豈料楊二掌櫃好似根本沒聽見一樣，將頭扭向另一邊，絲毫沒有要親自來接待的意思。泥菩薩還有三分土性，她上門來做生意的，竟然被人如此輕慢，沈君兮的心裡多少有些不爽快。

她掃了一眼店面，同紀雯奚落地笑道：「不是說這裡是京城第一的銀樓嗎？我看也不過爾爾，先不說沒什麼好東西，連個雅間都沒有，鄉下地方的銀樓都沒有這樣的規矩。」

之前佯裝看街上風景的楊二掌櫃這才回過頭來，看著「大放厥詞」的沈君兮，心裡來了神氣。喲呵，來了個找碴的！不過是兩個小毛孩子，竟然敢跑到他們這長慶樓來裝大爺！自己要是不好好教訓他們，他們還以為長慶樓是吃素的。

「嘿，小子！我看你是癩蝦蟆打哈欠，好大的口氣呀！」楊二掌櫃從半人高的櫃檯後走出來，趾高氣揚地站到沈君兮跟前。「我們長慶樓能把生意做到今天，你這樣的小混混爺可是見多了。雅間，咱樓上有的是，只要你出得起價錢，我可以給你開最好的那間。」

紀雯沒想到沈君兮兩、三句話便和這裡的掌櫃槓起來。她以前也隨同母親來過這兒，自然知道長慶樓的雅間要收錢的規矩，只是這裡的雅間收的價錢都不便宜，動輒幾十兩，連母親都說，與其把錢砸在雅間上，還不如花在首飾上來得實在。

現在看沈君兮的樣子，顯然不知道這裡的規矩，所以才會同掌櫃的爭執起來。

因此，她暗地扯了扯沈君兮的衣裳，示意她不要太意氣用事。

豈料沈君兮全然沒有理會，而是對那掌櫃哂笑道：「那請掌櫃的帶路吧，也好讓我見識長慶樓的氣派。」

本來這話也沒什麼不妥的地方，只是她現在還只是個七歲的小兒，語氣不免帶著一絲稚氣，在楊二掌櫃聽來，好似黃口小爺充大爺，怎麼看怎麼好笑。

「去去去，誰家的孩子在這兒拿爺開心呢！你說開？樓上的雅間，五十兩銀子一間，我要是給你開了，我找誰要錢去？」楊二掌櫃一臉傲氣地道。

「哈，笑話，小爺像是沒錢的人嗎？」說這話時，沈君兮從袖子裡摸出一把摺扇來，「啪」的一聲在楊二掌櫃面前打開，悠悠道：「區區幾十兩銀子，小爺還不放在眼裡！」

說著，她給跟在身邊的珊瑚使了個眼色，大搖大擺地上了樓。

一身小廝打扮的珊瑚從衣袖裡抽出五張十兩的銀票，拍在一旁的八仙桌上，衝著楊二掌櫃冷笑道：「瞧見對面的那輛車了嗎？你可認得是誰府上的？」

楊二掌櫃聞言往店外看去。因為天熱，街上的車馬不多，他一眼瞧見了街對面停著的青帷馬車上烙著秦國公府的印記。

楊二掌櫃頭上的汗一下子落下來了。

他這才想起，剛才那小公子手中拿著的好似是一把象牙骨摺扇……

在珠寶這一行浸淫這麼多年，什麼樣的象牙沒見過？可剛才那小公子手裡摺扇上的象牙，不管是色澤還是潤澤度，都堪稱上品。更難得的是，一整把扇子都是用這種上品象牙製成，分明是一把御造之物！普通人家，又怎會有這樣的手筆？

一想到這兒，楊二掌櫃猛地意識到自己惹到貴人了。

「真是打鷹的被鷹啄了眼！」他狠狠地給自己一耳摑子，然後指使身邊的學徒道：「還不趕緊跟上去伺候好小爺！我得親自去庫房裡拿最好的那批貨，給客官挑選。」

那學徒一見，趕緊快速跑上樓，幫沈君兮打開長慶樓臨街的一間雅間。

衝著楊二掌櫃搧自己耳光的那股狠勁，這學徒便知眼前的兩位小爺是萬萬不能得罪的，於是也熱情地笑道：「小爺們要用什麼茶？」

「胎菊吧。」沈君兮打量屋子，走到窗邊推開窗往外看去，正好能瞧見整條街的街景。

「我在此處等人，若是等下還有和我差不多年紀的公子過來，直接讓他上來便是。」

那學徒連連稱是，給沈君兮她們泡了一壺上等的胎菊茶後，恭恭敬敬地掩門離去。

見學徒一離開，紀雯湊到沈君兮的跟前道：「妳瘋了！那可是五十兩銀子呀！妳竟然眼睛都不眨一下地丟出去。」

「有什麼關係，這本是該花的。」沈君兮卻笑道：「難不成妳還真想坐在下面，在大庭廣眾下為外祖母挑選賀禮嗎？」

紀雯覺得沈君兮說得也在理。她們二人雖然都做了小子打扮，但過於拋頭露面還是不好。

「可這銀子也不能全教妳一個人給了。」說著，紀雯從自己的衣袖裡掏出幾張銀票，塞到沈君兮的手中。「多了我也沒有了。」

沈君兮看著手中那幾張疊了又疊的銀票，知道這肯定是紀雯私藏的，若不是自己叫她出來給外祖母挑生日禮物，想必也不會將這些銀票拿出來。

她笑著搖頭不收。「今天本是我將妳叫出來的，又豈能讓表姊破費？而且妳現在將銀票都給我，等下若是遇到心儀的東西，是買還是不買呢？」

聽沈君兮這麼一說，紀雯也覺得說得有道理。

「那好，算我欠妳的，回頭我再拿錢補給妳，反正這錢不能教妳一個人出了。」紀雯依然堅持。

沈君兮無心與她在此事上爭執，也笑著稱好。

沒多久工夫，楊二掌櫃也親自帶著人，滿臉是笑地推門而入。「剛才真是有眼不識泰山，得罪了兩位小爺，該罰該罰！」

說著，他又當著沈君兮的面狠狠抽了自己兩耳光。那清脆的「啪啪」聲，聽得紀雯都有些不忍地皺眉。

像楊二掌櫃這樣喜歡捧高踩低的人，沈君兮並不是第一次見到，也沒有心情同這種人多計較。她示意楊二掌櫃將帶上來的首飾擱在桌上，然後同紀雯一起坐下，細細地挑選著。

這一次，楊二掌櫃拿上來的東西比之前的更顯精巧和富貴。

「知道之前的拙物入了不了二位的眼，這些都是本店的上品之作。」楊二掌櫃覥著臉笑道：「您瞧這件赤金填青石壽字簪，上面的青石可是我們店裡的師傅一顆一顆地填進去，然後再逐一打磨的。這樣的一根簪子，得耗費師傅差不多大半個月工夫。」

第三十一章

他見沈君兮沒有搭話，又拿起一柄白玉鑲福壽吉慶如意。

「這玉如意也是贈予長輩的佳品。您瞧這玉色，不是我吹牛，市面上有我這光澤度的，沒有我這成色；有我這成色的，沒有我這潤度……」

沈君兮掃了那玉如意一眼，並未作聲。

珊瑚也在一旁道：「先放一邊吧，我們慢慢看。」

吃了癟的楊二掌櫃聽了神情有些訕訕的。

上長慶樓來買東西的主顧向來看在東家的面子上，會給他幾分薄面，像這樣愛理不理的確實少見。但一想到自己剛才的倨傲，人家不理會自己也正常。

他也收了手，默默候在一旁，以備「不時之需」。

可他在一旁瞧著，這兩位小爺中，年長的那位看什麼都覺得好，拿起這樣又瞧著那樣，好似一時不知如何抉擇。年幼的那位反倒不輕易伸手，但拿取的每一樣卻都是上品，明顯比年長的那位更懂行。

楊二掌櫃在心裡暗捏了一把汗。

他剛才瞧著這二人的作派，還道他們和平日那些紈袴一樣好糊弄，因此故意在這幾盤首飾裡摻了幾件做工精巧，卻不怎麼值錢的東西；不料那位小爺卻完全不上鉤的樣子，對他放在裡面的幾件東西更是不聞不問。

因為還要等周福寧，閒著也是閒著，沈君兮並不急著決定，反倒顯得悠閒自在得很。

這時，樓下卻突然傳來一陣喧鬧，好似有豬玀闖進店面般，聽得動靜的楊二掌櫃在她們二人面前告退，慌忙下樓。

不料楊二掌櫃下去後，樓下的動靜非但沒有小，反倒吵得更厲害起來。

沈君兮坐在雅間裡還能聽到樓下有人在叫囂。「……我管他是誰，爺現在要用那一間！把人轟走也好，換走也好，那都是你的事……」

緊接著，兩聲清脆的甩耳光聲後，傳來了楊二掌櫃有些模糊不清的求饒聲。

紀雯的心提到嗓子眼，不禁抓住沈君兮的手。

沈君兮給珊瑚使了個眼神，示意她出去看看究竟發生什麼事？

讓所有人沒想到的是，珊瑚剛剛離開一會兒，樓下便傳來她的驚叫。心感不妙的沈君兮立即衝出去。

隔著二樓的欄杆，只見樓下有人正拽著珊瑚的手腕，任憑珊瑚如何拉扯，對方怎麼也不肯鬆手。

「真沒想到在此處能見到長得這麼俊俏的小哥兒！」抓著珊瑚的那人言語輕佻，一身的酒氣連站在二樓的沈君兮都能聞到。「你是哪家的隨從？跟了小爺可好？保證你以後都不用再做那些伺候人的活兒。」

珊瑚見這人眼睛紅紅的，渾身的酒氣更是醺得她想吐。她強忍著不適，努力抽回自己的手，並極力抵抗。「公子請自重！」

「自重？我這會兒可是覺得輕飄飄的，重不起來啊！」不料那人反倒把臉欺近珊瑚，一臉猥瑣地道。

這人的話音剛落，惹得那些與他同來的公子哥兒們一陣狂笑。

珊瑚憋紅著臉，向一旁站著的楊二掌櫃投去求助的目光。

豈料楊二掌櫃卻裝傻充愣地站在一旁。

他覺得自己今天簡直倒楣透頂了，先是搧了自己幾個耳光，後來又結實地挨了這些人幾巴掌，真是打得他後槽牙都好像鬆了。

想著剛才在雅間裡，這小子讓自己吃癟，一向沒什麼氣量的楊二掌櫃此時更是樂意在一旁袖手旁觀。

「這是怎麼回事？」跟在沈君兮身後出來的紀雯被眼前的情景嚇呆了。「我們這是遇到惡霸了嗎？靳護衛他們在哪兒？」

沈君兮卻微微搖頭。

想著自己和周福寧在長慶樓裡待的時間比較長，因此她讓靳護衛帶著人在附近的茶館裡等著，此刻若無人去給他們通風報信，恐怕他們也想不到自己和紀雯竟然會在銀樓裡遇著壞人。

「得想辦法給靳護衛捎個信過去。」沈君兮皺著眉頭打量堵在門口的那幾個人。「只是現在這個樣子，我們就算有人，恐怕也難出去。」

「要不要讓我從後門繞出去試試？」紀雯身邊的貼身丫鬟紫夏提議道：「之前我同二夫人一起來過，知道該怎麼走。」

沈君兮看了眼和珊瑚一樣做男裝打扮的紫夏，叮囑道：「那妳可得小心。」

紫夏慎重地點點頭，趁大家不注意的時候，從走廊另一側的樓梯下樓，自後院摸了出去。

既然有人去搬救兵了，沈君兮心下稍定幾分。現在要做的是儘量拖延時間，然後等著護衛到來。

珊瑚依舊同那些人拉扯著，在這拉扯之間，她之前束著的髮髻不知為何被打散，一頭秀髮垂落下來。

人群中有人興奮地喊著。「我說怎麼這麼扭捏，原來是個娘兒們！」

「是個娘兒們好啊，正好可以帶回去爽爽。」在那些人不堪入耳的淫笑聲中，更有人厚顏無恥地叫道。

珊瑚雖然是沈君兮身邊的大丫鬟，可畢竟也只是個十六歲的少女，幾時見過這樣的陣仗？急得她瞬間哭起來，而且還在心裡暗暗發誓，這些人如果敢對自己怎麼樣的話，她咬舌自盡。

見珊瑚在下面被人如此嬉笑，沈君兮卻不能忍了。

珊瑚是她的人，而且還是她帶出來的，如果她不能護珊瑚周全，以後還怎麼當人家的主子？

幾乎沒有什麼猶豫，沈君兮一個箭步衝下樓去，對著那醉漢的手一口咬下去。

因為擔心自己的力道小，對方不鬆手，沈君兮這一口不但咬得特別深，而且遲遲不肯鬆口，直到她的嘴裡嚐到血腥味。

那醉漢一吃痛，自然鬆了拽著的珊瑚，將手大力一甩。

絲毫沒有防備的沈君兮這樣被他甩落，咚地砸到一旁的高腳花架。

珊瑚來不及照看自己，跑到沈君兮的身邊將她半扶起來。「姑娘，您沒事吧？」

一陣眼冒金星後，沈君兮才感覺自己找到了北，抓著珊瑚的手，很艱難地道：「我還好。妳呢？」

「我也沒事。」珊瑚的語氣有些哽咽。

她真沒想到姑娘會在這個時候奮不顧身地下樓來救自己。

「你們沒事？大爺我可是有事！」那醉漢卻怒目圓睜地瞪著沈君兮，手臂上被咬的地方還在汩汩地冒著血。「小子，你是活得不耐煩了吧，竟然敢咬本公子！你們知不知道本公子是什麼人？」

「我管你是什麼人！」沈君兮也不畏懼地瞪回去。「我只知道這是天子腳下，你們這些人竟然敢在這裡為虎作倀，眼裡到底還有沒有王法？」

「王法？」那醉漢聽了這兩個字，好像聽了個天大的笑話，竟然笑起來。同來的那些人見這醉漢開懷大笑，也附和似地假笑起來。

「小子，你還不認得你十三爺吧！」那醉漢一臉凶神惡煞地道：「在京城這地界，爺是王法！」

十三爺？什麼人？縱是前世在京城生活了八年，她可從未聽過這樣的名號。

沈君兮也在心裡快速判斷。這位自稱十三爺的醉漢，肯定沒有他自己說的那麼厲害，以至於等到上一世她入京時，他已經銷聲匿跡了。

既然不是什麼真的厲害人物，她心裡更加不怕了。

她扶著珊瑚站起來，衝著那醉漢訕笑道：「天子腳下，敢自稱王法？你倒是說說看，你是哪個王的法？」

那醉漢顯然被沈君兮的三言兩語給激怒了。

「嘿，小小年紀，倒是牙尖嘴利的！」那醉漢甩了甩還在冒血的手，衝著身後那群人道：「來人啊，把這小子給大爺我狠揍一頓，大爺我有賞！」

聽得這醉漢如此一喊，他身後的那群人蠢蠢欲動起來。

珊瑚一見，立即把沈君兮護在身後，大聲喊道：「你們反了，我們可是秦國公府的人！」

「哈哈，秦國公府？」那醉漢顯然沒被秦國公府的名頭嚇到，反倒笑道：「你們只管給我打，有什麼事，晉王府給你們擔著！」

晉王？是昭德帝同父異母的兄長！

上一世，晉王在京城是出了名的荒淫無度，家中更是酒池肉林，姬妾成群。可因為當年昭德帝爭奪皇位時，他是第一個站出來支持的人，因此昭德帝對他格外寬容，對他所做的事更是睜一隻眼、閉一隻眼，於是誰也不能奈他何。

現在這些人打出了晉王的名頭，難怪敢如此囂張！

瞧著這些人步步逼近，珊瑚更是將沈君兮抱在懷裡，步步後退，不一會兒便被他們逼到牆角，再也沒有躲閃的餘地。

這樣的窘境，莫名地讓沈君兮想起上一世逃難的途中，在一間破廟被一群災民圍攻的事。

為了爭奪食物，那群人比現在這些人更是凶神惡煞。

可那時的她為了護住懷裡那半個冷饅頭，也是抱了必死的決心，抄起地上的一根門閂，不管不顧地一頓亂砸。那些來搶食的覺得為了半個饅頭搭上一條命不值當，也各自散去了。

自那之後，她便明白，只有比那些不怕死的更不怕死，才會有活的生機，這也是她後來能熬過那場災荒的原因。

想起前世的種種，被逼到牆角的沈君兮乾脆抄起擺在牆角高腳凳上的一盆茶梅，砸了出去。

只聽得「哐噹」一聲，紫砂的花盆便在離沈君兮最近的那人頭上開花。

一瞬間，泥土混合著瓦片四濺，那人頭上也被砸得鮮血直冒。

他摸了一下自己的頭，看著滿手的鮮血，頓時嚇得兩眼一翻，暈了過去。

這些人只是那醉漢平日糾集在一起吃喝玩樂的紈袴，並非外面那些靠這一行吃飯的打手，見同伴竟然被砸得滿頭是血地倒下，有人慌了神，甚至嚇得腿發軟。更有人跳出長慶樓，在街上不管不顧地大叫：「出人命了！砸死人了！」

被這人一嚷嚷，長慶樓外頓時圍滿了看熱鬧的人。

剛才還想躲在一旁看戲的楊二掌櫃，頓時悔得腸子都青了。這店鋪裡真要被打死了人，以後誰還敢光顧呀！

他真沒想到那小孩看似瘦瘦小小的，怎麼一出手透著一股狠勁呢？

珊瑚也被眼前的景象嚇呆了，而樓上的紀雯看著這一切更不知如何是好？想下去幫沈君兮，又害怕自己下樓反倒拖累她。

這一屋子人，最鎮定的反而是出手的沈君兮。

她看了眼倒在地上的那人，見他的胸口還有起伏，冷哼道：「瞎喊什麼？人還有氣呢！」又抄起牆角的那張紅漆高腳凳，神情狠戾地走到暈倒的人身旁，並且踩著那人的肩膀，道：「你們要是不退開，我現在把人砸死給你們看！」

言畢，她高高地舉起那張紅漆高腳凳，好似隨時都會砸下來一樣。

地上那人原本已經悠悠轉醒，見一人舉著高腳凳踩在自己頭上，又再次被嚇暈過去。

楊二掌櫃更是顫巍巍地站在一旁勸著。「有話好好說！」

沈君兮卻啐了楊二掌櫃一口。「剛才你怎麼不叫他們有話好好說？這會兒卻想出來裝好人？你想賣人情給晉王府，也不看人家願不願意收！」

被她一句話戳中心事的楊二掌櫃老臉一紅，遂躲到一邊不敢吭聲。

那醉漢平日好勇鬥狠慣了，幾時見過像沈君兮這樣真的比狠的？可面子上又覺得過不去，不肯輕易讓步，於是瞪著眼睛瞧著沈君兮道：「有種你砸下去啊！你不敢砸！」

沈君兮的嘴角卻浮起一絲冷笑，手中的紅漆高腳凳更是毫無預兆地朝地上那人的手臂砸去。

「啊！」

高腳凳的破擊聲、地上那人痛苦的叫喊、圍觀人群的嘆息，全都混雜在一起。

再看沈君兮手裡的紅漆高腳凳已經砸破，露出裡面未曾上漆的木頭。地上那人則是抱著自己被打斷的手臂，在地上痛苦地呻吟，圍觀的人群更是一臉驚恐。

誰都沒想到一個看上去才六、七歲的孩子，竟然會有如此驚人的臂力。

剛才這一擊，也讓那醉漢的酒醒了一半。他摸著頭上突然冒出來的汗珠，有種下不了臺的尷尬。

「你說我到底敢不敢？」沈君兮惡狠狠地笑著，臉上出現了與年齡極不相稱的陰狠。

「還不帶著你的人快滾！」

那醉漢豈敢再停留，只是臨走的時候還不忘對沈君兮放狠話。「小子，你等著，我不會放過你的！」

然後他在走出長慶樓的大門時，腳步差點被門檻絆倒，絲毫不記得地上還躺著一個人。

沈君兮蹲下來，看著地上那人，道：「你們的人都走了，你是想繼續躺在這裡呢，還是跟他們一起走？」

那人一聽，哪裡還管得了那麼多，爬起身來準備追出去。

「等一下！」沈君兮卻叫住他。

那人剛被沈君兮打怕了，絲毫不敢在沈君兮跟前亂動彈。

沈君兮從珊瑚那兒拿了兩張銀票，塞到那人手中。「這是給你的湯藥費，找個好點的大夫把手接上。傷筋動骨一百天，好好養著，別再同他們混作一處了。」

那人神情一滯，衝著沈君兮微微點頭，這才跑出店去。

店外的人一見沒有熱鬧可瞧了，也漸漸散去。

珊瑚這才小心翼翼地道：「他們真的都散了嗎？不會是回去搬救兵了吧？」

而說起救兵，從樓上下來的紀雯忍不住朝門外張望。「紫夏不是去找靳護衛了嗎，怎麼這麼久了還沒見著人？」

楊二掌櫃更是從櫃檯後探出頭來，衝著沈君兮伸出大拇指。「豪傑，真豪傑！」

沈君兮卻懶得理他，正準備讓珊瑚出去看看時，卻聽見有人鼓掌的聲音。

「哇，厲害，太厲害了！」同樣是一身男裝的周福寧不知從哪裡鑽出來，一臉興奮，而她的身後竟然還跟著趙卓。

他怎麼也會跟著一起來？沈君兮有些不解，但當著七皇子的面，她也不好多問。

「好端端的，妳怎麼惹到了晉王府的魏十三？」剛才在門外看了全程的趙卓看著她問道。

第三十二章

他和周福寧趕來的時候，正遇著沈君兮拿花盆砸人。

趙卓沒想到她竟然有如此神勇的一面，不像那些養在深閨裡的女孩子，遇到蟲子都要驚叫不已。

當周福寧想要往店裡衝時，他一把拉住周福寧，因為他想看一看，在如此孤立無援的時候，沈君兮究竟會怎麼辦？

她果然沒讓自己失望。

憑著那一股自內而外的狠勁，竟然將魏十三那個混混給嚇跑了。原本還想出面幫她一把的自己，徹徹底底地淪為了看客。

「那人叫魏十三嗎？」沈君兮想著那醉漢自稱十三爺。「我也不知道怎麼回事，我在樓上坐得好好的，聽到樓下有人吵鬧，我讓珊瑚出來看上一眼，結果她莫名地被那魏十三給捉住了。」

幾人正站在那兒說話，靳護衛則帶著人從外面火燒屁股似地趕過來。一見自家小姐都無大礙，這才吁了一口氣。

「剛在茶樓聽人說長慶樓這邊有人打鬥，哥兒幾個便往這邊趕。」為首的靳護衛也一臉自責地道：「兩位姑娘沒事吧？」

沈君兮卻知道今日之事，罪責不在靳護衛。原本想著自己和紀雯都是一身男裝打扮，又在銀樓裡，也不會出什麼事，才特意將他們安排在茶樓休息。誰知道，偏偏事情這麼巧。

「我們沒事。」沈君兮笑著寬慰他道：「倒是紫夏剛才去尋你們了，你們沒瞧見她嗎？」

靳護衛滿臉驚訝。「沒有啊！我們是聽了在茶館裡喝茶的人說起，才知道這邊出了事，並沒有瞧見紫夏姑娘。」

沈君兮同紀雯對看一眼。那紫夏去哪兒了？

「靳護衛，麻煩你趕緊帶著人，圍著長慶樓房前屋後地找一找！」沈君兮有些著急道：「這兒有七皇子坐鎮，你不用擔心我們。」

如果將紫夏弄丟了，她們回去一樣不好交差。

那靳護衛也知道事情的嚴重性，因此衝著趙卓拱拱手，算是有所託付。趙卓也面不改色地點點頭。

瞧見店裡一下子又多了這麼多人，楊二掌櫃滿臉堆笑地從櫃檯後走出來。

趙卓一見他，卻很是膩歪。

剛才楊二掌櫃在店裡的表現，他可是都看在眼裡的。他平素不喜歡這種遇事當縮頭烏龜，事後卻又出來邀功領賞的人。

不待楊二掌櫃說話，趙卓看著沈君兮道：「妳在這家店裡挑選了什麼嗎？」

「還沒有。」雖然不明白他為何這麼一問，沈君兮還是照實說道。

「既然這樣，我們再換一家好了。」趙卓老神在在的。「聽說街角開了家榮升記，口碑不錯，不如我們去那兒看看。」

楊二掌櫃一聽，慌了。這不是煮熟的鴨子飛了嗎？而且一看幾位小爺的打扮，肯定是出手闊綽的人，自己不把他們留下來才叫虧大了。

「別呀！」楊二掌櫃湊上前來道：「幾位爺還是先看看咱們店裡的東西再決定吧！榮升記的東西怎能跟我們比？我們這兒的南珠可是有半個雞蛋那麼大，他們榮升記有嗎？」

「半個雞蛋大的南珠？你剛才怎麼沒拿給我瞧？」聽了這話，沈君兮有些不高興了。「敢情一開始你覺得我買不起，才懶得拿出來吧？」

「不……不是……」瞧見自己被人抓住了把柄，楊二掌櫃連忙辯解。「咱話不能這麼說……」

然而沈君兮完全沒有再同這人說話的興趣，跟在趙卓的身後要出店。

楊二掌櫃小跑兩步上前，擋住眾人的去路。

「這打開門做生意，買賣不成仁義在，我也不好多說什麼，可是這位小爺砸爛了本店的花盆子和高腳凳，卻總要賠償一二的吧？」楊二掌櫃攤開手，眼神掃了掃地上那堆碎片。

趙卓神色倨傲地看了眼，很淡然地道：「將帳單送到晉王府。」

「你說送就送？晉王府的人知道你是誰嗎？」楊二掌櫃回了一句，不料卻收到趙卓一記凌厲的眼神，嚇得又是一陣哆嗦。

趙卓沒有與他多理論，帶著沈君兮她們離開了。

跟在趙卓身邊的侍衛席楓特意落後半步，同楊二掌櫃道：「我們家爺讓你送你就送，嘰嘰歪歪的說那麼多做什麼？」

楊二掌櫃感到一股習武之人的壓迫，但還是瑟瑟地道：「我這麼尋上門去，晉王府的人不一定會收呀！」

「他魏十三整日打著晉王府的名號在外面招搖撞騙，這闖了禍讓他們晉王府背鍋又怎麼了？」席楓卻冷笑道：「不教訓教訓他們，還真以為這天下路任憑他們晉王府的人橫著走。」

楊二掌櫃合了合嘴，正想說些什麼的時候，卻瞥見這人藏在腰間的一枚描金腰牌。

縱是他再沒見過世面，也知道那是大內侍衛的腰牌。那這人……還有剛才那群人……

楊二掌櫃再次驚出了一身冷汗。

沈君兮跟在趙卓的身後進了榮升記的店，這邊的掌櫃和小二明顯比長慶樓的要熱情許多。

聽聞沈君兮要給家裡的長輩選壽禮時，店裡的李掌櫃悉心問道：「不知公子家裡的這位長輩平日禮不禮佛？」

坐在榮升記後宅的庭院中，聽著耳畔的蟲鳴鳥叫和潺潺流水聲，再看著滿眼的花紅柳綠，沈君兮感覺自己到了世外桃源一般。

為何上一世，她都不知道京城裡竟然有這麼雅致的地方？

「自然是禮佛的。」她飲了口帶著淡淡花草香的茶，笑道。

「那是最好不過了。」李掌櫃的聽了也一笑。「本店正好有幾串師傅們手工打磨出來的佛珠，不知能不能入幾位的眼？」

說著，他讓人將那幾串手工佛珠取過來。

那幾串佛珠材質各有不同，有白的和闐玉、綠的翡翠石、粉的瑪瑙、黃的黃玉、紅的碧璽……而沈君兮的眼神卻被一串一百零八子、紅潤明亮且顆粒好似小核桃的佛珠吸引。

這串佛珠和其他那些佛珠放在一起，雖顯得其貌不揚，卻又引人注目。

她情不自禁地將那串佛珠拿起來，揣在手心裡細細地端詳著，並用指尖摩挲著那凹凸不平的佛珠。

李掌櫃見了，笑道：「這位公子識貨。這是一串經過高僧開光的金剛菩提，家中若是有長輩，贈送此等佳品是最好不過，只是價錢上……」

因為看著這幾位主顧都是未及冠的少年，李掌櫃也在斟酌自己的保價。報高了，他怕這些少年承受不了；報低了，他自己又嫌賺得不夠。

不料沈君兮卻笑道：「價錢好說，難得遇到一件心儀的佛珠手串，自然沒有輕易放棄的道理。」

眼前的小爺出手如此豪爽，李掌櫃反倒不好意思玩小心思了。

「這件佛珠，我不與你開價，至少也要這個數。」李掌櫃伸出四根手指頭。

一直陪坐在沈君兮身旁的紀雯也吁了一口氣。

她剛聽那李掌櫃的口氣，還以為會開出什麼天價來，不過才四十兩，平日母親買一套頭面差不多也是這個價錢。

而沈君兮卻聽了有些猶豫，垂下了頭，沒有說話。

紀雯也在她耳邊道：「妳要是覺得好，我幫妳出一半的錢吧！」

沈君兮卻對她搖搖頭，然後對那李掌櫃道：「四百兩就四百兩，請掌櫃的幫我裝起來吧。」

那李掌櫃也笑道：「小公子真是爽快人！昨天也有人來看過這串佛珠，說是要回去再思量，結果被小公子捷足先登了。」

沈君兮知道這是李掌櫃的恭維話，並未往心裡去，而是看向紀雯道：「妳選好了嗎？」

紀雯這才從震驚中回過神來，只是自覺阮囊羞澀的她在沈君兮的耳畔輕聲道：「我可能沒有那麼多銀子……」

沈君兮聽後，也笑道：「妳只管挑，差了多少都算我的。」

見著她的豪爽，紀雯不知怎的心底生出一股羨慕來。

在沈君兮的幫助下，她最終選了一枚黃玉扳指。

因為之前沈君兮同他們做了一單大生意，因此李掌櫃給了一個很公道的價錢，只收紀雯六十兩。

連陪著沈君兮而來的周福寧也是滿載而歸，她一共挑了一支鳳釵、兩串項鍊、三對耳釘，還有若干金銀戒指……但這些東西加起來的價錢，卻還不足沈君兮買的那串佛珠的十分之一。

「不過是讓自己圖個樂子而已。」周福寧開心地在水銀鏡前擺弄著新挑選的首飾，久久不願離開。

在榮升記消磨了小半日的眾人，最終在日落時分散去。臨別前，沈君兮悄悄地往趙卓的手中塞了一團硬物。「你的荷包我收到了，這是回贈你的。」

說完，她似小鹿一般跳上了紀家的馬車。

趙卓目送著沈君兮的馬車離開後，才將手心裡那枚早攥得出汗的硬物拿出來。原來是一枚只有手心大小、圓形「壽」字紋的和闐玉珮。

一見那個「壽」字，趙卓的嘴邊浮起笑意。料想剛才沈君兮一定是借著給紀老夫人選壽禮為藉口，才挑選了這枚玉珮。

笑過之後，恢復了臉色的趙卓又將玉珮悄悄地握在手中。

沈君兮上了馬車之後，才發現紫夏正哭哭啼啼地跪坐在馬車中，而紀雯則在一旁耐心地安撫著，不停地道：「沒關係的，妳看我們不都沒有事嗎？」

原來自告奮勇要去搬救兵的紫夏出了長慶樓的後門後，便找不著北了。

應該朝南走到正街上的她，卻一路向北走去，繞了幾個彎，便徹底把自己弄丟了。若不是靳護衛帶著人尋到了她，她有可能一個人在京城裡走失。

被靳護衛尋回來後，因為覺得自己誤了姑娘們的事，她自責地哭個不停。

「這也怨不得妳，」沈君兮聽說了原委後，也同紫夏笑道：「平日妳都待在府裡，不識得這京城裡的路也是正常的，以後只要多出來走動，便不會有這樣的事發生了。」

聽聞兩位姑娘沒有責備自己的意思，紫夏這才止住哭聲。

到了六月初四正日子這天，一早同學堂請了假的沈君兮和紀雯，帶著各自為紀老夫人挑選的壽禮來請安。

沈君兮梳著雙螺髻，髮髻上各簪了朵蜜蠟珠花，穿著一身銀紅色的焦布比甲。紀雯則是梳著單螺髻，戴著珍珠髮箍，身上的焦布比甲卻是淡黃色的。

俏生生的二人在紀老夫人跟前跪下磕頭，各說了類似「福如東海」、「壽比南山」的吉祥話，才將準備好的壽禮拿給她看。

正在梳妝的紀老夫人沒想到兩個孩子竟然這麼有心，笑盈盈地接過她們的禮物。

見到紀雯的那只黃玉扳指時，紀老夫人覺得有些貴重，待她看到沈君兮送的那串金剛菩提，更是有些愣住了。

沈君兮一見紀老夫人的神情，心下明瞭了幾分，笑著同紀老夫人道：「我得了宮裡那些賞賜，拿出來一些孝敬外祖母也是應該的。」

紀老夫人呵呵直笑，拍著沈君兮和紀雯的手道：「妳們都是好孩子！」

說著將紀雯送的扳指套在左手的拇指上，將沈君兮送的金剛菩提繞在右手腕上。

恰好此時，齊氏帶著紀雪和文氏一同過來。

文氏送的是一架雞翅木的雙面繡插屏，而齊氏送來的是一尊不足一尺高的和闐玉壽仙翁，只是那玉石看上去材質很一般，算不得上乘，而且同沈君兮她們送來的壽禮相比，更是缺了些誠意。

紀老夫人知道自己這個兒媳婦向來小氣，什麼也沒說地讓人將那壽仙翁的玉石像收了，自始至終都沒有露出齊氏所期待的和顏悅色。

齊氏心裡多少有些失望。

這尊壽仙翁還是她費了九牛二虎之力，託人從和闐運來的呢，豈料老夫人卻連正眼都沒瞧上一眼。

就在她為自己打抱不平的時候，二房的董氏也過來了，她帶來的是兩支五十年的老參。這樣的老參平日裡一支都難得，更別說是兩支了。紀老夫人有些欣慰地點點頭。

瞧著這已是滿屋子的人了，董氏笑道：「我屋裡臨時有些事絆住了，本想叫雯姊兒同我一道的，誰料她卻惦記著和守姑約好，要先來給老夫人拜壽……」

「孩子們都孝順。」紀老夫人也呵呵笑著，然後吩咐董氏道：「妳先帶孩子們去吃飯，等下來了客人就不好再吃了。」

董氏也笑著稱是，領了沈君兮和紀雯，臨走時還叫了紀雪。

紀雪自是高高興興地跟去，只留下齊氏一臉尷尬地站在那兒，去也不是，不去也不是。

紀老夫人輕瞟了她一眼，柔聲道：「老人媳婦，妳也去吃點吧，等下來了客人，可還指望著妳去接待呢！」

紀老夫人雖然在心裡對齊氏這個兒媳婦有一百個不稱心，可還是分得清孰輕孰重。像今日這種宴請賓客的事，不能少了大兒媳婦這個「當家人」。

待屋裡的人都走光後，紀老夫人才同身邊的李嬤嬤道：「妳去幫我打聽打聽，看看這兩個孩子為了給我送禮各花了多少錢？回頭悄悄地補給她們。」

李嬤嬤笑著同紀老夫人打趣道：「老夫人為姑娘們心疼銀子嗎？」

梳妝完的紀老夫人虛扶著李嬤嬤的手站起來，走動兩步，道：「她們攢下幾個錢也不容易，有這份心就成了，我還能真讓她們破費呀？倒是老二媳婦送來的那兩支參，妳幫我收好，可別讓蟲蛀了，關鍵時候可是能保命的。」紀老夫人也囑咐道。

李嬤嬤繼續問：「那大夫人送的那個……」

「讓她們登記了，存庫房裡吧。」紀老夫人嘆了口氣道：「這麼些年，我也教了老大媳婦不少，她怎麼就是記不住呢？她送來的這個玉石擺件，再送人我都覺得臊得慌。」

這樣的話，李嬤嬤可是不敢接的。

她扶著紀老夫人去東次間用過早膳，又回房陪她換了一身暗紅色五福拱壽的對襟棉綾褙子後，才一同去了今日宴客的花廳。

第三十三章

花廳設在翠微堂第一進的院子裡，是由原先第一進的東廂房改建的，打開兩側的雕花木門，則可成為一個通透的迴廊，坐在花廳裡，便可瞧見翠微堂旁的荷塘裡，接天蓮葉無窮碧的荷葉。

紀老夫人這邊才坐定，就有僕婦帶著人過來了。

兩位老太太，帶著兩個三、四十歲左右的婦人，以及五、六個十七、八歲的女孩子，衣著紋飾華麗，氣度穩重內斂，讓人一瞧便知道不是普通人家。

可沈君兮卻瞧著有些陌生，因此也悄悄地扯了扯一旁紀雯的衣裳。

紀雯悄聲對她道：「穿石青色緙金瓜蝶紋褙子的胖老太太，是隔壁林家的太夫人；瘦的那位、穿秋香色撒花褙子的，是隔壁許家的老安人，因為我們幾家住得近，祖母每年的生日，她們都會來。」

原來是和紀家同住在清貴坊的林家和許家。

「怎麼他們兩家都沒有在學堂讀書的女孩子？」沈君兮問出了藏在心裡的疑問。

紀雯掩嘴笑道：「那是因為他們兩家的女孩都到了適婚的年紀，所以沒有進女學堂了。」

沈君兮若有所悟地點點頭，而紀雯卻將她從紀老夫人身後拽出來，帶著紀雪一道，領到林太夫人和許老安人等人跟前請安行禮。

對於紀雯、紀雪，她們當然不陌生，見到紀雯身旁小小的沈君兮時，這二人俱是驚訝地道：「這位是芸娘的孩子嗎？想當年我們都是看著芸娘長大的，沒想到她的孩子也這麼大了。」

「是啊，」一說起芸娘，紀老夫人的眼中閃過一絲傷感，摟過沈君兮道：「這孩子肖她母親，聰明又懂事。」

林太夫人和許老安人又各拉了幾句家常。

沈君兮不失禮貌地依偎在紀老夫人的身邊，睜大眼睛聽她們說話。

不一會工夫，東府的李老安人也在媳婦唐氏的陪同之下，帶著紀霞和紀霜兩姊妹過府來祝壽。

李老安人與林家、許家的家眷都很熟，彼此見過禮就坐在一起寒暄起來。

沈君兮再次跟著紀雯上前請安。

因為之前去東府給李老安人拜過壽，李老安人對她還有些許印象，也笑著誇獎兩句乖巧懂事。

紀雪在一旁便有些不服氣。

沈君兮沒來以前，李老安人的這些誇獎可都是屬於自己的，可自從沈君兮來以後，所有人都當她是透明的一樣！

像堵著一口氣似的，紀雪跑到李老安人的跟前，故作天真地問：「老安人，為什麼沒有把蘭哥兒也帶過來呀？」

蘭哥兒是紀大奶奶高氏的兒子、唐氏的孫兒、李老安人的曾孫，還是未滿週歲。因為太小，李老安人她們很少帶著他出門，更別說像今天這樣熱鬧的場合。像這種大家都心知肚明的事，一般沒有人會主動提及，也就是紀雪才會問起。

因此李老安人敷衍地同紀雪說了句「他還小，不好出門」之類的話，然後繼續同林太夫人聊起來。

沒有討到李老安人的誇獎，紀雪還是有些不甘心，再準備說些什麼時，卻見紀霜不停衝著紀雯和沈君兮擠眼睛。

沈君兮和紀雯並不知道她想做什麼，卻還是跟在紀霜和紀霞的身後出了花廳。

四個人在一棵碧綠的芭蕉樹下站定，紀霜才用有些抱怨似的語氣道：「今天來拜訪紀老夫人的人肯定很多，我們要是一直待在那個屋裡，光給那些夫人、太太們行禮，明天都能直不起腰來！」

沈君兮聽了紀霜這話，忍不住笑起來；紀霜則是一臉嚴肅地道：「妳別不信，有一回我行禮弄傷了腰，過了三天才好。」

「可我們傻站在這裡也不是辦法呀！」沈君兮看了看四周。「不如我們去那邊的抱廈閒坐一會兒？而且一出花廳能瞧見我們，這樣舅母她們才不會因為我們不見而擔心。」

紀雯覺得這個提議好，也引了眾人過去，還讓府裡的丫鬟、婆子們在那抱廈裡支起桌子，擺上瓜果茶點，倒比花廳裡還要愜意。

幾個人圍坐在抱廈裡小打小鬧了一陣，卻突然聽到有人在外面喊道：「好呀，難怪我遍尋妳們不著，原來都躲在這裡！」

眾人朝外看去，只見周福寧雙手插腰地站在那兒，瞪著眼睛。

「妳這是什麼樣子？」紀霜同周福寧打趣道：「站得活像個女霸王！」

「女霸王？」周福寧哈哈大笑一陣，指著沈君兮道：「我不是，她才是。」

大家的目光都投向了沈君兮。

沈君兮莫名地臉一紅，為自己辯解道：「別聽她瞎說。」

「我怎麼會瞎說？」周福寧將她那日在長慶樓見到的事，添油加醋地講出來。什麼勇鬥惡霸、拳打一窩壞人……讓周福寧說得天花亂墜的。

「……妳們說，她這樣的才能叫霸王吧？」周福寧很得意地挽住沈君兮道：「我當時真是沒想到，她竟然一點都不害怕！妳們要不信，可以問紀雯，她當時也在的。」

紀霞聽了，也對沈君兮投來欽佩的目光。

「我就說，晴四弟向來是個小心謹慎的主，怎麼可能幹出這麼大快人心的事來？」紀霜突然拍手笑道：「弄了半天，外面傳的那個說打就打的人竟是妳！」

沈君兮一聽紀霜話裡有話，也讓她把話說個明白，這才知道，那天她在長慶樓自報了家門並揍了魏十三後，楊二掌櫃那個長舌的便把此事嚷嚷了出去。

因為那日她穿著一身直裰，楊二掌櫃以為她是秦國公府的小公子，而大家公認的秦國公府小公子，卻是紀晴。

因此這件事如此陰差陽錯地扣到了紀晴的頭上，還廣為流傳。

「啊？這事怎麼傳成了這樣？會對晴表哥不太好吧！」沈君兮有些急道。她可不想因為自己的原因，讓二房的人揹黑鍋。

「有什麼不太好的？」紀霜卻道：「那魏十三在街市耀武揚威也不是第一天了，因為仗著他的後臺是晉王府，一般人不敢惹他，妳出手教訓他一頓，還讓晴四弟白得了個大英雄的名頭，我要是他，早樂開花了。」

「可話不是這麼說的呀！」沈君兮變得更急了。「如果魏十三認定了是晴表哥打他，會不會找人報復晴表哥呀？」

聽沈君兮這麼一說，眾人的神色都變得凝重起來。之前還真沒人想過這個問題。

「不行，我得去提醒他！」沈君兮欲去前院找他。

在她急得像熱鍋上的螞蟻時，紀晴卻跟著紀明、紀昭一起進了後院給紀老夫人拜壽，身後還跟著趙瑞和趙卓。

兩位皇子怎麼也來了？沈君兮在心裡腹誹，而紀雯則小聲道：「咦？二哥是什麼時候回來的？」

紀明本是他們這一房的長子長孫，因為跟著東府一起輪齒序，所以才被紀雯稱為二哥。因為紀明他們的到來，原來坐在花廳裡、那些未出閣的姑娘們，紛紛起身避了出去。

紀明則帶著弟弟們在紀老夫人跟前跪下，言辭懇切地道：「父親鎮守軍營，不敢擅自離開，特派孫兒回來給祖母祝壽，願祖母福如東海、壽比南山！」

紀老夫人見著這個孫兒的時候，只覺得眼中淚花一湧，強忍著淚水道：「自古忠孝難兩全，讓你爹不用太記掛我，我在家中一切都挺好的。」

然後她又低聲囑咐紀明道：「倒是你有空的話，去瞅瞅你媳婦，她一個人大著肚子不容易。」

紀明一想到溫婉的文氏，也是雙頰一紅，好在這些日子的操練將他曬得膚色黝黑，一時倒也教人瞧不出來。

紀老夫人笑著拍拍他的手，一抬眼，見著了站在紀明身後的趙瑞和趙卓。

紀老夫人欲起身行君臣之禮，趙瑞見了，連忙扶住紀老夫人，並道：「之前我不說過了嗎，進了秦國公府這道門，沒有什麼皇子不皇子，我只知道我是您的親外孫。」

紀老夫人聽了有些哽咽，絮叨著。「你們都是好孩子、你們都是好孩子……」

跟在趙瑞身後的趙卓則顯得有些心不在焉，好似隨意地站在那兒，可眼睛卻一直在這屋裡掃視著。

沒有找到那個自己想見的身影，他心裡竟然有著莫名的慌張，只是這樣的情緒還不能隨意地傾訴出來。

好在大家素來都知道他為人清冷，也沒人將此事放在心上。

給紀老夫人拜過壽後，他們五個人還得回到前院為男賓設宴的四宜樓去。出得花廳的時候，趙卓終於見到了在花廳外守候的沈君兮。

他故意將在腰上的壽字玉珮捋了捋，想要讓她看個清楚。

豈料沈君兮卻是看都沒看他一眼，把跟他們一同出來的紀晴扯到一邊，一臉急切地說著什麼。

趙卓的心裡癢癢的，想要跟上前去聽個清楚，不料被同樣候在花廳外的周福寧給纏住了。

周福寧在他身旁嘰嘰喳喳地說著，卻因為趙卓一心繫在沈君兮的身上，一個字都沒有聽進去。周福寧見自己說了一通，趙卓卻絲毫沒有反應，也有些賭氣地坐到一邊，不再說話。

趙卓這才隱隱聽到沈君兮同紀晴說：「……要是那魏十三來找你尋仇該怎麼辦？」

紀晴卻露出了燦爛的笑容。「還能怎麼樣？妳以為這麼些年我跟在七皇子身邊只讀了死書嗎？他要是敢來，我把他再胖揍一頓！」

「真的嗎？」沈君兮卻是一臉懷疑地瞧向紀晴，恍若他剛才說的全是不著邊際的大話。

「妳這是什麼眼神？」紀晴也被沈君兮瞧得心裡有些不服氣。「我說行，肯定行！只管叫那魏十三放馬過來，妳瞧我怕他不怕！」

見紀晴一副自信滿滿的樣子，沈君兮也不好與他多說什麼，只得再三囑咐他小心再小心。

「知道了！」紀晴衝她做了個鬼臉便跑開了。

沈君兮這才瞧見站在那兒等著紀晴的趙卓。

她衝他露出一個明媚的笑容，趙卓卻面無表情地掃了她一眼，頭也不回地離開了。

莫名地，沈君兮覺得有什麼地方不太對勁，只是這種感覺她又形容不出來，只能一個人在心裡瞎琢磨。

雖然紀老夫人的本意只是想邀幾個通家之好一起吃個飯，老姊妹們在一處熱鬧熱鬧，可不曾想到來給秦國公府拜壽的人卻越來越多，齊氏和董氏的娘家都來了人。

不一會兒，翠微堂的花廳裡滿是人頭，別說是坐了，站著都有些費力。

齊氏只好將人往別處引，還不忘吩咐身邊的關嬤嬤道：「趕緊去廚房交代一聲，今日來的人有點多，讓她們仔細應付著，可別鬧出什麼笑話來。」

同沈君兮她們一起坐在抱廈裡的紀霜一臉得意地道：「看到沒？我們要不是出來得早，只怕這會兒擠在裡面呢！」

沈君兮笑著剝了一根香蕉，塞到紀霜的手中，笑道：「是是是，還是霜表姊懂得神機妙算。」

紀霜一臉得意洋洋，而紀霞則在左顧右盼之後，奇道：「咦？紀雪呢？剛才還瞧見她來著。」

「大概還在屋裡吧。」紀霜咬著沈君兮遞過來的香蕉，不以為意地說著。

說句實在話，紀霜以前不喜歡紀雪的性格，但大家看著她年紀小，都讓著她；可現在來了個比她年紀更小的沈君兮，還比她乖巧懂事，越發顯得紀雪的驕縱任性了。

「怎麼，她不和妳們處在一處嗎？」紀霞卻有些奇怪地看向紀雯和沈君兮。

紀雯的神色有些尷尬，笑道：「紀雪現在搬回大伯母的院子了，除了平日來給祖母請安，並不和我們處在一塊兒。」

「難怪了！」紀霞這才若有所悟地道：「我說在學堂的時候覺得妳們三個人在一起總是怪怪的，而且經常看到她同黃芊兒玩作一處。」

紀雯聽了，只是笑了笑。

之前因為雪貂獸的事，她們同黃芊兒算是結了怨，雖然大家都沒有拿到明面上來，可彼此心知肚明，誰也不會主動去招惹誰。

可偏生紀雪卻像是少根筋似的，非要往黃芊兒的身邊靠。

紀雯曾私下委婉地提醒過她，誰知紀雪卻一臉無所謂。「誰對我好，我同誰玩。黃芊兒待我比妳們待我都要好，所以我就是要同她玩！」

當場將紀雯氣得說不出話來。

後來，紀雯索性也隨她去，懶得再多說什麼。而沈君兮察覺到紀雪對自己總是抱著一股似有似無的敵意時，更是不會主動理會她。

這樣一來，大家雖然同住在一個屋簷下，彼此卻變得生疏起來。只不過平日沒人提起，大家也都裝成不知道的樣子。

今日被紀霞問起，又聽紀雯如此一解釋，紀霜出來打圓場道：「紀雪的性子原就古怪，脾氣來的時候是七、八個人都拉不回，隨她去吧，也許過陣子就好了。」

「哎呀，妳們總說紀雪做什麼？」周福寧最不耐煩聽這些，她揮手打斷了幾人的話題，道：「過兩日可是六月六的曬書節了，我娘說到時候要帶我去法華寺參加法會，看他們曬經書、吃素菜，妳們要不要也一起去？」

「啊？為什麼是去法華寺而不是護國寺？」紀霞一聽，瞪大了眼睛。「那護國寺的法會不是更盛大嗎？來之前，我還聽祖母和母親提起這事呢。」

「是因為護國寺裡人太多了，我娘才想著去法華寺的。」周福寧的頭搖得如撥浪鼓似的。「妳們要不要跟我們一起？」

「要啊！當然要！妳給我們家下帖子吧！」紀霜接話道：「我可是聽說法華寺裡有一道素鴨子特別好吃……」

大家的注意力就這樣成功地被周福寧轉移了。

沈君兮坐在旁邊靜靜聽著，回頭看了眼花廳的方向。只見人群中，紀雪有些神情懨懨地陪在紀老夫人的身邊，露出些許不耐煩的神色。

姑娘們坐在一起，熱烈地討論好一陣之後，便有丫鬟過來請眾人入席。

沈君兮和紀雯自然同紀霞、紀霜坐在一起，周福寧又緊挨著沈君兮坐，而紀雪則是擠到了齊氏那一桌。

有丫鬟捧了檸檬水過來讓大家淨手，然後又有僕婦小心翼翼地端上羹湯。

紀老夫人那桌用了些酒，而沈君兮這桌，大家都規規矩矩地由身邊的人服侍著吃飯。

用過飯後，大家又移回花廳用了些茶。有些人想要打牌，有的人想要聽戲，眾人也分成了幾批。

第三十四章

周福寧自然不耐煩打牌和聽戲，她攛掇著沈君兮道：「不如我們去划船吧！」

沈君兮有些不解地眨了眨眼。

秦國公府只有一汪不大的水池，而且種滿了荷花，別說划船，就是釣魚都不容易。

周福寧卻覺得她有些死腦筋，戳了戳沈君兮的頭道：「這清貴坊後不遠處不是太液池？趁著天氣好，咱們去划船唄！」

「不好吧。」沈君兮想了想。「我們要是私自跑出去划船，掉到水裡可怎麼辦？我可是不會鳧水的。」

「怕什麼！帶幾個會水的婆子去不就成了？」周福寧一向大膽，有長公主做靠山的她，天不怕、地不怕。

沈君兮卻還是搖頭。「今天可是外祖母的生日，我可不想給她惹事，讓她老人家不愉快。」

周福寧氣得跺腳。

「去嘛、去嘛！」她帶著些羨慕求著沈君兮。「妳都不知道，每次聽聞別人能在太液池上划船，還能坐在船上玩水，我羨慕得不得了！」

沈君兮打量著周福寧的臉。「這有什麼好羨慕的，不就是水嗎？妳打一盆水在院子裡玩也能玩上大半天。」

「沈君兮！」周福寧忍著小脾氣道：「妳把我當三歲小孩呢！妳到底陪不陪我去？」

「不去。」沈君兮堅定地搖頭。「萬一妳掉水裡了怎麼辦？這太危險了。」

「那……我們不去划船，去釣魚好不好？」周福寧依舊沒有放棄。「我們站在岸上釣魚總可以了吧？」

沈君兮也瞧出些端倪來。

「妳為什麼非要把我往府外帶？」

周福寧也一驚，連忙為自己辯解。「沒有啊，我只是想出去玩一玩嘛！好君兮，妳陪我去吧！」

見周福寧有些閃爍的眼神，沈君兮料定這其中有什麼貓膩。但她想著，以周福寧的性子肯定不會害自己，跟著一起去瞧一瞧也不是不可以。

真要是她做些什麼踰矩的事情，自己在一旁還能相勸一二。

「只我們二人去嗎？」沈君兮想著正在後園裡戲臺那看戲的紀雯、紀霞她們，問道。

「對啊，我們倆。」周福寧聽出她有些鬆動的口氣，猶如小雞啄米似地點頭。

「什麼時候去？」

「當然是現在啦！」

六月天裡，正午的日頭已經開始灼人，周圍都被太陽照得白花花的，很是刺眼。

不一會兒就被曬得鼻尖冒汗的沈君兮，覺得自己一定是鬼迷了心竅，才會同意和周福寧出來。

看著周福寧身上的那身男裝，沈君兮便覺得她肯定是預謀已久，要不然周福寧的車上怎麼會剛好備有可供她們兩人更換的衣裳？

沈君兮給自己撐了一把油紙傘，在太液池旁找了一棵茂盛的柳樹坐下來，一邊用袖子擦汗，一邊回頭同周福寧道：「我們還是先回去吧，哪有人頂著大太陽出來釣魚的？」

豈料周福寧已經吩咐身邊的人將釣具都拿出來。

「來嘛來嘛！」周福寧卻丟給沈君兮一頂草帽。「撐把傘怎麼能釣魚，還是草帽好用一些！」

說著，她嘻嘻哈哈地拿起一根魚竿往太液池邊走去。

周福寧還是孩子心性，自然覺得什麼都好玩，可是重生而來的沈君兮對此還真沒什麼興趣。

她看了看周福寧扔過來的草帽，扣在頭上後，繼續撐著把傘往前走。

這天，實在是太熱了。

她覺得自己早已熱得無力吐槽，然後眼睜睜地瞧著周福寧將一個光禿禿的魚鉤扔進水裡，還一臉期待地等著魚兒上鉤。

「妳不會就這樣開始釣魚吧？」沈君兮指著水裡的禿魚鉤道。

豈料周福寧卻對她眨眼道：「那該怎麼釣？」

「當然是妳得先投窩啊，丟下去一塊糠餅之類的，把魚兒都吸引過來。」沈君兮撫了撫額。「然後妳再在魚鉤掛上魚餌，混上魚兒愛吃的香料再投進水裡，等著魚兒咬食上鉤呀！」

她同周福寧細聲說著，只見周福寧一臉欽佩地瞧著她。「君兮，妳怎麼會知道這麼多？」

沈君兮一時語塞。總不能告訴她，那是她上輩子同別人學來的經驗吧。

於是她裝成沒聽見，動手翻起周福寧帶來的漁具，卻發現她帶來的漁具裡根本沒有糠餅、魚餌一類的東西。

「周福寧！」沈君兮有些沒好氣地喊道：「不是妳叫我來釣魚的嗎，怎麼這兒什麼都沒有？」

沒想到周福寧倒是一臉委屈。「我之前是想著過來划船的呀！妳不同意，我才只好說來釣魚……」

也就是說，周福寧從頭到尾想著的都是划船，說來釣魚，不過是她的權宜之計而已！

沈君兮覺得自己還真是蠢。

看著當空的烈日，還有滿耳的蟬鳴，她覺得自己簡直要在這兒熱得化了。這小妮子怎麼對划船這件事這麼執著呢？

就在沈君兮百思不解的時候，卻聽到湖面上傳來一陣少年的喧鬧聲。

她循聲看去，只見波光粼粼的太液池上，一艘類似江南畫舫的船正緩緩地駛過來，船上隱約能看到三五少年在縱情飲酒。

周福寧一見，兩眼直放光，在岸邊跳起來招手。「三哥、三哥，我在這兒！」

畫舫裡的人聽得岸邊有動靜，也探出頭來。

沈君兮認出那是三皇子趙瑞。

趙瑞同那撐船的船家說了句「靠岸」，那畫舫往沈君兮她們這邊駛來。

周福寧有些興奮地拉著沈君兮的手，跑到一旁的柵板碼頭上，不斷地揮舞雙手，生怕對方瞧不見她。

沈君兮猶豫地瞧了瞧四周。雖然她們穿著男裝，而且在外人看來她們不過是兩個六、七歲的孩子，可也不能全然沒有女孩子的矜持吧？

顯然周福寧管不了這麼多。

那畫舫靠岸後，船家也搬了塊跳板，搭在柵板碼頭上。

趙瑞從船上搧著扇走下來。

「三哥，可是你說的，只要我能到這太液池來，你就帶我划船的！」周福寧迫不及待地同趙瑞說道。

可她在說話時，沈君兮卻發現周福寧總是情不自禁地朝畫舫裡瞟過去。

沈君兮也好奇地瞧過去，只見紀晴正坐在畫舫的窗邊，瞧著她們笑。

她料定他們也是在用過午宴後偷跑出來的。

「晴表哥。」沈君兮也同紀晴打招呼，卻發現畫舫裡坐著的幾人之中，唯獨沒有看到趙卓的身影。

他沒有跟他們一起嗎？沈君兮暗自奇怪。

「清寧，妳不跟我們一起嗎？」沈君兮正在發愣的時候，趙瑞卻叫了她。

沈君兮搖搖頭。

「不了，我有些怕水，還是不同你們去泛舟了。」她笑著拒絕，情不自禁地往後退了退。

趙瑞向來不是個喜歡強求的人，聽她這麼一說，他偏了偏頭，做了個無所謂的表情，重新上船。

周福寧則是拉著沈君兮的手，道：「妳真的不跟我們上船嗎？」

沈君兮搖頭。「你們去玩吧，我在這岸邊等妳。」

周福寧猶豫了。是她將沈君兮叫出來的，若將沈君兮丟在岸邊，真有些於心不忍。

「妳還是跟我一起吧！」周福寧拖著沈君兮的衣角道。

沈君兮只得道：「我暈船的，坐在船上不舒服……」

周福寧這才作罷。

沈君兮站在柵板碼頭上，目送著畫舫離開後，才回到之前周福寧扔在地上的漁具旁。

看樣子，自己只能靠釣魚來打發時間了。

她拾起魚竿，四處張望起來。

紀府的馬車停在不遠處，而靳護衛則一臉警戒地立在馬車旁。

有了上次的教訓，無論是沈君兮還是靳護衛都比以前要小心謹慎了些，他們甚至因此約定，在外行動，絕不走出彼此的視線範圍。

因為沒有魚餌，她決定折一截樹枝在地上挖地龍。

靳護衛瞧見了，提醒她道：「那邊有人在釣魚，姑娘何不去與他討要點魚食？」

沈君兮順著他所指的方向看過去，只見不遠處的草地上的確躺著一人，那人身旁還支著一根纖細的魚竿，若不是仔細看，真沒那麼容易被發現。

沈君兮收起魚竿，往那垂釣之人的身畔走去。

待她離那人只有十步之遙的時候，沈君兮特意放輕腳步，儘量不讓自己弄出聲響來。因為她知道，釣魚的人都不喜有人在一旁弄出動靜，嚇跑了水裡的魚。

等她輕手輕腳地走到那人身邊，卻發現那人正蹺著二郎腿躺在地上，並用一頂草帽蓋著自己的臉，睡得很愜意。

她正準備出聲喚他「漁家」時，偶然瞟見對方腰上的「壽」字紋玉珮。

她一眼認出正是前幾日自己親手送給趙卓的那一枚。

只是他現在卻用寶藍色的如意結吊著這塊玉珮，下面還垂上了同樣是寶藍色的總子，整個玉珮變得更講究起來。

沈君兮看了也不禁莞爾。

「妳站在這兒幹麼？」她還在打量趙卓的時候，草帽下卻突然傳出趙卓的聲音。

她嚇得後退一步，有些擔心地道：「是我把七殿下吵醒了嗎？」

趙卓也摘了帽子，坐起身來。

他微瞇著眼，看著站在金色光暈裡的沈君兮，有種炫目的感覺。

太液池的湖水嘩嘩地輕拍著岸邊，湖面而來的風輕拂著兩人，竟讓他感覺到甜蜜的味道……

被趙卓這樣瞧著的沈君兮卻覺得有些不自在起來。

她捋了捋耳畔的碎髮，又舔了舔有些乾燥的唇，一時竟不知如何是好？

「妳是來找我發呆的？」趙卓語氣生硬地看著她道。

聽了這話的沈君兮只覺得今日的趙卓好似與往常不同，可具體哪兒不同，又說不上來。

因此，她只好揚了揚手中的魚竿，道：「福寧叫我出來釣魚，可她自己卻跑去划船了。我一個人閒得無聊，想用釣魚來打發時間，卻發現福寧根本沒有帶魚餌……」

她絮絮叨叨地說著，全然沒發覺趙卓正目不轉睛地盯著自己。

「所以呢？」他一挑眉。

「所以我想過來碰碰運氣，借點魚餌。」沈君兮老實道。

趙卓用腳在草地上撥了一個約莫三寸長的圓形竹筒過來。「妳要的魚餌在這裡面。」

沈君兮蹲下身子，撿起那竹筒，剛一拔開上面的軟木塞子，見紅紅暗暗的地龍結成一團一團的，在竹筒中不斷翻滾著。

趙卓原本以為她會像其他女孩子一樣，尖叫著把竹筒丟開，豈料她像個沒事人一樣，直接伸手去竹筒裡抓了一條地龍上來，然後扯成兩半，一半攥在手心裡，另一半則自然地丟回竹筒裡。

他饒有興致地看著沈君兮。「妳不怕嗎？」

正專心往魚鉤上穿地龍的沈君兮有些不解地抬頭，顯然不明白趙卓在問什麼？見著她嫻熟的穿餌動作，料想她也不是第一次抓地龍了，因此趙卓也換了話題。「妳為何沒跟著福寧上船？」

不料沈君兮卻對他微微一笑。「那你呢？為何也沒有去泛舟？」

「我？」趙卓淡然一笑。「總要留個人在岸上吧？不然翻了船，連個呼救的人都沒有。」

趙卓說得隨意，沈君兮卻覺得很有道理。

「你介意我坐在這兒釣魚嗎？」她問道。

只是為了打發時間，既然七皇子已經在這裡打好了魚窩，自己沒必要再打一個。

趙卓無所謂地聳聳肩。

沈君兮將穿好餌的魚鉤給甩出去，然後像他一樣，將魚竿插在岸邊的泥土裡。

將這一切都弄好後，她也拍拍手，回到趙卓的身邊，然後學著趙卓之前的樣子，直接睡在草地上。

她伸出手，讓穿過樹葉的陽光也穿過自己的指縫，再閉上眼，感受湖面吹來的習習微風。

「原來這樣躺著，真的很舒服。」她閉著眼睛，微笑道。

趙卓看了她一眼，也跟著微微一笑，然後躺倒下來，之前鬱結的心情也一下子變得舒暢起來。

來秦國公府給紀老夫人拜壽前，他心裡多少還是帶著些隱隱的激動，甚至有些期待，期待能見到那個讓自己有些牽掛的身影。

可誰知到了秦國公府，那人的眼中卻只有紀晴表哥，絲毫沒有把自己放在眼裡，連他特意露出那枚玉珮也沒能引起她的注意。

他的心情鬱結，以至三皇兄邀他上船泛舟時，他一見到同在船上的紀晴便不想上船。

「妳今天同紀晴說了什麼？」幾番思量之後，趙卓終於問出心中已經糾結半日的問題。

豈料身邊的人卻絲毫沒有反應。

趙卓皺眉回過頭，卻發現沈君兮已經在他身邊毫無防備地睡著了。

看著她那似嬰兒般的睡顏，趙卓有些不忍打擾。

他輕手輕腳地從一旁拔了一根長長的狗尾草，默默地為沈君兮驅趕蚊蟲，生怕她被蟲子叮咬，擾了好夢。

樹上的蟬鳴聲，湖水的拍岸聲，彷彿一首催眠曲，輕輕地吟唱著。

一時間，趙卓只覺得這感覺好極了，真希望這樣天長地久下去。

然而，世間有很多事與願違的事。

在他感受著歲月靜好的時候，一群人卻鬼鬼祟祟地冒了頭。

第三十五章

「看清楚了嗎？」其中一人凶狠地問道。

「看清楚了，是秦國公府的馬車！」另一人信誓旦旦地答道：「而且我剛才悄悄地去看了，那日在長慶樓動手的小子，就在下面釣魚。」

原來之前說話的正是前幾日在長慶樓吃癟的魏十三。

這魏十三本是街上的一個混混，因為他姊姊魏十娘得了晉王爺的青睞，成了晉王爺的寵妾，才連帶著魏十三雞犬升天。

這個魏十三又是個給點顏色便敢開染坊的主，他姊姊在晉王府得了寵，就敢打著晉王府的名號，糾集一幫自以為是紈袴的小混混，整日在街上騙吃騙喝，裝大爺。

店家因為忌憚晉王府，處處遷就，也讓這魏十三變得更囂張。

那魏十娘在王府裡將晉王爺哄得團團轉，晉王爺對她是言聽計從。晉王妃平日對這魏十娘是敢怒不敢言，早想找個藉口治一治她，可巧長慶樓的賠償帳單送到晉王府，落到晉王妃的手上。

晉王妃以此為藉口，狠狠地訓了魏十娘一頓，怪她不知道約束自己的弟弟，給晉王府抹黑，還因此借題發揮，讓那魏十娘罰跪了兩個時辰。

魏十娘受了罰，自然一肚子火，可她平日在晉王爺面前裝出一副謙遜淑德的形象，到了晉王爺的跟前只能委屈地訴苦，因此她只能把這一肚子的火氣都發洩在弟弟魏十三的身上。

魏十三在外面受了氣，又被姊姊訓斥，因此他發誓要找到那日讓自己出糗的那小子報仇，更放出話，誰要是能告訴他秦國公府那小子的蹤跡，他賞銀十兩。

這十兩銀子放在沈君兮的眼裡也許不算錢，可也頂得住一般人家小半年的開銷。因此有人做起了魏十三的耳報神，整天蹲在秦國公府前盯著進出的馬車。

所以，當沈君兮的馬車一駛出秦國公府，便讓人給盯住了。

得了信的魏十三也匆匆趕過來，見到沈君兮只是同另外一個少年在太液池邊釣魚，他隱隱生出興奮來。

「真是天助我也！」魏十三搓了搓鼻子，同一起來的那些人說：「我們兵分三路，各走一邊，一定要將這小子堵在湖邊好好揍一頓，好讓他知道，自己究竟惹到了誰！」

這些跟著魏十三出來的人，都是衝著之前他許諾的銀子而來的，但此刻聽了魏十三的話，心中不免也掀起一股波瀾壯闊的豪邁之氣，好似他們這是要去除暴安良、匡扶正義一樣。

他們按照魏十三的吩咐，兵分三路地包抄過來。

已經熟睡的沈君兮自然沒有察覺，可當他們的人踩上草地的第一腳開始，卻引起了趙卓的注意。

為了不打草驚蛇，趙卓依舊臥倒在草地上，但側耳傾聽著四周的動靜，悄悄伸手抓住插在地上的魚竿，另一隻手卻摸進懷裡，握住用來求救的煙花彈。

他是皇子，每每出行的時候都會有大內侍衛跟隨，可他又不習慣有人整天像尾巴一樣地跟著自己，因此同這些大內侍衛約定，他們必須與他保持一射之地的距離，若遇緊急情況，彈出煙花彈，侍衛們再上前援救。

之前的端午節，他在北苑街口向天空彈射了一枚煙花彈，只是因為當天北苑街上的人太多，席楓他們到得有些遲。

正是有了上次的教訓，這一次，魏十三他們一接近趙卓的身邊，便引起席楓和靳護衛的警覺，只是因為趙卓不曾給出任何信號，席楓才攔住靳護衛，按兵不動。

如此一來，魏十三以為他們做得神不知、鬼不覺，其實每一步都暴露在眾目睽睽中。

在魏十三等人好不容易圍成一圈，靠近沈君兮和趙卓時，趙卓突然一個躍起，手中的釣竿一揮，打了他們一個措手不及。

魚竿韌性本好，而趙卓因為習武，力道也比一般人大，那魚竿好似一根軟鞭似地抽在魏十三等人身上，每打一下都是一道血紅的印記。

趙卓不斷地揮舞著魚竿，抽打著眾人。雖然這些人看上去是雄赳赳、氣昂昂的，其實都是一群只會蠻力的烏合之眾，因此根本不是趙卓的對手。

不一會兒工夫，這些人非但近不了趙卓的身，還被他打得滿地打滾。

有人萌生逃跑的心思。十兩銀子雖不少，可比起傷藥和湯藥費，根本不值一提。

魏十三一見，更是火冒三丈。

「他娘的誰敢跑！我明天把他家一把火給點了！」氣極的魏十三開始放話威脅起來。

打又打不過，跑又不能跑，那些原本以為能賺上一筆的小混混們都在心裡叫苦不迭，只好抱著頭窩在那兒，只求別人上前去收拾趙卓。

如此一來，幾個人都做起了縮頭烏龜，只留魏十三一人孤軍奮戰。

趙卓見狀，也將每一竿都抽在魏十三的身上，真教那魏十三躲也無處躲，藏也無處藏。不一會兒工夫，不但身上的衣衫全被趙卓抽爛，更是被抽得痕累累、血肉模糊。

被人打成這樣，魏十三自然不敢再逞能了。

他連連叫著「好漢饒命」，在草地上連滾帶爬地跑了；跟著而來的那些小混混自然也不敢多留，紛紛作鳥獸散。

站在遠處圍觀這場「好戲」的席楓吹了聲口哨，有些調侃意味地同身邊的靳護衛道：「真沒想到，根本沒給我們露臉的機會。」

靳護衛也是尷尬地笑了笑。真沒想到七皇子竟然有這樣好的身手。

眼見魏十三這群人跑遠後，趙卓衝著席楓的方向打了個手勢。

席楓快速地跑到趙卓身邊候命。

趙卓回頭看了眼睡得正香甜的沈君兮，暗道：這丫頭還真是心大，剛才這麼大的動靜居然都沒能鬧醒她。

但看著她甜美的睡顏，趙卓心中萌生一股保護慾，對席楓道：「你去把那個魏十三解決一下，我不想在京城裡再聽到任何跟他有關的消息。」

席楓應聲而去。

過沒幾日，素來不幹好事的魏十三在勾欄院裡喝個爛醉如泥，一失足從樓上摔下來，摔了個半身不遂。

姊姊魏十娘死活不相信弟弟是自己摔下來的，仗著自己在晉王爺面前還有些臉面，要死要活的，一定要找出害她弟弟的真凶。

沒想到一來二去的，晉王爺也煩了那魏十娘，將她趕出了晉王府。

沒了仰仗的姊弟重新流落街頭，自然受盡各種欺負，卻也只能自認倒楣。

當然，這些都是後話了。

舒舒服服睡了一覺的沈君兮對剛才發生的事一無所知。

她迷迷糊糊地睜開眼，卻發現趙卓正半蹲在湖邊收魚竿。只見他將魚竿一拉起，一條巴掌大的魚兒就扭著身子躍出水面；他再隨手一捉，便將還活蹦亂跳的魚兒抓在手中，麻利地從魚鉤上取下，丟進泡在水裡的竹篾簍中。

「釣了多少魚？」她忍不住湊上前問道。

趙卓微微回過頭看了她一眼，道：「總比妳釣得多。」

沈君兮有些不好意思地摸了摸鼻子。

她也不知道自己剛才怎麼會突然睡過去，原本只想閉著眼睛，靜靜地感受一下微風和蟬鳴。

「喂，你們釣到魚了嗎？」坐在畫舫裡，在太液池中遊弋了好幾周的周福寧忍不住向岸邊的沈君兮喊道。

見湖心那個衝著自己招手的身影，沈君兮忍不住翻了個白眼。

周福寧是不是真把自己當小子了？她這樣子要是被有心的人傳出去，這輩子還要不要嫁人了？

一想到這兒，沈君兮突然想起來，上一世的周福寧也是個特立獨行的女子，一生未嫁，而且在長公主辭世後，更是在長公主府裡養起了男寵！

京城的貴婦圈將她當成笑柄，可周福寧對此卻不理會，只是淡然說了一句「只要我高興就好」。

特立獨行的她，孤傲得教人心疼！

難道這一世，她還會變成那個樣子嗎？沈君兮有些不敢繼續往下想。

畫舫在趙瑞的授意下靠岸，周福寧好似一隻歡快的蝴蝶般飛下船，一臉興奮地衝著沈君兮跑過來，大聲笑道：「都跟妳說遊船不會有事的，妳看，我現在不是好好的？」

說完，她還特意在沈君兮的跟前轉了個圈。

趙瑞跟在周福寧的身後踱著方步走過來，停在趙卓身邊問道：「怎麼樣？到底有沒有收穫？我們到底有沒有烤魚吃？」

「烤魚?!」一聽見這兩個字，周福寧又激動起來。「你們真的要在這兒烤魚嗎？」

從小到大，長公主不讓她吃這種看上去不潔又容易上火的東西，所以每每聽別人說起，她都羨慕得不得了。

「有何不可？」趙瑞老神在在地看著周福寧。「這裡有魚、有水、有柴火，怎麼烤不得？」

周福寧歡呼著跳起來，甚至抱著沈君兮又蹦又跳，比劃著手道：「三皇兄，我要吃一條最大的！」

趙瑞聽了，但笑不語。

紀晴卻抹了一把額頭上剛被曬出來的大汗。

他抬頭看了看天，那輪明晃晃的日頭卻照得他連眼睛都睜不開。「你們瘋了嗎？這種天氣烤魚？是烤人才對吧！」

因為幾人本是表兄弟，又身為七皇子在上書房的陪讀，紀晴同趙瑞他們說起話來也就沒有那麼多顧忌。

「三皇兄說能烤就能烤！」周福寧卻是急了，可不想錯過這難得的燒烤機會。

「烤烤吧！」她的那點小心思，又怎會逃過趙瑞的眼睛。

既然決定烤魚，柴火自然不能少，有幾個和周福寧一樣躍躍欲試的公子哥兒們，命各自身邊的護衛和小廝去拾柴火，又命人在地上挖了一個洞，支上了乾柴，做成一個簡易的燒烤架。

還有機靈的小廝更將撿來的木棍用小刀削皮，並將趙卓釣上來的魚在湖邊剖開洗淨，用削好的木棍穿好，這才恭恭敬敬地遞到幾位爺的跟前。

這些平日被人伺候慣的半大小子們，難得有了親自動手的機會，各取了一條魚，即便一個個都被火烤得大汗淋漓，甚至有些面紅耳赤，也不見誰輕言放棄。

但他們畢竟都是生手，烤出來的魚要麼還是生的，要麼烤焦得只剩一層黑皮，全都不能吃。

沈君兮看著他們，心裡暗暗搖頭，卻一直細心地翻著手裡的木棍，好讓魚兒在火上均勻受熱。

不一會兒工夫，同時上火架烤的六、七條魚，只有她手裡的散發出誘人的香味。

周福寧一臉羨慕地湊過來，感嘆道：「怎麼妳連烤魚也會？還有什麼是妳不會的？」

沈君兮有些尷尬地笑笑。

這也是她前世逃難時學會的本事，雖然大多數時候，她都是吃著搶來的殘羹冷炙，但若是有條件，她還是會同那些逃難的人一起，生上火，慢慢地烤製食物。

沈君兮笑著將手裡已經烤好的魚，換了周福寧手中那條半生不熟的。

周福寧自然滿心感激，急不可耐地去撕那魚皮，卻被燙得收回手。

「抓抓耳朵！」沈君兮見到了，笑著提醒她道：「燙到手抓自己的耳朵，馬上不覺得燙了。」

說著，她還親自給周福寧示範了一把。

周福寧有樣學樣，抓上耳垂的那麼一瞬間，之前還有些火辣辣的手指竟然真的不燙了。

「這是為什麼？」覺得神奇的周福寧一臉好奇地問。

沈君兮聳聳肩。「我也不知道，家裡的嬤嬤是這麼教我的。」

既然她也說不清楚，周福寧便沒繼續往下問，畢竟這時候手中的烤魚更能引起她的興趣。

「吹吹，」沈君兮看著她那副急得心癢癢的模樣，笑道：「吹涼了才不燙手呀。」

像周福寧這樣，從小不管是吃的還是喝的，身邊服侍的人肯定都會控制好溫度才送到她手上，因此她還真從沒接觸過這麼燙人的東西。一時間，還真不知該怎麼辦？

聽了沈君兮的話，她不顧形象地抓著魚吹起來；等溫度不再燙人後，坐在那兒撕著白白的魚肉吃起來。

因為沒有放鹽，這魚肉的味道也清淡，卻讓周福寧嚐到了魚肉自帶的一股甜味。

平日她吃過的魚總是放了一堆蔥薑蒜來去腥，結果腥味是沒了，可魚肉本身的鮮美也消失了。

帶甜味的魚，是她從未體驗過的。

周福寧有些誇張地抱住沈君兮，興奮地道：「妳為什麼這麼厲害呀？簡直太好吃了！」

沈君兮笑了笑，沒接話，而剛才她接手的那條魚也終於熟透了。

她自然地交給身旁坐著的趙卓，然後又將他手中那條有些烤焦的魚接過來，細心地將烤焦的部分撕掉之後，架在火上烤。

坐在她對面的紀晴見了，笑道：「我只知道沈家表妹做得一手好餅，但沒想到妳對這個也在行。」

沈君兮笑著給自己打掩護。「余嬤嬤說了，做吃的都是一通百通，只要知道怎麼控制火候，做什麼都好吃。」

圍著她的這些人都是沒下過廚房的，自然聽不出這話裡有沒有什麼毛病，反而覺得她說得在理。

只是他們現在將沈君兮奉為救星，紛紛「厚顏無恥」地將自己手中的魚堆到她跟前。

沈君兮自是雙拳難敵四手，不知該如何是好的時候，趙卓卻黑著張臉道：「這可是你們起鬨要烤魚吃的，這會兒怎麼全變成清寧一個人的事了？」

跟著他們出來的這些人裡，除了紀晴與趙瑞是姑表親之外，其他人都只是些遠得八竿子打不著的宗室子弟，在趙卓面前自然沒有紀晴那麼囂張，因此只得悄悄地收回伸出去的手。

沈君兮見了，笑道：「一個個來吧，我一次最多也只能烤兩條——」

豈料話還沒落音，卻聽趙卓在一旁暗暗道：「沒事充什麼好人？把自己當廚娘去討好別人，有意思嗎？」

沈君兮的手頓在半空中。

雖然他的話乍聽之下讓人不舒服，可仔細一想，說得也很有道理。

上一世的自己，不正是想做個好人，討好婆婆、討好丈夫、討好小姑子嗎，可到了最後，自己卻成了那個被遺棄的人。

一想到這兒，沈君兮攥了攥手心。

這一世，她並不想繼續做個「好人」。

第三十六章

一行人在太液池邊鬧到日暮時分，才回了秦國公府。

因為滿府是客，即便發現府裡不見了幾位少爺、小姐，大家也不敢聲張，而是悄悄地吩咐下去，偷偷去找人。

現在見著他們回來，負責找人的管事們才鬆了一口氣。

「幾位祖宗可算是回來了！」早已焦頭爛額的大管事只差沒去求神拜佛了。「老夫人怕是要急傷了。」

沈君兮一聽便知自己闖了禍，默默地瞧了身邊的周福寧一眼，趕緊往翠微堂去了。

周福寧原本想換了自家的馬車回長公主府的，一瞧這架勢，知道如果這時候自己走了，沈君兮得獨自一個人面對紀老夫人的責備。

她想了想，也跟了上去。

翠微堂裡靜靜的，早不復之前的熱鬧，拜訪的貴婦們都已散去，只剩下東府的李老安人陪著紀老夫人坐在那兒。

「要我說，大嫂也不必太過擔心了，雖然都還是孩子，可她們身邊不都有人跟著嗎？肯定出不了什麼事的。」李老安人安慰著紀老夫人。「而且守姑那丫頭，雖說年紀還小，可我瞧著比一般孩子都懂事。」

斜靠在羅漢床上的紀老夫人卻嘆了一口氣。「這些我自然懂，可她不在我跟前，我覺得心裡空落落的，畢竟芸娘只留了她這個血脈……她是我唯一的念想了……」

聽紀老夫人這麼一說，李老安人也沈默起來。

整個紀家，不管是東府還是西府，都知道當年的紀芸娘是紀老夫人的心病。

沈君兮在窗外聽了，感到鼻子一酸，眼淚浮了上來，覺得自己今日也真是太過魯莽了。平日出門，她都會和府裡的人交代一聲，可今日因為府裡人多，她又瞧著外祖母忙著待客，想著不要驚動她老人家，反倒讓外祖母白白替她擔心了一場。

她用手抹了淚，不待翠微堂的小丫鬟過來，親自撩了門簾子進了屋內，徑直到紀老夫人跟前跪下來。

沈君兮揚起小臉，臉上滿是後悔地道：「外祖母，守姑知道錯了，守姑不應該偷偷出府，平白讓外祖母替守姑擔心了這麼久。」

她是直接從外面回來的，還沒換過衣服便往紀老夫人這兒來了。

雖然在馬車上和周福寧兩個互相拾掇了一番，可身上不免還是沾著些許草屑和煙灰，一張小臉也因為出了汗，又被她一抹，花得跟花貓似的。

見著她這樣子的紀老夫人自然又心疼又生氣，可沈君兮那乖巧認錯的樣子，又讓人不忍心責備。

這真是豆腐掉進煤灰裡，打也打不得，吹也吹不得。

跟在沈君兮身後的周福寧則躲在正廳的門外，豎著耳朵聽著屋裡的動靜。

然而好半晌都聽不到紀老夫人發落的聲音，更讓她心急。平常她在家裡要是闖禍，母親將她嚴厲訓斥一頓後，多半這事就這樣過去了；可若是母親好半天都不發落，意味著這禍闖大了，連衝她發一頓火都沒有用。

而這會兒，紀老夫人好半天都不出聲，是不是在紀老夫人看來，她們今天這樣偷偷出府是件非常嚴重的事？

周福寧有些後悔自己攛掇了沈君兮。

因此，她一咬牙，也掀了門簾子跑進去，跪在沈君兮身旁。「老夫人，您別責備君兮了，全都是我的主意，是我要拖著她出去玩的！」

紀老夫人有些意外地看了眼自鳴鐘。她沒想到這個時辰了，周福寧竟然還在秦國公府。

「南平縣主，您這是折煞老身了。」紀老夫人起身去扶周福寧。

豈料周福寧卻倔強地陪沈君兮跪在那兒。「老夫人不原諒君兮，我不起來。」

瞧著周福寧的樣子，沈君兮的心裡更急了。

她們闖禍在前，現在又「跪逼」在後，這哪裡像是認錯的樣子？

她扯了扯周福寧的衣服，提醒道：「妳還是趕緊回去吧，都這個時辰了，長公主也該為妳擔心了。」

沒想到周福寧的頭卻搖得像撥浪鼓。「今天的事因我而起，我不能讓妳一個人受老夫人的責備。」

沈君兮卻有些哭笑不得。

周福寧難道還以為自己能在秦國公府待上一輩子不成？

二人都等著紀老夫人的責難時，紀晴也跟著進來了。他一撩衣袍，也在紀老夫人的跟前跪下，道：「今日之事，孫兒也有責任，沒有像個兄長一樣地照顧好表妹。」

紀老夫人還沒來得及開口說話，又見到趙瑞和趙卓連袂而來，也是二話不說地跪在她跟前。「還有我們。」

原來他們三人見到周福寧跟進來認錯，覺得自己也脫不開關係，特別是趙瑞。因為一開始是他提議去遊船，然後又剛好被周福寧知道了，她才一心想著要去玩的。

看著這跪了一屋的人，李老安人站起來，笑著同紀老夫人道：「大嫂還真是個有福的，您看孩子們都多麼懂事啊，既然他們都知道錯，而且都長了教訓，不如這樣掖過吧！」

紀老夫人站在那兒，也是滿心無奈。

她之前急是急，卻從未想要衝著沈君兮發火。在她心目中，沈君兮不是那什麼都不懂的孩子；相反地，在她看來，沈君兮雖然是個孩子，可說話、辦事卻都很有章程，有時候甚至覺得她比紀雯還要懂事。

現在眼前的這些孩子卻以為自己要責備沈君兮，紛紛為她求情，足見他們也是真的將沈君兮當朋友、當親人，這不正是她最初希望的嗎？

紀老夫人的心裡，滿滿的都是欣慰。

但她還是裝出一臉嚴厲。「好吧，既然你們今日都意識到自己的錯，要記住自己錯在哪兒，以後可不要再做這種讓家人、讓長輩擔心的事了。」

眾人一聽，紀老夫人這是要從輕發落，一個個喜出望外。

紀老夫人再次拉起周福寧，道：「南平縣主還是早點歸家吧，別讓長公主也等久了。」然後看向趙卓和趙瑞道：「還有你們，宮裡要落鑰了吧？可別誤了時辰。」

大家這才看了看時辰，已是酉初三刻，而宮裡是戌初落鑰，若不快點，還真趕不上在落鑰之前進宮。

因此周福寧和趙瑞、趙卓分別與紀老夫人辭行，各自歸去。

六月天裡，正是一年中酷暑難耐的日子，不少女學生都出現了些身體不適的情況，學館裡也打算暫時閉館一段時間，等天氣涼快些再開。

這樣一來，沈君兮在秦國公府裡又過起了大門不出、二門不邁的日子。

小廚房在剛剛入夏時被紀老夫人責令停了，她除了每日在屋裡逗逗小毛球，或者伏在案上隨手寫寫畫畫外，一時還真找不出其他事可做。

針線房裡管事的嬤嬤帶著些衣料過來給她挑選，以便早日定下做秋裳的布料和樣式。

平姑姑也跟著那位管事嬤嬤一同過來了。

在給沈君兮量身時，平姑姑注意到沈君兮隨手扔在炕桌上的花樣子。

她寫得一手好字，畫得一手好畫，透過這些日子在女學館的「學習」，她也不再藏著、掖著。

比如平姑姑現在拿著的這張花樣子，雖然看上去只是了了勾上幾筆，卻也勾出了一株蘭花的高潔之姿。

平姑姑雖不懂作畫，可在刺繡上花的功夫也不少，自然看得出一幅作品的優劣。

「這是姑娘您畫的？」她有些不敢相信的樣子，畢竟沈君兮現在還只是個孩子。

沈君兮一邊撐著手讓人量尺寸，一邊點點頭，因為她不覺得這有什麼不妥。

平姑姑很驚豔地嘆道：「姑娘能否將這些花樣子送我？這些花樣子若是繡在裙襬或衣衫上，一定能讓衣服增色不少。」

聽平姑姑這麼一說，沈君兮這才想起，這些都是上一世京城受人追捧的花樣子，可對這一世來說，至少還得八、九年後才會出現。

因為平姑姑那邊有了需求，整日無事可做的沈君兮終於找到打發時間的消遣。

平姑姑也會帶著自己照著花樣子所繡的繡品來請教，沈君兮便乘機跟平姑姑「學」起了針線功夫。

平姑姑自然也發現了她的「天賦」：不管教什麼，都是一點就透。

即便一開始她繡的線腳有些不夠工整，可她只花半日工夫便熟練起來。

若不是考慮到她是紀老夫人的親外孫女，平姑姑真想將自己在宮裡所學的針法技藝都傾囊相授。

她本是宮裡針工局的一名宮女，到了該出宮的年紀時，卻發現自己無家可歸，後來還是走了紀貴妃的路子，才被秦國公府收留。

所以這些年，她在秦國公府的針線房總是盡職盡責，生怕出了什麼紕漏，對不起於她有恩的紀貴妃。

「這是好事呀！」得知平姑姑的想法，沒想到紀老夫人很贊成。「畢竟技多不壓身。」婦容、婦德、婦功，畢竟還是各家在甄選兒媳婦的時候最看重的，而這婦功裡，就包含了女紅和廚藝。所謂廚藝，自不會真的讓這些大家閨秀親自下廚、洗手作羹湯，只需站在廚房裡稍微「指點」一下那些婆子們便成了。

可這女紅，卻是實打實的，畢竟成親之後，丈夫的貼身衣物不好再假手他人，需要做妻子的一針一線為丈夫縫製，如果女紅不好，可是容易被人詬病的。

「我之前還真是燈下黑，」紀老夫人同董氏說道：「一心想給雯姊兒她們找個好的針線師傅，全然忘了咱們府裡住著這麼一位。」

董氏聽了也是拍手稱讚。「這是最好不過了！之前雯姊兒跟著守姑一塊兒同余嬤嬤學做糕點，現在做出來的東西也是有模有樣，任憑是誰瞧見了，也得誇我們家雯姊兒一聲心靈手巧，這針線上若能再精巧些，那就更好了。」

而齊氏在得知這消息後，也在心裡打起了小算盤。

之前沒讓紀雪跟著沈君兮她們一塊兒學做糕點已是失策，這一次，無論如何不能讓她的雪姊兒再吃一次虧。

因此，齊氏也求到了紀老夫人跟前。「這放一隻羊也是放，放三隻羊也是放，不如讓雪姊兒也跟著一塊兒學吧！」

其實在紀老夫人看來，手心手背都是肉，紀雪身上雖然有很多自己看不慣的地方，到底是她嫡親的孫女，還是唯願她好。若不是因為齊氏這個經常腦子轉不清又護短的，自己又怎麼能真的丟開紀雪不管？

見齊氏一臉懇切，紀老夫人也有了安排。「雖然這段日子不用去學堂，可夫子教的那些東西可不能丟，每日上半晌讓這幾個丫頭到我這兒來練字，到了下半晌，再讓平姑姑教她們針線活。」

齊氏自然沒有異議，可紀雪得知後，卻猶如被雷劈到一樣。

自從不用去學堂後，她每日都睡到日上三竿才起，別說練字，連筆桿子都沒碰過。一想到不能繼續這樣懶著，她就像被霜打了的茄子一樣蔫了。

齊氏見了，戳著她的頭教訓道：「別整日只想著吃啊睡的！妳瞧瞧人家守姑，憑著一盒山藥糕竟然換回來一個『清寧鄉君』的封號，妳也不知道學著點！」

之前沈君兮突然被皇上賜了個「清寧鄉君」的封號，紀家人都覺得有些奇怪和不踏實。如果昭德帝是看在紀蓉娘的面上封賞，那也不可能只封賞沈君兮一人；如果是因為她的兩個舅舅有所建樹，那這樣的犒賞更加輪不到她頭上。

正所謂「無功不受祿」，紀老夫人使了人去宮中問紀蓉娘。

紀蓉娘自然不能說是因為昭德帝覺得當年虧欠了芸娘，才補償給沈君兮，只能說是因為昭德帝嚐了她親手做的山藥糕，一時興起。

這話一傳開，大家都以為沈君兮這個「清寧鄉君」的封號，真的是用山藥糕換來的。

紀雪則不耐煩地衝著齊氏翻了個白眼。

又是沈君兮！自從這個沈君兮來了紀家，她真是一刻都不得安寧，因為二人年齡相近，不管自己做什麼事都會被拿來跟沈君兮相比。

而沈君兮又像是個天資聰穎的，不管做什麼總是壓她一頭，顯得她處處都不如沈君兮。這讓紀雪更加討厭她了。

她甚至常想，這個家裡若是沒有了沈君兮，她是不是可以像以前一樣，過得舒心愜意了？

然而這件事，她也只能想想而已。

既然紀老夫人已經拍板決定，沈君兮和紀雯還是按照往日那樣去老夫人那請安，只有紀雪會三不五時地遲到。

紀老夫人也懶得多說她，只是將她身邊服侍的人都訓斥一頓，各罰了半個月的例銀，紀雪每日的請安才變得規矩起來。

三人在紀老夫人那裡一同用過早膳後，也各練四句千字文，練完後交給紀老夫人過目，只有她點過頭後，才可以去做自己想做的事。

這習字對紀雯和沈君兮而言都不是什麼難事，只可憐了紀雪，不過是十六個字，卻能耗掉她整整半日工夫。

紀雪不免有些氣餒，紀老夫人卻同她道：「妳這是平日太疏於管教了，所以如今做起事來總是事倍功半，如果還不強加練習，以後妳們之間的差距只會越來越大。」

齊氏聽了，雖然心疼女兒，卻還要附和著「老夫人說得對」。

而紀雪則是越來越不喜歡習字，甚至一握筆便覺得有些頭疼，每日除了要練的十六個字，是多一個字都不願意寫。

到了下半晌的時候，沈君兮也和紀雪一樣，覺得針線活很辛苦。

紀雪是手裡的針線太過生疏，縫出的針腳很難平整；而沈君兮則是因為太過熟練，做出來的針線活不像是個新手，反倒要費盡心思，把針腳縫得不那麼整齊。

平姑姑作為一個整日和針線打交道的人，又怎麼會瞧不出這裡面的端倪？

雖然紀雪和沈君兮交過來的東西都是歪七扭八的，可沈君兮那份刻意而為之的「拙作」卻出賣了她自己。

在平姑姑看來，紀雪縫不好，是資質有限；可沈君兮縫不好，則是因為「不專心」。

像平姑姑這樣在宮裡針工局受過訓的人看來，資質不好猶可恕，態度不好卻不可饒，因此她對沈君兮反倒更加嚴厲些。

紀雪見平姑姑訓沈君兮比自己還要狠，心裡別提多高興了，平日練起來也更為起勁，也一直讓她認為自己的針線活要比沈君兮好。

如此這般，日子不知不覺到了七月。

因為臨近立秋，夏日的暑氣漸漸消去，風吹過來也有了涼意。

紀家開始忙於七月半祭祀的事，而紀老夫人也因為鬼節的關係，將家裡的孩子們拘得更緊了。

第三十七章

可沈君兮卻想著在七月十五這天給娘親放上一盞河燈。

有了之前的教訓，沈君兮自然不敢再私自出府，於是求到了紀老夫人跟前。

紀老夫人乍一聽，哪裡肯同意？七月十五可是鬼門大開、百鬼夜行，她又怎麼放心讓孩子出門？

沈君兮卻面帶憂傷地依偎到紀老夫人身邊，道：「父親一個人去了貴州，身邊也沒有個主事的人，也不知道他有沒有空祭祀母親？如果萬一父親不得空，母親卻連盞河燈都收不到，會不會覺得傷心？」

沈君兮的語調淡淡的，卻勾起了紀老夫人的哀愁。

芸娘是已經出嫁的女兒，享受不到紀家的香火，正如沈君兮所說，如果她再不為芸娘點上一盞河燈，那芸娘幾乎和孤魂野鬼無異。

紀老夫人又怎麼忍心女兒落得如此境地？

「那妳得答應祖母，得早去早歸，不可在外面多停留。」紀老夫人細心囑咐道。

沈君兮一聽外祖母這是答應了，滿口應下來，讓珊瑚上街去買了盞蓮花河燈。

到了七月十五那日，作為長子的紀容海特意帶著紀明從西山大營趕回來，領著紀家一眾老小主持祭祀。

而沈君兮雖是紀家的外孫女，卻算不得紀家人，自然不用參加這樣的祭祀。

於是用過晚膳後，她便換上一身男裝，帶著珊瑚和紅鳶，又叫上了靳護衛等人，坐著馬車往北苑運河而去。

天色還未全黑，天上還透著墨染的藍色。

因為有廟會，北苑運河前的街上早已張燈結綵，掛上了各式各樣的花燈，一條街看上去是絢麗多彩。

花燈之下，男男女女，遊人如織，各家的小販更是使盡全力，賣力地吆喝著，熱鬧非凡。

因為惦記著紀老夫人的囑咐，沈君兮不敢在這條街上多停留，而是選了條石板小徑往河邊而去。

河裡陸續漂來一些人們在上游所放下的河燈，星星點點地映照著河水，隨著水流又慢慢往一處匯去。

順著水流往下看，遠處的河燈越聚越多，倒似天上的銀河一般璀璨。

聽了腳邊細微的拍岸聲，沈君兮也讓珊瑚將手中提著的蓮花河燈交給自己，把親手寫給娘親的祭文放到河燈裡，再點燃燈裡的蠟燭。

那盞蓮花河燈一下子變得通透起來。

跳躍的燭光映著粉色的蓮花花瓣，將沈君兮的臉色也照得一明一暗。

兩世為人，沈君兮並未留下太多與母親的共同記憶，只記得母親是個溫婉的美人，說起話來總是細聲細氣，嘴角總是帶著笑，好像天底下沒有能讓她覺得不高興的事。

回想起幼時那些與母親相處的片段，沈君兮忍不住淚濕了雙目。

她擦了淚水，蹲下身子，小心翼翼地將蓮花河燈放在水裡，輕輕攪動著眼前的水面，讓漾起的水波一點一點地將花燈往河心推去。

她一直盯著那盞河燈，好似目送著母親遠去的腳步，淚水再次湧上，模糊了她的雙眼。

而此刻，另一盞牡丹河燈自上游漂下，慢慢地與她放出去的那盞蓮花河燈合到了一處。

沈君兮順勢往上看去，只見不遠的地方，一身白色衣袍的趙卓神色哀戚地站在那兒。他剛好也扭過頭來，二人的目光就這樣不經意地碰到一處。

沈君兮沒想到會在此處遇到趙卓。

而趙卓也沒想到會碰到沈君兮，臉上露出一絲驚慌。

沈君兮以為是自己的錯覺。她看見趙卓笑過、怒過、冷漠，唯獨沒見過他慌張的時候。

趙卓下意識地左右看了看，發現沒有可以藏身的地方，也就迎著沈君兮走了過來，看向她放出的那盞蓮花河燈，道：「給妳母親的？」

沈君兮點點頭，看著趙卓放的牡丹花河燈，也回問了一句。「你也是？」

不料趙卓卻是看著兩盞河燈，抿住了雙唇。

在宮裡，他的生母張禧嬪一直是個禁忌。

他並不清楚當年究竟發生了什麼事，只是聽聞當年的張禧嬪因為謀逆而害得張家被滿門抄斬。事發後，張禧嬪為了不連累年幼的他，選擇在宮裡自縊身亡。

所有人以為他什麼都不知道，可在趙卓的記憶裡，總有一個畫面揮之不去——如血的殘陽下，一道白色的身影掛在門廊下，蕩來蕩去……

自那之後，張禧嬪成了皇宮的禁忌，所有人都在努力遺忘她，唯有趙卓將她的身影深深地記在腦海裡。

因為宮中禁止私自進行各種形式的祭祀活動，趙卓只能偷偷選擇每年的這個時候，來運河邊放一盞河燈。

這也成為了他的秘密。

只是趙卓沒想到的是，這個秘密竟然被沈君兮撞破了。

見他沒有說話，沈君兮也沒有追問，只是靜靜地站在那兒，默默看著那兩盞河燈隨著河水，漂漂蕩蕩地與其他的河燈匯聚在一起。

在沈君兮準備回去的時候，身邊的趙卓卻突然問道：「妳還記得妳的生母長什麼樣子嗎？」

沈君兮微微一愣，有些不解地看向他，只見趙卓有些神色黯然地看著自己，眼中有著一抹化不去的憂傷。

「當然記得。」她想到了自己重生後，見到睡在棺材裡的生母。

前世，她一直不知道母親長什麼模樣，印象中，母親只是朦朦朧朧的一團身影。也是那一眼，她才知道，原來長大後的自己竟是和母親長得那麼像。

「可我不記得她了。」趙卓卻在她耳邊悠悠道：「我現在唯一記得的，只是一道白色的身影……她是謀逆之人，在宮裡，沒有人敢提她，大家也不屑提她。」

他有些自嘲地笑著，可沈君兮發現，淚光不停地在他的眼中閃動。

關於七皇子的生母張禧嬪的事，她上一世也有所耳聞。

那時候坊間有傳聞，稱張家和張禧嬪都是被冤枉的，只可惜，當年的她對這些並不感興趣，因此知道的內情不多。

但見著趙卓現在的樣子，沈君兮不免生出一絲憐憫。

她安撫著趙卓。「如果你母親知道你還記掛著她，她泉下有知，也一定會感到安慰的。」

話音還沒落，趙卓便有些詫異地看她。

這麼多年了，沈君兮是第一個提到他的生母，卻沒有露出厭棄神色的人。

是因為她還太小，不懂得這些？他思索著。

生母謀逆對趙卓而言，幾乎是一生都洗不去的污點，可隨著年紀增大，他也發現這其中的可疑之處。

宮裡的知情者都說當年張禧嬪想要謀害太子，可讓他有些想不明白的是，他的生母為什麼要謀害太子？

母親在宮中的位分不高，而張家在朝中也算不得有地位，何況他父皇有七個兒子，即便太子夭折，皇位也不可能落到身為七皇子的他頭上。

也就是說，謀害太子對他的生母而言，絲毫沒有利益可言。即便他的生母蠢如棒槌，也不可能會去做這種對自己百害無一利的事。

這樣的道理，他思來想去了很久，卻找不到人可以說。

可今日遇到沈君兮，直覺卻好似告訴他，可以同她說說！

「我的生母當年謀逆……妳知道嗎？」趙卓試探著道。

但他一說出這話，卻覺得自己真是蠢得出奇。沈君兮才多大，而且她到京城才半年，要去哪兒知曉當年的事？

「我知道。」不料沈君兮靠坐在堤岸上，看著河水道：「有傳言稱當年的張禧嬪為了讓自己兒子當上太子，不惜在酒水裡下毒，謀害當時的太子殿下……」

沈君兮依照記憶，講述上一世聽來的隻言片語。

「妳信嗎？」趙卓看著她，語氣中帶著一股自己也沒有察覺的急切。

沈君兮沒有說話，卻抬起頭衝著趙卓搖搖頭。

以前的她或許不懂，但上一世在延平侯府經歷過妻妾之爭的沈君兮明白，一個在後宮能夠生存下來並成功生下兒子的女人，絕不可能是蠢的。

這種事情要做，絕對要借他人之手，有誰真會蠢到親自下手的？

而張禧嬪不但做了，還被人抓了個現行。與其說她是去殺人的，還不如說，她其實是別人借刀殺人的那把刀而已。

只是這些都是她的猜測，她也還只是個孩子，說什麼都是空口無憑。

可在趙卓看來，沈君兮剛才那個搖頭，已經讓他很高興了。

他有些興奮地抓住沈君兮的手，同她道了一聲：「謝謝。」
這並不是他第一次觸碰沈君兮的手，可二人都彷彿被針刺似地將手彈開了。
好在有著夜幕的掩飾，並沒有人看見他們的動作。
沈君兮紅著臉道：「天色不早，我要回去了。」
趙卓微微側過身子，讓出一條道來。
當沈君兮低著頭從身邊經過時，卻被趙卓抓住手臂。「妳能幫我暫時保守這個秘密嗎？」
沈君兮有些錯愕地看向他。借著運河裡的點點星光，她瞧見了趙卓眼中的誠摯。
「當然。」她笑著點頭。
趙卓站在河邊，看著沈君兮越走越遠，直到她的身影完全消失在人群中。

過完七月半，一轉眼到了八月初，各家開始送中秋節禮，而休學了近一個半月的女學堂也再度開學。
紀家三姊妹又過起了每日早起上學的日子。
這時，被沈君兮派去大黑山、幾個月都不曾有消息的黎子誠突然回來了，沈君兮便找了個機會在外面的茶館見他。
「這一次是真的有消息了！」黎管事有些興奮地同她道：「為了保險起見，我不但去了大黑山，後來又多次跑了房山。這幾個月裡，在那邊買地的果然都是些小戶人家，上好的良田都被劃成了一小塊一小塊的。最大的一位買家，是您的大舅母。」

沈君兮點點頭，然後問起了大黑山那邊的情況。

「相對於房山，我認為大黑山的山地更值得買入。還是我之前同姑娘說過的那句話，每年過年的時候，京城都要消耗掉大量水果，哪怕只種一些蘋果、橘子、柿子什麼的，一年的收益也不會比田地差。」黎管事同她細細地算帳。

既然房山那邊的地鐵定會被徵收成行宮，她這個時候再一頭扎進去顯然不是什麼明智之舉。

沈君兮也同黎子誠商定，由他出面幫沈君兮去大黑山買地。

與此同時，沈君兮也記起一件事來。大舅母跟她借的那些錢，也該要還了……

齊氏這陣子的心情可是好得很。

之前先是中元節的祭祖，後是中秋節各府的拜節禮，讓她忙得幾乎沒有工夫再做其他事，因此只好交代關嬤嬤的兒子關仁去房山幫她處理買地的事。

好在那關仁也是個能幹的，不但幫她把地買回來，而且比之前她所想的還多了好幾百畝。這麼一算下來，一畝差不多四兩銀子都不到！

天底下哪有這樣的好事？簡直讓人作夢都會笑醒。

因此她現在一有時間，忍不住拿個小算盤在那兒扒拉，新買的田地一年會有多少收成，她一年又能多進多少銀子？而將自己要還沈君兮一千二百兩銀子的事拋到了九霄雲外。

沈君兮也瞧出了齊氏好似沒有要按時還錢的意思，因此也趁齊氏來給紀老夫人請安時，突然同齊氏說道：「大舅母，您什麼時候再請我們喝老鴨湯呀？」

齊氏被她問得一愣，而紀老夫人立即反應過來，沈君兮指的是上一次齊氏作東宴請全家的事。

只是那次宴請，卻是沈君兮自己貼了二十兩銀子的。她不知道齊氏自己心裡有沒有譜，但她可是知道得一清二楚。

因此，紀老夫人沒說話，而是若有所思地看向齊氏。

齊氏被婆婆這麼一瞧，立即想起上一次她主動作東時，沈君兮稱只要煲一份「老鴨湯」的事。

可那次作東，完全是因為沈君兮借她一千二百兩銀子，她心裡高興而應下來的，現在無緣無故的，怎麼又叫自己請喝老鴨湯？要知道這年頭，一隻養了十年的鴨子，沒有十兩銀子根本買不到！

抑或……她根本不是想喝老鴨湯？

瞧著沈君兮笑盈盈地看著自己，齊氏這才恍然想起，自己寫了張借條在她手上。原以為她年紀小，過不得三、五日便會把自己借錢的事拋到九霄雲外，沒想到這丫頭卻是心心念念地記著，還用這種方式催自己還錢。

可如果自己不還……齊氏在心裡打起了小算盤。

沒想到沈君兮伏在紀老夫人的跟前，笑道：「外祖母，之前大舅母可是和守姑說了，她尋了個賺錢的好法子……」

齊氏聽了，臉色一變。

她故意將此事瞞著眾人，是不想有人知道這事，如果這時候被沈君兮給捅出來，豈不是前功盡棄？

齊氏連忙衝著沈君兮笑道：「不就是一盅老鴨湯嘛，大舅母請妳就是了，咱們今晚加菜成不成？」

沈君兮見齊氏明白了意思，只是笑著稱好，沒再繼續往下說。

齊氏發覺自己被嚇出一身冷汗來。這個沈君兮還真是人小鬼大！

待她們二人都從紀老夫人的屋裡出來，齊氏拖住了沈君兮，道：「好守姑，大舅母現在手頭有些緊，妳借我的那些錢不如……」

「可是大舅母，我們之前可不是這麼說的呀！」沈君兮衝著齊氏眨眼道：「我們不是說好了，八月要還嗎？」

「可大舅母現在手上實在沒錢……」齊氏同她哭窮。

沈君兮又怎麼會信她？她可是聽聞昨兒個，齊氏又放了一筆印子錢出去。

「這樣可不太好吧？」沈君兮同齊氏「說理」道：「我們可是一早說好的，大舅母要是言而無信的話，我可是要告知外祖母。」

齊氏一聽，果然急了起來。

「這樣吧，不如妳再寬限大舅母兩日，三日後，我定將那一千二百兩銀子還給妳！」齊氏一咬牙。

她真沒想到沈君兮竟是個這麼厲害的主，早知道昨天不該把剛收回來的那筆錢又放出去。

不如先從公中的庫房裡拿些東西出來去押活當？

手上真是沒了閒錢的齊氏在心裡盤算著。就當這一次的利錢都是幫當鋪賺的好了。

第三十八章

第二日，滿心肉痛的齊氏只得帶著一千二百兩的銀票來找沈君兮。

「哎喲，就不能再寬限舅母幾日嗎？」依舊心存幻想的齊氏還想再哄一哄沈君兮。

定是有人在沈君兮耳邊說了什麼，不然一個才七歲的娃兒懂什麼？這錢若是從雪姊兒手裡借出去的，說不定早忘了這回事。

珊瑚上過茶，就帶著紅鳶她們退了出去。

沈君兮見她們離開後，這才同齊氏道：「大舅母，我年紀雖不大，可我也知道有句話叫『有借有還，再借不難』。既然當初和我說的是三個月，現在三個月已到，大舅母便不應該瞧著我小，繼續欺負我不是？」

齊氏聽了，臉上就露了尷尬之色。「瞧妳這孩子說的，這怎麼能說是我欺負妳呢？」

齊氏還欲說，卻被沈君兮打斷道：「大舅母，宮裡賞了我多少錢，外祖母都是有數的。這三個月運氣好，外祖母並沒有過問，可我不能保證她將來也不過問。您得了生財之道，卻只顧著自己發財，您說，這事要是被外祖母和二舅母知道了，她們會怎麼想？」

齊氏聽了，微微瞇了瞇眼。

又是威脅！這小丫頭年紀不大，卻總能切中要害，在這一點上完全不像她娘紀芸娘啊！

見自己不管怎麼勸說，沈君兮都沒有一絲鬆動的跡象，齊氏只好沒好氣地掏出那一千二百兩的銀票，換回了沈君兮的那張借條。

到了八月十五那天，沈君兮很早就醒過來。

這一天不但是中秋節，也是她的生日。

只可惜從上一世開始，她不曾有過一個像樣的生日，因此，也早就學會對這一天不抱什麼期待。

可即便這樣，她還是將自己美美地裝扮一番。淡綠色的素面比甲配鵝黃色的挑線裙子，然後在頭上箍了一個鑲著蓮子米大小的珍珠髮箍。

她在落地的水銀穿衣鏡前轉了又轉，直到自己也覺得滿意了，才去紀老夫人那邊請安。

豈料紀老夫人卻比平日都起得早些，此刻的她已經穿戴好，正坐在屋裡的羅漢床上閉目養神。

沈君兮甜甜地喊了一聲「外祖母」。

紀老夫人睜開眼，有些意外地看到清雅又不失美麗的沈君兮。

「我家的守姑，今天真好看！」老人家年紀大了，就喜歡看一些花團錦簇的東西。站在一旁的李嬤嬤也笑道：「鄉君長得可愛，穿什麼都好看。」

紀老夫人顯然很贊同這句話，笑著拍拍沈君兮的手，沈君兮卻發現自己的手腕上竟多了一串帶流蘇的珍珠手串。

她有些不解地朝紀老夫人瞧去。

李嬤嬤在一旁笑著解釋。「今天是鄉君的生日，這是老夫人給鄉君的生日禮。」

沈君兮更意外了。一直以來，她以為除了自己，並沒有人記得這一天也是她的生日。

「我一直都記著呢！」紀老夫人笑道，說著讓人拿出一個木匣子，然後當著她的面打開，從裡面取出一個金手圈來。那金手圈上還穿著鈴鐺，一見便是特意為那種還在襁褓中的孩子打製的。

「這是我為一歲的妳準備的。」說著紀老夫人又拿出一把金鎖。「這是給兩歲的妳準備的。」

然後，她當著沈君兮的面，一件一件地數起來。

過了這個中秋節，沈君兮便滿七歲了，而紀老夫人也足足為她準備了七件生日禮物。

「這些早應該給妳了。」紀老夫人愛憐地撫了撫沈君兮的頭。「只可惜，以前都沒有辦法親手送給妳。」

說著，她叫人端來一碗加了雞蛋的長壽麵，親手給沈君兮挾了一筷子。「來，乖，吃口長壽麵，從此福壽都綿長。」

沈君兮腦海裡突然記起，很小很小的時候，母親好似也對自己說過同樣的話。

母親的身影和外祖母就這樣重疊起來，她忍不住抱著紀老夫人哭起來。

紀老夫人自然被她的反應嚇壞了，連忙放下手中的碗筷，輕撫著沈君兮道：「怎麼了？好好的，怎麼哭上了？」

沈君兮伏在紀老夫人的懷裡，哭道：「我以為娘親走後，再也沒有人記得今天是我的生日……」

紀老夫人的手一滯，微微嘆了口氣，然後安撫她。「說什麼傻話呢！沒有了妳娘，還有妳外祖母啊，就算沒了外祖母，妳還有姨母和舅母，又怎麼會沒有人記得呢？來，乖，把麵吃了啊，不然涼了不好吃了。」紀老夫人繼續哄著沈君兮。

因為怕折了孩子的福壽，未成年的孩子過生日並不興宴請，一碗長壽麵便是家人對孩子的最好祝福。

沈君兮吸了吸鼻子，就著紀老夫人手中的麵碗，大口大口地吃起來。

紀老夫人瞧見了，也是滿心歡喜。

過沒多久，董氏也領著紀雯和紀晴過來請安。

因為是中秋，不管是上書房還是女學館都休假一天，因此大家還在家裡，哪兒也沒去。給紀老夫人請過安後，紀雯將沈君兮拉到一旁。「今兒個是妳生日，我也沒有什麼其他東西送妳，就親手做了個香囊。」

說著，紀雯拿出一個兩面都繡了蘭花的香囊掛在沈君兮腰上，沈君兮聞到一股淡淡的花草香。

她瞧出這是紀雯十天前開始拿在手裡鼓搗的東西，當時她要看，紀雯還特意藏起來，沒想到竟然是特意做給她的。

紀晴也拿出一把摺扇。「這扇面是我自己畫的，也送給妹妹，祝妹妹年年有今日，歲歲有今朝。」

沈君兮看了他們二人一眼，見他們眼中滿是真誠，同他們道了謝，開開心心地把東西都收下了。

見幾個小輩縮在一旁有說有笑的，董氏也湊過去，送了沈君兮一塊玉牌，並且幫她掛在紀雯送的香囊旁。

紀老夫人喜歡一家人一團和氣的樣子，她招呼著身邊的人再去盛幾碗長壽麵來。

齊氏帶著紀雪來得最遲，見屋裡人都是一團喜氣，不免有些詫異。

她見幾個孩子都圍在桌邊吃長壽麵，問道：「今日有人生日？」

紀老夫人一聽這話，有些不太高興，還是董氏出來打圓場。「是守姑。」

齊氏有些尷尬地笑了笑，摸了摸自己的鬢角，心想著怎麼沒人提醒？

只是這事，不知道還好，知道了卻沒有點表示就說不過去了。

想著自己身上這些首飾都還是新打的，不管送出哪一件，她都有些捨不得；而且沈君兮還不過是個孩子，這些東西送她，她也用不著。

因此，齊氏一轉眼睛，同沈君兮笑道：「哎喲，看我這記性，還真是忙暈了！我一早備下了一套上好的湖筆要送給守姑的，這一忙起來就給忘了。」

說著，她給身後跟著的丫鬟使了個眼色。「還不趕緊回去取！」

那丫鬟也是一愣。她整日跟在大夫人身邊，從來都沒見過什麼湖筆呀！

與齊氏同來的關嬤嬤一見那丫鬟的樣子，將人拖到一邊，悄聲道：「還愣著做什麼，還不趕緊取去？」

那丫鬟也急了。大夫人的屋裡根本沒有什麼湖筆，讓她上哪兒取去？

關嬤嬤見這丫頭竟然一點都不開竅，只得壓低聲音道：「去東大街的筆墨鋪子裡取！」

那丫鬟恍然大悟，匆匆忙忙地跑出去。

自己這個大兒媳婦平日是什麼德行，沒有人比紀老夫人更清楚，此刻她看破不說破，只是不想壞了大家的興致而已。

見齊氏只帶了紀雪過來，她問起紀昭去了哪兒？

「一早出了門，說是要陪太子殿下去狩獵。」紀昭是太子身邊的侍讀，一說起自己這個兒子，齊氏是滿臉的與有榮焉。

紀老夫人點點頭，沒有再說話。

像他們這樣的人家，爵位只有一個，那些不能承爵的孩子就得各自另尋前程。

齊氏在紀老夫人這兒插科打諢了半日，那丫鬟才氣喘吁吁地送來一套包裝得很精美的湖筆。

齊氏有些嗔怪地說道：「怎麼去了那麼久？」

那丫鬟掃了眼屋裡的紀老夫人，然後有些磕巴地道：「彩霞姊姊不在屋裡，我和明霞姊姊找了好半天，才在夫人的矮櫃裡找到這個……」

齊氏見她回答得還算機靈，也不再與她計較，而是笑盈盈地走到沈君兮的跟前。「都說咱們守姑能寫一手好字，大舅母送妳一套湖筆。」

沈君兮笑著接過來，一看那裝筆的盒子就知道這是在東大街上買的便宜貨。送這種東西，還真沒有雯姊兒和晴哥兒他們送的香囊和摺扇有誠意。

因為齊氏還要安排一家人中秋宴的事，暫且告退，董氏則陪著紀老夫人在西梢間裡說著九月二十五萬壽節的事。

「聽內務府的消息，今年恐怕是要大辦。」董氏道：「我們家也要趁早準備才好，免得到時候有錢都買不到好東西。」

紀老夫人點點頭。

普天之下，莫非王土。皇上自然什麼都不缺，他們這些做臣子的送東西，只能從寓意上下工夫。

「老二媳婦，這事還是得妳多費點心。」紀老夫人想了想，道：「我先撥給妳兩萬兩銀子置辦萬壽節的東西。妳大嫂是個見錢眼開的，我怕把這事交代給她，錢花了，事卻沒辦好，到時候丟的還是咱們秦國公府的臉。」

董氏一臉慎重地應下來。

她們婆媳二人正說著話，宮裡來了人，紀老夫人忙上前相迎。

來人是延禧宮的人，他一見到紀老夫人便打了個千，笑道：「南邊的蘇州府進貢螃蟹來，貴妃娘娘得了幾簍，也命小的送一些到國公府來，讓老夫人也嚐嚐鮮。」

紀老夫人欣慰地點點頭。

每年皇上都會給宮裡的妃子各種小賞賜，而得了賞的妃子則會酌情將得到的賞賜再轉送娘家，以示自己在宮中得到的恩寵。

瞧著那送來的螃蟹還不斷地吐著泡泡，個頂個的有手掌那麼大，紀老夫人知道紀蓉娘在宮裡還是一如既往地受寵。

她與宮裡來的公公閒話了兩句，無非是打聽蓉娘在宮裡過得好不好？

得知女兒在宮裡一切都順意後，紀老夫人也賞了那公公兩個八分的銀錁子，公公也高高興興地回宮覆命去了。

「讓人送一簍到東府去。」紀老夫人同身旁的李嬤嬤笑道：「讓李老安人也高興高興。」

李嬤嬤知道紀老夫人這是要給東府報喜訊，也趕緊安排人過去。

沒多久，東府捎來一盒月餅做回禮，並邀請紀老夫人晚些時候去賞花燈。

紀雯和紀雪得知後很興奮，齊氏和董氏也有些心動，紀老夫人卻笑著搖頭。「我這把老骨頭不去了，到時候人山人海的，可別把我給擠散架了，妳們要是想去，帶著孩子們去好了。只有一條，妳們別把人給我弄丟了就成。」

沈君兮聽紀老夫人這麼一說，就道：「那我留在家裡陪外祖母吧！」

「不用、不用。」紀老夫人想著沈君兮一貫乖巧，撫著她的頭道：「妳和兩個舅母一起去玩，不用拘在家裡陪我。」

可沈君兮是真覺得花燈沒有什麼看頭，畢竟正月十五看花燈，七月十五也看花燈，這到了八月十五又看花燈，而且那些花燈大同小異，並無什麼特別之處，反倒擠來擠去的，還不如坐在家裡悠閒地吃著月餅，抬頭看月亮來得自在。

「外面人多，守姑不喜歡被人擠來擠去的……」沈君兮只好老實道。

紀老夫人呵呵一笑，指著沈君兮同董氏她們笑道：「這點她倒是像我，不愛湊那些熱鬧。」

「那是，也不看看守姑現在是跟著誰。」董氏也打趣道：「不像老夫人您，還能像誰？」

紀雪聽了她們又開始「吹捧」沈君兮，有些不高興地撇嘴。

但一想到晚上沈君兮不會跟著她們一起出門，又變得活絡起來。

「到時候我們去買那個翻糖吧！」紀雪有些顯擺似地在沈君兮面前跟紀雯說道：「還有那個張果老倒騎毛驢的走馬燈，去年我去晚了沒買著，今年我一定要買一盞回來！」

紀雯則是拉著沈君兮的手。「妳真的不想去看看嗎？」

沈君兮同紀雯搖搖頭。

「既然沈家表妹不願意去，姊姊妳也別強人所難了。」紀晴瞧著，也幫沈君兮說話。

「不如到時候我們帶些好吃好玩的回來送她。」

紀雯也覺得只好如此了。

因為趕著去看花燈，一家人早早地用過晚飯，沈君兮將她們都送出翠微堂後，去陪紀老夫人在院子裡消食走圈。

「妳這個孩子也是，」紀老夫人見著她，心裡還是很高興的，可還是忍不住「數落」她。「別人家的孩子若是知道能出去玩，那心比人還飛得早。妳倒好，喜歡同我這個老人家為伍。」

沈君兮卻只是笑了笑，只管抱著紀老夫人的手臂撒嬌。

祖孫繞著翠微堂的抄手遊廊慢走了十幾圈，走得渾身是汗，心情更是暢快淋漓。

「趕緊去洗漱一番，可別吹了風著涼。」微微休憩一會兒後，紀老夫人催促著沈君兮。「這都已經立秋了，秋風容易凍人。」

沈君兮就回房去梳洗一番。正當她讓珊瑚和紅鳶用乾帕子幫自己擦拭濕淋淋的頭髮時，卻有丫鬟來報。「七皇子過來了，老夫人叫表姑娘先過去。」

這個時候？沈君兮懷疑是不是自己的耳朵聽錯了。

而珊瑚卻對她點點頭，道：「既然是老夫人相請的，姑娘還是過去看看吧。」

這……沈君兮一想到自己披頭散髮的模樣，有些猶豫。但她又想，自己還是個孩子，有什麼好怕的？

便讓珊瑚給自己換了身衣服，披著頭髮往紀老夫人的正屋而去。

一身月白色杭綢直裰的趙卓端坐在廳堂裡，除了侍衛席楓，以及李嬤嬤和兩個伺候茶水的丫鬟外，屋裡沒有其他人了。

見沈君兮過來，李嬤嬤面帶微笑地迎過來，然後低聲道：「可不巧，七殿下來的時候，老夫人正進了淨房洗漱……」

難怪把自己叫過來。沈君兮點點頭，笑著往趙卓身邊去了。

看著沈君兮那小小的身影，李嬤嬤也在心裡暗自奇怪。表姑娘不過還是個孩子，可很多時候，她給自己的印象卻總像個大姑娘般沈著穩重。

「七殿下。」沈君兮對趙卓行了個福禮。「不知殿下這個時候過來，所為何事？」

自從中元節二人在北苑運河邊見過一面後，已經足足一個月了。

趙卓有意地打量著沈君兮，只見她目色清明，笑意盈盈，與往日並沒有什麼不同。

「沒什麼，是花燈看累了，想找個地方坐坐。」趙卓的目光有些清冷，可眼神卻一直跟在她身上。

沈君兮有些不自在地笑了笑，正想尋個什麼話題聊一聊的時候，他卻端了茶盅飲一口，然後站起身，道：「我該告辭了，清寧鄉君能否送我一送？」

這就要走？沈君兮有些錯愕，但幾乎是不假思索地說了「好」。

趙卓的嘴角浮起一絲微笑。

第三十九章

月色清朗，照在翠微堂的庭院裡，像是給所有東西都打了一層白霜。

趙卓走上庭院裡的石板小徑，沈君兮快步跟上去。跟著趙卓而來的席楓卻落後了兩、三步，而且故意用身形擋住同樣跟上來的李嬤嬤等人。

李嬤嬤起先還有些不解，但被席楓瞪了一眼後，她才明白過來——這是七皇子有話要單獨同表姑娘說呀！

趙卓用眼角餘光掃到李嬤嬤等人沒有跟上來後，停下來跟沈君兮說：「把手伸出來。」

雖不明白他要做什麼，沈君兮卻是依言照辦。

只見趙卓從衣袖裡取出一個小木匣子，放到她手上，並道：「聽說今天是妳的生日，這個送妳。」

還沒待她反應過來，趙卓喊了一聲「席楓」，便大踏步地往外走去。

席楓見狀，馬上跟了上去，經過沈君兮的身旁時，他還善意地笑了笑。

沈君兮拿著那個匣子，一時倒不知道該如何是好？

「怎麼，七殿下走了嗎？」得知七皇子突然到訪，紀老夫人只在淨房裡匆匆梳洗一番便趕了出來。

沈君兮銜著紀老夫人點點頭，將手裡的木匣子拿給她看。「七殿下說今天是我生日，然後送了我這個。」

紀老夫人取過那個小木匣子，翻來覆去地看起來。

「哐噹」一聲，一個鑰匙模樣的小鐵片從木匣裡掉出來。

沈君兮將小鐵片撿起來，還想著這鐵片是做什麼用的時候，紀老夫人卻輕輕地推開木匣子，露出匣子裡的兩個木雕小人來。

只是那木雕小人的雕刻技藝很一般，甚至顯得有點粗糙，可即便是這樣，紀老夫人和沈君兮還是輕易地辨認出小人是兩個羅漢。

「將那鐵片拿來給我瞧瞧。」紀老夫人在匣子的底座上發現一個類似鑰匙孔的地方。

沈君兮將鐵片雙手奉上，接過鐵片的紀老夫人將鐵片插入鑰匙孔，像開鎖一樣地用力一推，剛才還一動不動的兩個小木頭人竟然互相打起來。

「咦？」沈君兮忍不住抬頭問紀老夫人。「他們是怎麼動起來的？」

「大概是因為裡面有什麼機關吧。」紀老夫人笑著將木匣子交到沈君兮的手中。「我以前見過有人用這個逗小孩。」

逗小孩的……

沈君兮想到了趙卓臨走時那一臉的笑。小孩就小孩吧，誰教自己真是個小孩呢？

不過這小木人還真有些意思，沈君兮不斷地抽動著那小鐵片，然後兩個木頭小人在她的控制下，歡快地打起來。

玩得正起勁的時候，院子外傳來紀雯和紀雪的歡笑聲，去看花燈的人回來了。

沈君兮朝門外看去，只見紀雯提著一盞兔子燈，而紀雪則提著一盞走馬燈，說說笑笑地走進來。

見沈君兮正好站在院子裡，紀雪故意提著手裡的走馬燈從沈君兮跟前經過，卻瞟到了她手上那兩個正在打架的小人。

「這是什麼？」紀雪瞪著沈君兮。她手裡的那個明顯比自己手裡的要好玩多了！

沈君兮卻沒有答她的話，而是看著紀雯手裡的兔子燈，笑道：「雯姊姊，這兔子燈是給我的嗎？」

「對啊！」紀雯笑著將那兔子燈交到沈君兮的手中，有些遺憾地道：「本來我想買隻更好看的，可惜只買到這個。」

「這個也好看呀！」沈君兮卻甜甜地衝著紀雯一笑。「今天晚上，我要把它掛在我的床頭。」

紀雯也瞧見了她手中的木頭小人，奇道：「這是什麼？」

「大概是七殿下送我的生日禮物吧。」沈君兮想了想，也想不出第二個理由來。

「七殿下？」紀雯有些驚訝地說道：「我們在瞧花燈時遇見了他和三殿下，可還沒同他們說上兩句話，七殿下就被人潮給擠不見了。怎麼，他來咱們府裡了嗎？」

被擠不見了？怎麼還會有這樣的事？

她的第一反應卻是趙卓故意借著人潮與他們走散，然後再特意來了趟秦國公府，給自己送這個木雕小人。

可他為什麼要這麼做？感謝自己答應幫他保守張禧嬪的秘密嗎？

沈君兮一時半會兒也拿不定主意來，以至於紀雯叫她的時候都沒聽到。

待到夜裡大家都歇下的時候，紀老夫人卻是睜著眼怎麼也睡不著。

七皇子怎麼會突然想到要送東西？難不成七皇子對守姑……

但紀老夫人轉念一想，又覺得兩人都是兩小無猜的年紀，自己不該以一個過來人的心思猜測兩個孩子的心。

而且自始至終，守姑的眼神都是很坦蕩的，不像是有隱瞞的樣子。

可即便是這樣，她還是覺得心裡亂糟糟的，在床上好似烙煎餅似的，翻來覆去睡不著。睡在腳踏上值夜的李嬤嬤聽見床上的動靜，坐了起來。「老夫人，要不要用些茶水？」

紀老夫人覺得自己有些口乾舌燥，也坐起來道：「給我一杯溫水吧。」

李嬤嬤起身，倒了杯水過來。

紀老夫人潤了潤嗓子後，同李嬤嬤絮叨起自己的擔心來。

李嬤嬤同紀老夫人笑道：「您不是經常說兒孫自有兒孫福嗎？如果表姑娘能同七殿下在一起，也算得上是一樁好姻緣吧！」

紀老夫人卻搖搖頭。「可他是皇子，婚姻從來不能由他自己作主。我這邊若真是放手，讓守姑一頭栽進去，到時候皇上卻給七皇子賜了別人家的姑娘，守姑該怎麼辦？」

「要不我們同貴妃娘娘提一提這事？」李嬤嬤出著主意道。

「不妥。」紀老夫人嘆氣道：「這事也只是我們自己的猜測，如果兩個孩子根本沒有這個心思，我們卻把這事捅出去，妳教這兩個孩子以後又怎麼自處？」

到了九月，內務府傳出消息，今年的萬壽節不但會大辦，而且會在萬壽節那天組織練兵和秋獮，還會邀請京城裡的這些皇親國戚、天潢貴冑們，與天子一同狩獵。

一時間，京城裡不但那些古玩、珍寶的價格翻了倍，連賣狩獵服的店家，生意也變得異常興隆。

那些平日從不騎馬的紈袴們也開始在城外的草地上跑起馬來，生怕自己在昭德帝的跟前出糗。

相對於其他人家，秦國公府卻顯得有些安靜得異常。

紀家算得上是以武將傳家，雖然到了紀明這一輩，有從文，也有從武，可紀家的孩子從小都是爬過馬背的，不說在馬背上一定能狩到獵物，但肯定不會出現跌下馬背這種糗事。

可沈君兮卻同他們不一樣。

兩世為人，她從沒上過馬背，更別說打獵了，她能否在馬背上坐穩仍是個問題。

紀老夫人顯然也想到這問題，可紀容海和紀明都在西山大營，家裡沒有人能教沈君兮騎射，她便讓人找來了麻三。

麻三的祖上是以養馬、販馬為生的馬奴，到了麻三爺爺那輩，成了專門為老國公爺部下提供戰馬的養馬官。

別看這麻三才十五、六歲的年紀，卻也是養馬、愛馬成癡，而且還自己練了一身拿手的騎射功夫。但因為兩個兄長已經跟著現任的秦國公去西山大營歷練，他主動留在家裡照顧年事已高的爺爺。

正是感慨他的這份孝心，紀老夫人也讓他在家裡的馬棚當差，平日對他也是多有照顧。聽聞是要教七歲的清寧鄉君騎射時，麻三雖然有些猶豫，但還是答應下來，而且還特意為沈君兮挑選了一匹身形矮小的小馬。

即便是這樣，當沈君兮看到那匹比自己高了不止半個身子的小馬時，還是有些膽怯。特別是她剛靠近小馬時，小馬剛好打了個響鼻，把沈君兮嚇得後退兩、三步。

紀雪在一旁瞧著，有些得意洋洋。終於也有沈君兮玩不轉的東西了！她故意挺直身板，騎著另一匹小馬在沈君兮身旁走來走去，並且弄出各種聲響來干擾她，滿心都是揚眉吐氣的感覺。

麻三見了，雖然很想教訓紀雪一頓，可偏生紀雪也是紀府的小姐，他也不敢做出什麼過激的事來。因此一連好幾天，沈君兮這邊毫無進展。

眼見萬壽節越來越近，麻三也跟著急了起來。

在紀雪再次過來「搗亂」的時候，麻三二話不說，將沈君兮拎上自己的棗紅馬，馳騁了起來。

如此風馳電掣的感覺是沈君兮從不曾有過的。一開始，她緊緊地貼在馬背上，後來慢慢變得大膽起來，不但坐直了身子，也放鬆了之前緊拽著馬鞍的雙手。

見沈君兮放鬆起來，麻三笑著表揚道：「對，就是這樣！」

說完，他一個躍起，竟然從奔馳的馬背上跳下來，惹得不遠處幾個同樣在練馬的少年一陣拍手叫好。

被單獨留在馬背上的沈君兮一下子又緊張起來，她再次伏在馬背上，甚至有些乞求地看向麻三。

豈料麻三卻道：「拽緊韁繩，讓馬兒自己停下來。」

這時的沈君兮簡直急得要哭起來。內心怕得要死的她，哪還敢去抓什麼韁繩？

就在她不知如何是好的時候，身後突然響起一聲馬哨，她騎著的棗紅馬就這樣乖乖地停下來，並低頭在地上吃起草來。

不知道發生了什麼事的沈君兮從馬背上抬起頭，只見趙卓騎著一匹白馬從她身後趕了過來，一臉擔憂地道：「妳還好嗎？」

這時候的沈君兮早已嚇得血色全無，騎在馬背上的雙腿更像是沒了知覺一樣，根本不由自己控制。

趙卓翻身下馬，走到她的跟前問道：「妳想下來嗎？」

沈君兮呆呆地點點頭，嗓子裡卻發不出任何聲音。

趙卓笑著向她張開雙臂，就像他們第一次在那花牆邊見面的樣子。

沈君兮毫不猶豫地往他的懷裡倒去，被趙卓抱了個滿懷。

那溫暖的懷抱漸漸讓她又恢復了些知覺，但心裡有些後怕的她，雙腿卻一直抖著。

「你是什麼人？」隨後趕來的麻三見沈君兮正偎在一個陌生少年的懷裡，大聲喝止道。

紀老夫人既然將小姐交給他，便不能讓沈君兮出任何意外。

趙卓也認出了麻三是剛才那個從馬背上翻下來的人，將沈君兮護在懷裡，厲色問道：「這話應該我問你才對！」

眼見這兩位要針尖對麥芒地槓上了，恢復了些的沈君兮同趙卓解釋道：「這位是麻三，是外祖母特意找來教我騎馬的。」

趙卓見她要介紹自己時，卻搶先道：「我是她表兄！」

沈君兮想著趙卓大概是不想暴露身分，算起來也確實是自己的表兄無異。

「既然是來教妳騎馬的，怎麼可以將妳一人晾在馬上不管不顧？」想著自己剛才見到的情景，趙卓忍不住握緊了拳。

這人究竟知不知道，將一個完全不會騎馬的人留在馬背上是件多麼危險的事，一旦從馬背上跌落下來，那也是非死即傷！

「你怎麼知道我沒管？」而麻三也瞧著趙卓不順眼。他剛才敢跳馬，自然是有把握不會傷到沈姑娘，沒想到這人不由分說地跑來橫插一槓，現在還振振有詞，到底以為自己是誰啊？

眼見這二人又要鬥起來了，沈君兮夾在他們之間趕緊叫停。

「現在不是說那些的時候吧，當務之急是我得學會騎馬呀！我可不想在萬壽節那天鬧笑話。」終於感覺恢復了正常的沈君兮在他們二人之間跳腳道。

「這個自然簡單。」沒想到趙卓和那麻三卻異口同聲道：「只要妳聽我的就成！」

沈君兮看了眼趙卓，又看了眼麻三，然後眨眨眼。自己究竟要聽誰的呢？
眼見二人又要吵起來，沈君兮大喊一聲。「誰的有效，我就聽誰的！」
「妳當然是要聽我的！」趙卓把沈君兮往自己的身後一拉。「妳難道忘了，他剛才可是把妳嚇個半死！」
「誰說的，剛才小姐明明已經不再懼怕騎馬，若不是你突然跑出來，她一拉韁繩便能控制住那匹馬！」麻三也是據理力爭。
感覺自己已經浪費好幾天的沈君兮不想再繼續耽誤下去，她拉了拉趙卓的衣袖道：「那你說的方法是什麼？」
趙卓向麻三丟過去一個得意的眼神，從地上扯了一把草，道：「騎馬最重要的，是要與馬兒建立感情，只要讓牠接受了妳是主人，自然會聽妳的。」
說著，趙卓抓著那把草去餵剛才沈君兮騎的馬。
麻三露出一個不屑的表情，負手站在一旁。
趙卓原以為那匹馬會乖乖來吃自己手裡的鮮草，可誰知馬兒卻看了他一眼後，將頭轉向另一邊，好似完全沒看到趙卓和那把草。
麻三見了，在一旁哈哈大笑起來。
「我的紅棗又豈會亂吃陌生人給的東西！」麻三有些得意地笑道：「你這一招，對我的馬兒是沒有用的！」
趙卓卻冷哼一聲，吹了個馬哨，將自己那匹白馬叫過來，然後將青草往沈君兮手裡一塞，道：「那妳餵我的那匹。」

在趙卓的白馬走過來時，麻三卻有些不敢相信地驚嘆一聲。「這是大宛馬？」

「不僅是大宛馬，而且還是純種的。」趙卓有些得意地說道：「比你那棗紅馬不知要高級多少！」

「是是是！」剛才還一直同他抬槓的麻三像是換了一個人，他伸了伸手，想摸又不敢摸那匹大宛馬。要知道他一生的夢想，便是養一匹像這樣的馬。

趙卓一見麻三癡迷的樣子，心裡明白了幾分，他將手裡的韁繩往麻三的懷裡一丟。「想不想騎看看？」

麻三一臉興奮地問：「可以嗎？我真的可以騎一騎嗎？」

趙卓默默地點頭。

麻三手抓韁繩，一個躍起，跳上了馬背，嘴裡喊了一聲「駕」，那大宛馬便在草地上狂奔起來。

沈君兮看著麻三的背影。說好的教自己騎馬，他卻一個人先瘋去了……

「我來教妳吧。」見麻三走遠後，趙卓對沈君兮說道：「不把他支開，估計我們吵到天黑也沒個結果。」

想著他們二人剛才面紅耳赤的模樣，沈君兮覺得他說的也許是真的。

「來吧，騎上馬背，我教妳遛馬。」趙卓笑著對她一抬下巴。

第四十章

看著他那頗具感染力的笑容，沈君兮深吸了一口氣，拽著馬鞍準備上馬。

可是麻三的棗紅馬比之前她騎過的小馬要高大許多，任憑她怎麼努力也踩不到那個馬鐙。

她不免有些氣餒。趙卓看了，也在一旁笑。「之前那麼高的花牆妳都能翻過去，沒想到這馬背卻翻不上了。」

沈君兮有些生氣地瞪他，沒想到他卻笑得更歡了。

「我來幫妳。」趙卓二話不說地半蹲下，抱著沈君兮的腰將她舉起來。

這一次，沈君兮終於不費什麼力氣，坐上了那棗紅馬。

「雙手拉住韁繩，雙腿夾緊馬腹……」趙卓一項一項地囑咐著，問道：「坐穩了嗎？」

一坐上馬背，有些緊張的沈君兮點點頭。

「那好，我們走！」趙卓抬頭一笑，牽著馬兒的嚼頭，帶著沈君兮慢慢地走動起來。

「抬首，挺胸，坐直了。」趙卓在下面走著，卻不忘時不時地提醒馬背上的沈君兮。

「馬是極通人性的，如果讓牠察覺到妳在怕牠，牠可不會聽妳的了。」

沈君兮一聽，連忙調整坐姿，然後她在不經意間瞧見了趙卓那微微翹起的嘴角。

明明是個笑起來很好看的人，可平日為何總是一副不苟言笑的樣子呢？

沈君兮忍不住在心裡嘀咕。

趙卓就這樣帶著她走了兩圈後，便鬆了手裡的嚼頭，笑道：「現在妳自己來。」

沈君兮很想說自己不敢，可她一接觸到趙卓那鼓勵的眼神時，卻又想試一試。

她微微拉緊韁繩，用雙腿輕夾一下馬腹，那馬兒果然聽話地慢走了起來。

沈君兮有些興奮地看向趙卓，而趙卓也回了她一個讚許的眼神。

如此這般練過一、兩個時辰後，麻三終於騎著趙卓的大宛馬趕了回來。他一跳下馬背便很興奮地道：「果然大宛馬就是不一樣，痛快！」

「那你明日還想騎嗎？」趙卓看著麻三，似笑非笑地問道。

「我明天還可以騎嗎？」麻三聽了很心動。

「當然可以，明天還是老時間，你帶著她還到這裡來。」說著，趙卓指了指坐在馬背上的沈君兮。

麻三這才想起教沈君兮騎馬才是自己每天的正經事。

「沒關係，你只管帶她來，我來教她。」趙卓自然也看到了麻三眼裡的擔憂。「這事只要我們三人都不說出去，又有誰會知道？」

於是麻三和趙卓在沈君兮的眼皮子底下達成了共識，每日麻三將沈君兮帶過來，然後由趙卓教她騎馬，而麻三則騎著趙卓的大宛馬去狂奔。

沈君兮提出抗議。

趙卓則是挑眉看她。「難不成妳還想像之前那樣在馬背上瘋跑一次？」

她嚇得不敢再吭聲。

如此這般兩、三天後，沈君兮不但可以自己輕鬆地上下馬，甚至還能一個人騎著馬兒微微地跑起來。

沈君兮便有意無意地衝著趙卓炫耀起來。

而趙卓也會牽過席楓手裡的馬，同她並駕齊驅，然後二人在草地上慢跑起來，獨留下席楓一人像棵樹一樣地站在那兒，看著他們在馬背上有說有笑。

沈君兮學會了騎馬，這件事卻還不算完。

既然是狩獵，那還得學會拉弓射箭。只是市面上的弓箭大多都不適合小孩子，因為他們沒有那麼大的臂力，拉不開弓。

紀雯和紀雪的弓箭都是之前找人訂製的，現在重新為沈君兮訂製，時間上肯定來不及了。

紀老夫人顯得有些心急。

反倒是董氏安慰地道：「守姑能夠騎著馬、揹著弓箭在圍場裡遛達那麼一、兩下就成了，也不是誰家的女兒都能獵著獵物的，不也有那麼多空手而歸的嗎？」

紀老夫人一想也是，不過是到時候讓沈君兮去走個過場，誰還真指望讓她去狩獵？

趙卓得知後，卻把自己幼時用過的弓箭送給了沈君兮。

「妳畢竟是秦國公府的人，如果連拉弓都不會，難免會被人笑話。」他同沈君兮道：「不說讓妳騎在馬上去獵殺草裡亂跑的兔子，但射靶總該會吧？」

說著，他指著不遠處的一個立靶，對沈君兮道：「妳年紀小，又是個女孩子，讓妳騎馬上圍場狩獵，那不現實，但很可能會讓妳們這些年紀相仿的女孩子聚在一起，射個靶、投個壺什麼的，特別太后娘娘又是個樂於此道的人。」

「太后娘娘？」沈君兮卻是一個激靈。

上一世她入京的時候，太后娘娘已經仙逝，可她聽聞了不少關於太后娘娘的事，比如她強勢、專橫、不苟言笑……

「怎麼，太后娘娘也會去嗎？」她試探地問道：「可我怎麼聽說她老人家正在山上清修呢？」

「清修是不假，可那天畢竟是我父皇的壽誕，她老人家無論如何也會回宮的。」趙卓同她解釋道：「更何況日子再往後，天只會越來越冷，宮裡自會比山上要暖和得多。」

說完，趙卓把自己帶來的弓箭往她手裡一塞，拖著她，在立靶前約莫十步開外的位置站定。「別說那些無用的了，看見那個立靶上的紅心沒？妳的眼睛要透過箭尾頂住箭頭，並且讓箭頭瞄準紅心……」

趙卓像教她騎馬一樣地教著如何射箭。

「當這三點都對準的時候，妳可以鬆掉勾弦的手指……但這時候一定要保證弓箭平穩，千萬不要抖動……」他細細地交代著。

沈君兮聽了趙卓的話，將箭頭對準遠處立靶的紅心，然後一鬆手，離弦的箭噌的一聲飛出去，然後穩穩地插在立靶的紅心上。

趙卓回頭看向她，挑眉問：「練過？」

沈君兮搖搖頭。

上一世，她的書法、女紅是真練過，可騎馬、射箭卻從未曾碰觸過。

「運氣不錯。」趙卓同她笑道，又拖著她到二十步開外的地方站定，沈君兮再一次輕鬆命中紅心。

趙卓挑眉，卻讓沈君兮站到了離靶三十步遠的地方，並道：「宮中每次圍獵，女眷們的自娛自樂差不多是這個距離，妳再試試。」

雖然離那草靶是越來越遠，可在沈君兮看來倒也差不太多。她拉滿弓，對準了紅心，再次射出一箭。那射出的羽箭穩穩當當地扎在靶心之上。

這樣的準心，連候在一旁的席楓和麻三都忍不住要拍手叫好。

趙卓則有些意外地瞧著沈君兮，暗道：這小丫頭的臂力怎麼會這麼好？

「大概是因為我每天都要揉麵的原因吧。」沈君兮又試射了一箭，猜測道：「最開始的時候，哪怕只揉一、兩斤麵，第二天胳膊也會痛得抬不起來，可現在你讓我揉上二十斤麵也不成問題。」

候在一旁的席楓有些忍不住了，實在想不明白清寧鄉君為何一天要揉上這麼多麵？因此問道：「鄉君為何要揉這麼多麵？」

沈君兮衝著他粲然一笑。「因為我在學做糕點呀！我的師傅說了，揉好麵是做好糕點的第一步！席護衛想不想嚐嚐我做的糕點？」

席楓一聽有得吃，忙不迭地點頭，而龐三也湊著熱鬧說自己也要。

因為這些日子陪著沈君兮騎馬，龐三、趙卓與席楓等人也都混了個半熟，早沒了最開始的劍拔弩張。

一轉眼，便到了九月二十五日的萬壽節。

董氏最終挑了件象牙雕的彭祖像作為萬壽節禮物，送進了宮裡。

齊氏知曉後，心裡有些不舒服，覺得紀老夫人不該越過她，直接讓董氏去辦這件事，畢竟她才是這個家裡主持中饋的人。

紀老夫人知道後，也不留情面地當著董氏的面斥責她。「往年倒是都讓妳作主了，可妳選的都是些什麼？平白教人笑話咱們家辦起事來像鄉下的地主老財。」

齊氏聽了，脹紅了臉。

去年她可是叫人鑄了個小金佛送進宮，結果被別人家的夫人笑了大半年的財大氣粗。可她瞧著別人家送進宮的東西也不會比自己的便宜，卻偏偏喜歡笑話自己。

紀老夫人瞧著齊氏一臉不服氣，也只能默默在心裡嘆了口氣。

以前，她還以為這個兒媳婦可以慢慢教，後來才發現，齊氏心裡的主意比誰都大，不管怎麼提點，到最後依然我行我素，因此紀老夫人也懶得再說她。

瞧著齊氏還是一身日常居家的衣裳，紀老夫人抬眼道：「怎麼？妳今日不打算去嗎？這都什麼時候了，還穿著這身。」

「可帖子上不是說秋獮得在巳時開始嗎？現在才辰時而已。」齊氏有些不解地道。

紀老夫人同她冷哼一聲。「妳以為這是去隔壁林家吃生日宴？還是妳覺得自己面子大得可以讓皇上和太后娘娘親自等妳？什麼場合做什麼事，妳心裡沒有一點輕重緩急？」

齊氏的臉上又是一陣青紅皂白，趕緊回院子換了身衣裳，然後帶著紀雪跟著紀老夫人出門。

宮裡將今年辦萬壽節的地方定在西山圍場，因為那裡離西山大營很近，因此負責圍場布防的，便是西山大營的人。

看著圍場裡四處紮起的營帳和飄起的彩旗，紀容海這個坐鎮全場的西山大營總指揮，更是絲毫不敢馬虎。

「吩咐下去，圍場四周巡邏的兵力要加強，絕不能讓宵小之輩乘機摸進圍場威脅皇上的安全。」紀容海坐在營帳內，看著圍場的布防輿圖，正色以待。「還有入檢管關口那裡，雖然不歸我們的人負責，可也不能大意。至於分區營帳裡也不能放鬆，今日這些人可都是帶著弓箭來的，每一枝羽箭都要細查，如果所帶羽箭上的標識與來者的家徽不符，一律沒收！」

聽完總指揮的命令後，眾將領便退出營房。

因為檢查得嚴格，進入西山圍場的隘口外，各府的馬車也排起了長龍。

沈君兮自然同紀老夫人一輛車，紀雪同齊氏一輛，紀雯和董氏共乘一輛，紀昭和紀晴因為要參加今日的圍獵大賽，各騎了一匹馬。

上一世，沈君兮在京城雖然住了八年，但因為延平侯府只是空有一個爵位，像這樣的盛會卻是沒資格參加的。

因此，她每每只能在有人宴請的時候，坐在一旁聽別人家的夫人眉飛色舞地說著盛會上的見聞。

那時候的她，總想著自己若有機會也能參加一次這樣的盛會就好了……

因此這一世，沈君兮滿是新奇地瞧著車廂外的車水馬龍，好像真是件什麼了不得的事一樣。

紀老夫人瞧著，以為她這是小孩心性，也隨她去，並未加以阻攔。

各家馬車雖然走得慢，但也不是完全不動。排了差不多半個時辰後，終於輪到秦國公府的馬車。

「大公子，是咱們家的馬車！」紀老夫人坐在馬車裡，卻聽車外有人道。

坐在車窗處的沈君兮則有些興奮地拉扯著紀老夫人的衣衫，道：「外祖母，是明表哥！」

紀老夫人也往車窗外看去，只見一身戎裝的紀明站在隘口處，神情肅穆地盯著每一輛經過的馬車。他的身側則有宮裡的內侍照著花名冊，一家一家地核對車廂裡的人。

見著紀老夫人的馬車時，紀明也衝著馬車裡的沈君兮笑了笑，隨後他聽到紀雪大喊「大哥」的聲音。

他循聲看去，只見紀雪將頭探出車廂，而齊氏則坐在紀雪的身後，用帕子悄悄地抹淚。

當齊氏的馬車經過紀明身邊時，齊氏也想下車與兒子好好寒暄一陣，豈料被一旁的內侍喝止道：「妳在這兒下車，後面的人該怎麼辦？別人家還要不要走了？」

想著自己竟然被人當著兒子的面訓斥一頓，齊氏的心裡有些不滿，正準備發作時，卻被紀明勸阻。「母親還是早些進去吧，今日人多，去晚了恐怕連立足的地方都沒有了。」

齊氏這才對著那內侍冷哼一聲，氣鼓鼓地將車簾放下來。

圍場裡四處彩旗招展，隔老遠便能見著正中支著一頂明黃色的大帳，那明黃色大帳旁星羅棋布著許多小帳篷，一看就是為他們這些臣子和家眷所準備的。

因為紀蓉娘的緣故，秦國公府也被內務府劃分到皇親國戚裡，因而也離那頂明黃色的大帳很近。

紀老夫人剛帶著眾人在帳內坐定，便發現周福寧從她們左邊的帷帳裡鑽出來，拉著沈君兮的手道：「妳們怎麼才到？我一個人在這兒都要無聊死了。」

聽見周福寧的聲音，樂陽長公主也過得帳來，笑著摸了摸沈君兮的頭後，與紀老夫人寒暄起來。

齊氏和董氏自然要上前請安。

樂陽長公主只是同她們禮節地點頭，繼續同紀老夫人說話。

周福寧也將沈君兮拖到一旁，問她有沒有帶自製的小糕點？沈君兮笑著取出一個食盒，裡面裝了滿滿一食盒的小糕點。

「都是妳做的？」周福寧有些不敢置信。

「算是吧，」沈君兮想了想，道：「有些是余嬤嬤幫的忙。」

周福寧隨手拿了個福字餅，輕咬過一口後，好吃得讓她直跺腳。

「走！」周福寧圈住沈君兮的胳膊。「我帶著妳顯擺顯擺去，也讓她們嚐嚐什麼才是真正好吃的！」

說著，周福寧拖著沈君兮在那些帷帳間竄來竄去，帶著她在一些公主、郡主的面前露臉。

大家聽聞周福寧帶來的是皇上新封的「清寧鄉君」，也很善意地同沈君兮點頭致意，不一會兒工夫，她手裡的食盒也見了底。

「早知這樣，我應該再多做些來。」沈君兮有些遺憾地道。

「我覺得這樣挺好。」周福寧得意地道：「今日讓她們嚐過味道後，看她們以後誰還敢笑話我，說我說大話！」

沈君兮有些不解地看向周福寧，周福寧只好老實交代了，她曾在這些公主、郡主的面前大肆誇讚沈君兮做糕點的手藝。

可在那些公主和郡主看來，周福寧一個孩子的話並不足以取信，何況這麼些年來，大家早在心裡達成共識，所謂哪家娘子才藝過人的，無非都是家人吹噓出來，好讓自家閨女名聲在外，將來也好找個好婆家而已。

偏生周福寧又是個愛較真的，見大家都不把她的話當成一回事，這才故意讓沈君兮帶糕點來「顯擺」。

第四十一章

沈君兮聽了，便覺得滿頭都是汗。

雖然周福寧認為這是為了自己好、給自己出頭，可這麼一來，其實是最容易得罪人的。而這些人又與周福寧不一樣，平日的喜好並不放在臉上，很可能表面上與妳有說有笑，其實心裡早恨上了。

一想到這兒，她只得在心裡嘆了一口氣，趕緊將周福寧拖回自己的帷帳。

「福寧，今天的事，以後不要再做了好嗎？」見左右沒人，沈君兮也同周福寧道：「我知道妳是想要為我好，可妳這麼做，卻無端地落了別人的面子，也許別人不會同妳說什麼，可說不定早在心裡把我們都給恨上了。」

「怎麼會？」周福寧卻依舊天真地道：「她們才不是那麼容易較真的人。」

「那是因為妳是樂陽長公主的女兒，瞧在長公主的面子上，她們自然不會同妳計較。」沈君兮卻搖搖頭道：「可我呢？在她們看來，卻是一個利用妳不斷顯擺自己的心機女子。」

周福寧聽了，睜大眼睛，張了張嘴，想要繼續辯駁，卻發現自己根本沒有理由。

自己難道真的做了件傻事？周福寧有些後悔地想著。

「我真的害了妳？」周福寧扯了扯沈君兮的衣衫。「那我再去找她們，說這都是我的主意，與妳無關！」

說著，她又要往帳外跑。沈君兮眼疾手快地拉住她。

「好姑奶奶，妳消停一會兒吧！」沈君兮只差沒給她跪下了。「事已至此，只會越描越黑。以後若真是妳想吃，只管同我說，可如果是像今天這樣，我看還是不必了，我真的不需要這樣的虛名。」

周福寧似懂非懂地點點頭，然後將頭依在沈君兮的肩膀上。「以後還有這樣的事，我都先問過妳，我都聽妳的。」

和周福寧說話的空檔，沈君兮瞧見對面的皇子帷帳裡不斷有人竄來竄去，雖然隔得遠，但也瞧出那人是端午節當天在八仙樓鼓動趙卓下注的吳恒。

這些人，肯定又在打賭了！

沈君兮的目光一直跟著吳恒進了趙卓的帷帳，不一會兒工夫，他跟著吳恒走出來，站在帷帳邊聽吳恒說話。

他穿著一件白底繡金蟒的皇子服，頭戴著紫金冠，腳蹬一雙掐金薄底靴，看上去卻有些心不在焉。

沈君兮隔著中庭遠遠地看著他，卻發現他也朝自己看過來。

像是在幹壞事卻被人突然抓住的小孩子一樣，沈君兮立即低下頭，當她再抬頭時，對面的帷帳裡既看不到趙卓，也見不到吳恒了。

她心裡有了一絲小小的失落。

忽然，圍場內鼓樂齊鳴，原本在帷帳內互相串門子的貴婦們各自回了帷帳，沈君兮也趕緊跑回紀老夫人身邊。

一陣靜鞭聲響起，剛才還熱鬧的四周一下子變得鴉雀無聲，只能偶爾聽到衣物的窸窣聲響和珠翠的叮噹聲。

「跪！」一個嗓子尖聲喊道，所有人都朝著那頂明黃色的大帳跪下去。

然後，只見穿著明黃色龍袍的昭德帝攙著一位通身富貴的婦人走來，兩人一路有說有笑，而紀貴妃和黃淑妃則低頭跟在他們身後，亦步亦趨。

沈君兮也猜到那位華衣婦人應該是曹太后。

昭德帝在扶著曹太后落坐後，這才道了聲「平身吧」。

「起！」那尖嗓子的聲音再次響起，大家才陸陸續續地站起來。

過沒多久，沈君兮聽見一個聲音喊道「吉時到」，見眾位皇子在太子的帶領下，往主帳去給昭德帝拜壽。

皇子們拜過後，便是文武百官。文武百官之後，由紀貴妃領著後宮的內命婦們給皇上祝壽，最後才輪到外命婦。

待所有人都給昭德帝祝過壽後，昭德帝也站在主帳的高臺上感慨一番。

沈君兮留意到之前還穿著皇子服給皇帝祝壽的眾位皇子，已經全都換上一身騎裝，且都挎著弓箭騎在高頭大馬上，等著昭德帝一聲令下。

在她分心的這個當口，昭德帝接過內侍們遞過來的弓箭，朝天上射了一枝鳴笛箭。眾皇子們好似打了雞血一樣，揮舞著手裡的鞭子，策馬往不遠處的樹林奔去。

留在帷帳裡的夫人們則是翹首以盼，希望能在那群身影中尋到自家的孩子。

紀昭和紀晴也參加了這場圍獵，紀老夫人還有齊氏、董氏的心也跟著一起飛進圍場。

不一會兒，前方傳回捷報：紀昭獵得了今日獵場上的第一隻獵物，博得頭籌。

坐在高臺上的昭德帝聽到捷報，也笑著同紀蓉娘道：「別看紀昭平日像個書呆子似地跟在太子身邊，沒想到竟然是文武全才，頗有秦國公當年的風采。」

紀蓉娘卻掩嘴笑道：「那也是因為皇上英明，給了他這樣的表現機會，才能讓昭兒將這傲人的一面展示出來。換作他人，倒也不能說一定不如他，只不過沒有他這般運氣好，有機會常在皇上面前露臉。」

紀蓉娘這話說得很有水準，不但誇了自家姪子，順帶還捧了一把昭德帝。

昭德帝也樂得大喊一聲「賞」。

坐在昭德帝另一側的黃淑妃聽了，有些不屑地撇嘴。

誰不知道今日這圍場裡負責守備的是紀家的人，紀昭奪得頭籌，鬼知道有沒有紀家的人在這裡面搞名堂？

因此，黃淑妃悠悠地道：「不過今日的角逐，可不光要看誰第一個獵到獵物，還得看誰獵得最多、獵物最凶猛。若是他能獵得一頭熊來，那才是真厲害！」

「怎麼，這圍場裡還有熊？」坐在最上首的曹太后本是靜謐得像尊菩薩，聽黃淑妃這麼一說，也跟著緊張起來。

說是圍獵，其實圍打的卻是之前派人在林間放進去的一些兔子、羚羊、錦雞等這類並不具攻擊性的活物，因此大家才放心讓自家半大的小子進林子狩獵。

現在突聞林間還有熊，這讓曹太后緊張起來。要知道她最珍視的孫兒也在裡面呢！

「怎麼可能會有熊！」昭德帝卻同曹太后笑道：「之前有守著圍場的人來上報，在林中疑似有熊活動的痕跡，然後朕特意派人排查一遍，並沒有見到熊的蹤影。大概是有人小心過了頭，才將其他東西誤認成熊了。但為了安全起見，他們在這林場四周都布下了捕獸夾，真要是有熊，也會被捕獸夾捉住的。」

曹太后聽了，這才吁了一口氣。

太子趙旦是她娘家姪女曹皇后留下的唯一血脈，現在曹皇后已仙逝，作為趙旦的祖母及為了曹家的利益，她必須保證趙旦能夠平平安安地長大，並且繼承皇位。

因此，她絕不允許任何威脅到趙旦的事情發生。

獵場上捷報頻傳，不外乎誰家公子射到了羚羊、誰家公子又射到了錦雞之類的消息。

紀雪之前還饒有興致地和紀老夫人坐在一塊兒等著哥哥的消息，可越到後面，她越發有些坐不住了。

她看了眼身旁的紀雯和沈君兮，兩人的目光都瞧著樹林那邊，還時不時竊竊私語一番，完全沒有注意到身旁還坐著一個她。

想著平日紀雯與沈君兮的親密，紀雪在心裡冷哼一聲。

一陣誇張的笑聲傳來，紀雪扭頭看去，只見一身粉色衣衫的黃芊兒正摀著嘴笑，而她身邊圍了一群也在女學堂讀書的女孩子。

紀雪只覺得眼前一亮，悄悄地起身，往黃芊兒那邊去了。

黃芊兒一見紀雪過來，同身邊的女孩子們使了個眼色，笑著迎上去。「紀雪，妳怎麼才來？剛好福成公主說想見見妳。」

「真的嗎？」紀雪顯得有些意外。

「聽說妳也不喜歡那個沈君兮？」還不待紀雪反應過來，還在同黃芊兒說笑的福成公主有些不屑地打量紀雪一眼。

紀雪好似找到盟友一樣。「對啊，我可討厭她了！自從她來了我們家後，我的好日子就過到了頭。」

「我也不喜歡她。」福成公主也衝著紀雪一笑，轉身而去。

黃芊兒拍了一下紀雪的肩膀。「我們正要去公主的營帳，妳也跟著一起來吧。」

紀雪聽了，有些興奮地點頭，跟著黃芊兒她們一起往福成公主的營帳去了。

福成公主的營帳支在主帳之後，裡面不但鋪上厚厚的地毯，還擺著兩、三張方几，几上擺滿了各種好吃的。

在紀雪有些手足無措的時候，福成公主笑道：「隨便吃，隨便坐，能進了我這營帳的，不是外人。」

與紀雪同來的那些女孩子也嘻嘻哈哈地圍坐下來。黃芊兒見還有些侷促的紀雪，將她拉到自己身邊，笑道：「公主殿下是最隨和的人，妳以後與公主殿下相處久了，自然就明白。」

紀雪有些怯怯地朝福成公主看去，只聽福成公主正同另一個女孩子道：「好不容易出來一次，不如找點什麼事，消遣消遣吧！」

「吟詩？還是作對？」有人提議著。「再不濟，我們倒還可以聚在一起畫一幅狩獵圖……」

「吟詩作畫？不行、不行！」提議的那人話還沒說完便遭到反對。「如果是我們這些人還好說，可妳們別忘了，那個什麼清寧郷君還在外頭呢，她的字妳們又不是沒見過，秦老夫子那麼苛刻的人，還經常對她讚不絕口！」

被人這麼一說，剛被人帶起的興致一下子又低落下來。

「其實沈君兮也不是什麼都厲害的！」紀雪笑道：「據我所知，她可是拙得連馬背都爬不上。」

「怎麼說？」黃芊兒同福成公主對視一眼。

紀雪便將之前沈君兮學騎馬的笨拙樣子學給福成公主看。

福成公主眼珠一轉，計上心來。

因為之前那隻雪貂獸的原因，她一早把沈君兮給記恨上了，也存心想找個機會讓沈君兮出出醜，出一出心中那口憋了幾個月的惡氣。現在聽紀雪這麼一說，福成公主決定下圍場去打獵。

而且為了能將沈君兮也拖下圍場，她故意跑到曹太后跟前道：「皇祖母，我們好不容易才能來一次西山圍場，卻只能坐在一旁看，好無趣呀！」

「哦？那我們福成想幹什麼？」曹太后年輕的時候很強勢，老了反倒變得寬容起來，特別像福成這種不會危及趙旦太子之位的女孩子，她尤為寵溺。

「皇祖母，我們也想下圍場！」福成公主乘機道。

「哦？」曹太后一聽，來了興致。

她年輕時，也是出了名的巾幗不讓鬚眉，再聽福成這麼一說，她笑道：「哪些人願意與妳同去？」

福成公主也指了指候在一旁的黃芊兒等人。

曹太后掃了眼，道：「才這麼點人，玩起來有什麼意思？既然大家都難得來這一趟，不如讓那些公卿家的小姐們也下場活動活動。」然後她側過頭同昭德帝道。

昭德帝也覺得有趣，便讓人將這個消息傳達下去。

坐在營帳內的沈君兮忍不住哀嚎一聲。

原本以為自己今天只要老實地坐在營帳裡就好了，沒想到依然躲不過要上馬背的命運。

一旁的紀雯橫了她一眼。「妳收斂著些，可別忘了一旁是主帳！」

沈君兮衝著紀雯吐了吐舌頭。

「其實也沒什麼好擔憂的。」紀老夫人過來安撫她道：「妳也不是全然不會，只要騎在馬上，跟在那群姑娘的身後就行了，沒人想要妳去拔頭籌的。」

沈君兮自然懂得這道理，也換上騎裝，出得帳去。

帳外，各家的女孩子們早已換好騎裝，揹上各自的弓箭，乍看之下一個個倒也都是威風凜凜。

曹太后看著，更高興了，從頭上摘下一支鳳釵，笑道：「這個，今日將會賞給妳們之中最厲害的那個人！」

此言一出，中庭上的貴女們都是一陣歡呼。

平日這樣的機會並不多，何況還能得到太后娘娘的賞賜，人家都是一副躍躍欲試的樣子。

「鄉君，不好了！」在這時，負責去牽馬的小廝有些驚慌失措地回來。「鄉君的那匹馬也不知是不是被人做了手腳，左後臀上有一道差不多一寸的刀口，走起路來都是一瘸一拐的！」

沈君兮聽了也一愣。

一寸多的刀口？這是針對她一人，還是有其他人的馬也被扎了？

沈君兮正在思索時，聽見董氏急急地問道：「我們家的馬不都是專門有人看著嗎，怎麼還會發生這樣的事？」

是不是有人怠忽職守？這念頭，在紀府的三個女主人腦海間一閃而過。

「雪姊兒的馬呢？」齊氏急道：「雪姊兒的馬有沒有受傷？」

那小廝搖搖頭。「我們特意查過了，還問了別人家的小廝，只有鄉君的馬受傷。」

只有自己的馬受傷了？也是說，這事是衝著她一個人來的！

好在發現得早，若是她毫不知情地騎著這匹馬下了圍場，一鞭下去，受了傷的馬兒難免發狂。而像她這樣的生手又完全不知該怎樣應對突發狀況，只有硬生生地被甩下馬背，非死即傷。

是誰？用心竟然如此歹毒！

「既然這樣，不如別讓守姑去了。」得知紀雪的馬無事，齊氏也吁了一口氣道。

紀老夫人也是這樣想的，畢竟沈君兮才剛剛學會騎馬，讓她如此冒然下場，也不放心。

「不，我要去！」不料沈君兮卻倔強地說道。

既然有人誠心不想讓自己去，那她非得去！

所以當沈君兮牽著借來的高頭戰馬，出現在眾人面前時，便聽到了人群中有人在驚嘆，更有人在竊竊私語。

「秦國公府的人瘋了嗎？竟然讓一個孩子騎戰馬！這要是出了什麼事怎麼得了？」

「也許人家藝高人膽大也不一定啊！畢竟那是秦國公府的……」

沈君兮假裝沒聽到這些，而是牽著馬站在主帳臺下。

昭德帝顯然也注意到她。

「清寧，妳這是搞什麼名堂？」昭德帝瞪著眼睛瞧她。「妳不知道妳牽的是戰馬嗎？」

「回皇上的話，清寧的小馬出了一點狀況，所以我同大哥借來這匹馬。」沈君兮笑盈盈地說著。

「哼，妳別說大話，這馬背妳上得去嗎？」昭德帝衝著沈君兮笑道。

第四十二章

「當然！」沈君兮一臉自信地應道，然後俐落地踩鐙，翻身上馬，穩穩當當地坐在戰馬的背上。

一旁的福成公主見了，皺眉瞧了黃芊兒一眼，低聲道：「不是說她不會騎馬嗎？怎麼瞧著她這動作，竟比一般人還要俐落？」

黃芊兒訕訕地笑道：「說不定她就這些花架子呢！」

福成公主冷哼一聲，不再說話。

待昭德帝這邊一聲令下，各家姑娘們也策著馬，三三兩兩地往林間奔去，只有沈君兮不慌不忙地伏下身子，好似在那戰馬的耳邊說了些什麼，那戰馬噴了個響鼻，算是回應了她。

沈君兮笑著撫了撫戰馬的鬃毛，雙腿一夾，手中的韁繩一拉。「我們走！」

那戰馬奔跑起來，很快地超過了旁人騎的小馬，第一個衝進樹林。

樹林裡靜悄悄的，莫說是獵物，連鳥兒也沒有一隻。難不成是前面那群人把獵物都獵光了？

沈君兮將弓箭從肩上卸下來，拿在手中，然後策馬在樹林裡走著。

那戰馬好似受過特訓一樣，馬蹄聲也變得輕盈起來。

忽然，一隻灰兔從草叢裡竄出來，從沈君兮的眼前一溜而過，躲到另一叢草裡。

沈君兮剛搭上弓箭，正準備瞄準時，一枝羽箭從她耳後飛出來，直直地打在那草叢裡。沈君兮自是嚇了一跳，而草叢裡的那隻灰兔也被嚇得逃跑了。

她回頭看去，只見福成公主騎在馬上，掩著嘴同一旁的黃芊兒笑道：「哎呀，沒打中！」

說完，好似沒看見沈君兮一樣，繼續同黃芊兒說笑著。

沈君兮自然知道自己同福成公主是結過梁子的，也不打算與福成公主多打交道，雙腿一夾馬腹，往林間的一條小路走去。

可讓沈君兮沒想到的是，不管自己在哪裡，只要一搭弓箭，總會有人跑出來搗亂。不是有人故意大聲說話，就是有人在一旁打噴嚏。

那些獵物一聽見響動，紛紛跑開了。

這些人根本是成心的！想到自己那匹莫名被人扎傷的小馬，也注定今天的事不會那麼簡單。

倘若是換了其他人，恐怕這會兒早鬧起來了。

只是這樣一來，正如了她們的願吧？要知道曹太后和昭德帝還坐在主帳的高臺上。自己又怎麼會讓她們如願？沈君兮冷笑了一把，使勁抽了胯下的戰馬一鞭。

馬兒一吃痛，便往樹林深處奔去。

也不知道奔了多久，她只覺得那些「搗亂」的人都被自己甩開後，這才停下來。

樹林深處比外面更幽靜，連鳥叫聲都顯得清脆不少。

齊腰深的林間深草裡，有一條帶著新鮮踏痕的蜿蜒小道。

至少還有人來過。沈君兮自我安慰，慢慢地策著戰馬碎步向前，不久之後，聽到不遠處的草叢裡有了窸窸窣窣的聲響。

她循聲看去，卻突然發現前方的深草裡有一雙黝黑的眼睛正瞧著自己。

那是什麼？沈君兮心頭一緊，嗓子也變得乾涸起來。

她想也沒想地拉緊韁繩，想要掉頭。

突然拉緊的韁繩讓那戰馬嘶鳴了聲，在原地亂踏地轉著圈，驚得那草叢裡的身影一躍。

好不容易將馬安撫下來的沈君兮，這才看清那身影原來只是一隻小鹿。

她撫了撫心口，剛才已經跳到嗓子眼的心又落回原處。

看著前面長得越來越深的草，覺得再往前走並不是什麼明智的選擇，沈君兮還是決定退出去的好。

可在此時，她發現在剛才馬蹄亂踏的時候，亂了方向，在四周景色看上去都長得差不多的樹林裡，她迷路了！

沈君兮的心情比剛才還要慌了。

「有人嗎？」她大聲地呼喊起來。

既然自己是在圍場中，周圍應該會有人吧？她滿懷希望地想著。

但是，除了鳥叫，並沒有人回應她。

整個樹林，比她進來的那會兒還要幽靜。

沈君兮再次慌張起來。不會這樣被困在樹林裡了吧？她有些心慌地想著。

她帶著一絲希望地同那匹戰馬道：「怎麼辦，我們出不去了，你知不知道出去的路？」畢竟她也是聽說過老馬識途，可馬兒只是嘶鳴，並且不停在原地挪動腳步，一點也看不出想往哪邊走的樣子。

沈君兮心裡更急了。

她抬頭看了看天，太陽已到了樹梢，也就是說差不多已到正午了。狩獵只到未時，在這樹林裡狩獵的人只會越來越少，如果自己不能及時出去，獲救的可能性就更低了。

上一世的逃生經驗告訴她，絕不能在關鍵的時候自怨自艾，唯有自救，才能不坐以待斃！

沈君兮深呼吸了一口氣，讓自己冷靜下來。

然後她坐在馬背上，朝四周仔細辨認起來，終於依稀辨認出剛才那條有著新鮮踏痕的小徑。

「剛才我應該是從另一個方向過來的。」她自言自語，然後看向那條小徑的相反方向，果斷地掉轉了馬頭。

「駕！」她一夾馬腹，揮動馬鞭，讓戰馬再次跑動起來。

看著這林間的樹變得越來越稀疏，沈君兮的心裡隱隱感覺到了希望。

可在戰馬跑得最歡的時候，突然一個急停，差點將沈君兮徑直甩下來。

好不容易將自己穩在馬背上的沈君兮，有些驚魂不定地拉住韁繩，而戰馬卻比任何時候都顯得焦躁不安，任憑沈君兮怎麼催促都不願繼續往前，甚至想往另一個方向而去。

眼見著自己就能出樹林了，她又哪裡會讓馬跑回樹林裡？

「乖，別鬧！」不知道這匹馬究竟是怎麼了，沈君兮也跟著一起變得焦躁起來。「還差一點我們就能出去了！」

她急得差點要哭起來。

自己真傻，早知道是這樣，她不該逞能，坐在帷帳裡陪著外祖母還不比到這樹林子裡來得舒服？

見自己怎麼也弄不動這匹馬，她只好翻下馬背，然後死死地拽住那根韁繩，想將戰馬給拖出去。

可她的力氣，又怎麼會是戰馬的對手？一、兩個回合下來，她不但沒有拖動馬，反倒雙手被韁繩勒出血來。

她也知道這不是矯情的時候，快速從內衣襟上撕下兩條白布，將雙手纏上。

在纏白布的空檔，她好似發現了前方草叢裡有什麼奇怪的聲音。

會不會是野兔子？或是鹿？

想著自己今日空手而歸，她快速地纏好手，取下弓箭，輕輕地挪動腳步往那響動的地方走去。

待她架好弓箭，撥開草叢，正欲射箭時，只見一團黑乎乎、毛茸茸的東西正蜷成一個球狀，發出類似嗚咽的嗚嗚聲。

這是什麼？沈君兮不敢靠近。

那團黑乎乎、毛茸茸的東西好似感覺到有人靠近，有些求助似地抬起頭，一雙眼裡充滿了乞求。

竟然是隻熊！

沈君兮嚇得後退一步。難怪馬兒怎麼也不肯往前走，肯定是聞到熊身上的氣味，出於本能，所以死活不肯再往前走一步。

那頭熊的個頭不大，從身形上看也不過是隻小幼崽而已。

見沈君兮要走，那幼崽熊更是發出了如小狗般的唧唧聲。

什麼情況？有些好奇的沈君兮湊了過去。

只見小熊癱坐在草地上，左後腳上卻夾著個黝黑的捕獸夾，腿上的棕毛隱隱能看到鮮紅的血跡。

看著那幼崽熊可憐兮兮的目光，沈君兮心下一軟，於是蹲下身來，將手中的弓箭置於一旁，徒手幫那小熊扳起捕獸夾來。

好在捕獸夾的成色很新，她幾乎沒費什麼功夫便幫那幼崽熊將腳拿了出來。

像是出於天生的本能，重獲自由的小熊坐在那兒，不斷地舔舐自己的後腿。

沈君兮見牠樣子可憐，便從自己的內衣襟上又撕扯下一塊布條，纏在那幼崽熊的腿上。

許是感受到她的善意，那幼崽熊將她撲倒在地，在她身上蹭了又蹭。

沈君兮被牠逗得咯咯笑起來。

「清寧！小心！」趙卓突然手持弓箭，出現在沈君兮跟前，手裡的弓竟已拉滿。

沈君兮料想趙卓誤會了，也坐起來，摸了摸那小熊道：「沒事，牠不過在和我玩而已，不會傷害我的。」

豈料趙卓卻大喊了聲。「妳胡說什麼！妳不知道妳身後有什麼嗎？」

身後？沈君兮錯愕地回頭，只見約莫兩、三丈遠的地方，一頭大熊正怒氣沖沖地瞧著她，好似隨時都要衝過來一樣。

沈君兮嚇得在地上挪了挪。

「別動！」趙卓又急喝道：「這貨是有名的熊瞎子，妳不動，牠瞧不見妳的！牠最好不要過來，我可沒有把握能撂倒牠！」

沈君兮聽他這麼一說，坐在那兒，絲毫不敢動彈。

而她身旁的小熊卻興奮地發出嗷的一聲，拖著那條剛被沈君兮包紮好的後腿，一瘸一瘸地朝大熊跑去。

只是牠在跑出約莫七、八尺的距離時，還回過頭來看了沈君兮一眼。

這時候的沈君兮哪裡還敢讓小熊停下，巴不得那大熊是來找小熊的，然後找到了趕緊離開。

「快走吧、走吧！」沈君兮催促著。

那小熊瞧過她兩眼後，有些艱難地跑回大熊身邊，然後好似撒嬌地在那大熊的身上左蹭蹭、右蹭蹭，顯得無比親暱。

那大熊也將小熊前前後後地「檢查」了一遍後，才帶著小熊離開。

待兩隻熊都走遠，趙卓才放下手中的弓箭奔到沈君兮的身旁，將她從地上拉起來。

也不知是在地上坐久了，還是因為之前確實害怕，沈君兮只覺得自己雙腿一軟，站不起來。

「妳沒事吧？」趙卓急急扶住了她。「有沒有哪裡受傷？」

沈君兮感覺到趙卓的手心裡全是汗。

「我沒事。」她凝了凝心神，站定後，看著趙卓道：「七殿下怎麼會出現在這裡？」

趙卓搔了搔頭。「我剛才好似聽到妳呼救的聲音，因此策馬過來一探究竟。」

「七殿下剛才聽到我呼救了？」聽了趙卓這話，沈君兮有些興奮地反握住他的手。「剛才在樹林裡，我還以為不會有人來救我了！」

「所以妳在這林子裡橫衝直撞起來？」趙卓挑眉道：「妳不是應該在營帳裡待著嗎，為什麼也進了這圍場？」

沈君兮將昭德帝命她們下場，並且曹太后拿出一支鳳釵來當彩頭的事說了。

趙卓聽了，正色道：「即便是這樣，妳也不該越過那條黃色警示線，衝進深樹林裡呀！」

沈君兮有些不明白地搖頭。哪裡有什麼黃色的警示線？她只知道自己這一路進來得輕鬆，根本不曾瞧見什麼阻擋。

「不會吧，在樹林那邊……」趙卓朝樹林邊看去，卻發現之前他們入得樹林來時，特意被圍擋在樹上的黃布竟然全都被撤去了。

「怎麼會這樣？」他有些不解地道：「之前分明還圍得好好的，是什麼人竟然將這圍布全都給收走了？」

沈君兮也隱隱感覺到不對勁。

今日若不是福成公主的人一路相逼，自己根本不會想到騎往樹林裡，而且如果她騎的還是之前那匹小馬，也不會衝得這麼深……

現在所有的事情連在一起看，顯然是有人事先謀劃了這一切，然後等著自己一腳一腳地往裡踩。

是福成公主嗎？沈君兮在心中暗道。

自從與她對峙過後，沈君兮沒指望福成公主會對自己有什麼好臉色。只是讓她沒想到的是，福成公主下手竟會如此狠毒，不管是傷馬，還是故意將她趕入這深林裡，完全沒有顧忌這些事帶來的後果會怎麼樣。

可以說，她完全沒有顧忌到這樣做會不會傷人性命！

如果真是這樣，那也太可怕了。

趙卓顯然也發現了端倪。

「妳怎麼騎了匹戰馬來了？秦國公府沒給妳準備小馬嗎？」他皺眉道。

沈君兮只好將今日發生的事都同他說了。趙卓的神色也和她一樣凝重起來。

這些人真的是毫無顧忌嗎？

「這件事，我來幫妳處理，妳別管了。」趙卓思考了一會兒，冷臉道：「沒有確切的證據，不管是誰下的手，妳都無法與他們對質。我們現在能做的，只能去找那些看馬的和看管這圍場的人。不管他們是有心還是無意，既然給人開了方便之門，就要將這罪責擔負起來。」

沈君兮一聽也明白了趙卓的意思。

既然奈何不了主謀，那麼抓幾個幫凶，震懾對方也是好的！

「這件事……七殿下真的方便插手嗎？」沈君兮還是說出了自己的擔心。

「有什麼方便不方便，我不也因為這原因誤入了深林嗎？」趙卓笑道：「不治一治他們，這幫人都不知道該怎麼當差了。」

在這時，遠處似有似無的號角聲飄了過來，趙卓看了看天上的日頭，道：「父皇命人鳴角收兵了。」

他看著沈君兮那空空的馬背，便從自己的馬背上取下一隻錦雞掛在她的馬背上，還將錦雞上原本插著的羽箭拔下，從她箭筒裡抽了一枝箭，用力插進那錦雞裡。

沈君兮瞧著，都為那錦雞覺得疼。

「妳剛才不是說福成她們想看妳出醜嗎？」趙卓對沈君兮笑道：「那帶隻錦雞回去氣氣她們！那些貴女們平日練的騎射不過都是花架子，真正能打到獵物的人不多。」

他想了想，又給沈君兮加了隻野兔，同樣也換了野兔身上的羽箭。「若有人問起，妳只管說是在樹林裡打的，具體什麼地方也不識得。不要同人說起妳在樹林裡迷路的事，只說為了打到獵物耽誤了一些時間，明白了嗎？」

沈君兮似懂非懂地點頭，趙卓嘆了一口氣，便讓她將剛才自己說的話重複一遍。

待她將他的原話複述出來後，趙卓催促沈君兮上馬。「沿著這條路一直往東，妳便能見到皇上的主帳了。」

「你不同我一起嗎？」被他扶上馬的沈君兮聽出來，話裡是要分頭行動的意思。

第四十三章

「我走另一條道繞回去。」趙卓看著她，正色道：「不能讓人瞧出我們是一夥的，不然妳就賺不到太后娘娘的鳳釵了。」

說完，他狠狠地抽了一鞭沈君兮身下的戰馬，那馬兒一吃痛，快速地跑起來。

沈君兮回頭看他，卻見他身姿矯捷地翻上馬背，朝林間的另一條小道奔去。

第二道鳴號的聲音響起時，她所騎的戰馬終於衝出樹林，那頂明黃色的天子大帳出現在眼前。

在她衝出樹林後，陸續有人從她的身後衝出，只是其他人都是沒有停留地往大帳趕去。沈君兮也不敢怠慢，狠狠地抽了兩鞭子，往大帳奔去。

到了大帳前的集結地時，她發現那些皇子和各府公子的馬背上都是獵物頗多，其中有一人的馬背上多得竟然有些放不下。

反觀各府貴女這一邊，打得獵物的卻是寥寥無幾，若有，也不過是些不怎麼起眼的山雞之類。

那些獵到山雞的貴女原本還在吹噓自己如何厲害，可當她們見到沈君兮馬背上掛著的野兔和錦雞後，紛紛噤聲。

沈君兮覺得自己這樣是不是太招搖了些？而且這些獵物也不是自己所獵，心下難免有些心虛。

「她居然獵到了這麼多！」騎在馬背上慢行的沈君兮聽到有人在議論。

「誰知道是不是她打的？說不定是別人給她的呢。妳哥哥不也參加狩獵了嗎？妳去管他要隻獐子來吧！」另一人出主意道。

「妳以為我不想嗎？」那女子卻嘆道：「他們那邊一早下了注，下圍場前得先預計自己能獵到多少獵物，沒有完成的人可是要輸錢的，為此我哥還搶了我的一隻山雞呢！」

「我就說妳怎麼會空手而歸，」另一個女子也掩面笑起來。「原來這裡面還有這樣的故事……」

聽了那二人的說笑，沈君兮瞧著馬背上的錦雞和野兔發起呆來。

也不知道七皇子和吳恒打賭時報的獵物是多少，而他給了自己這些，不知會不會影響到他……

她正發呆想著這事，卻聽馬下有人在尖叫。「欸，這是誰呀！沒長眼嗎？沒瞧見我站在這兒嗎？」

沈君兮這才緩過神來，準備翻身下馬和那人道歉時，卻發現那人正是之前在樹林裡故意驚擾自己的人。

沈君兮的神色一下子變得倨傲起來。

而對方瞧清了撞她的是沈君兮後也噤了聲，灰溜溜地跑回福成公主的帷帳裡。

本沒指望自己有所收穫的福成公主可不是吃得了苦的人，因此，她只在圍場裡稍稍轉兩圈就帶著人回了帷帳。

「這一次定教那沈君兮吃個大虧！」黃芊兒陪在福成公主身旁，一邊吃著西北上貢的馬奶子葡萄，一邊興奮地道：「李思華可是親眼瞧見她騎著馬過了那警示圍布，這會兒恐怕都不知道她策馬跑到哪兒去了。」

「還是表姊的這個主意好。」福成公主也靠在地上的軟枕上，笑盈盈道：「我就是瞧不得她在我面前的那副樣子！」

兩人正說著，李思華好似撞邪似地跑進福成公主的帷帳，道：「那個什麼沈君兮的回來了！不但人回來了，還帶了獵物呢！」

「什麼?!」福成公主一聽，從軟枕上彈了起來。

李思華只得將剛才看到的同福成公主說了一遍，這次連黃芊兒也不敢相信。

「不可能！」黃芊兒大聲駁斥道：「那林子走進去後，沒幾個人能走出來，所以皇上才會讓我父親叫人將那邊用黃綢攔住。她沈君兮有多大的能耐，竟然如履平地？」

李思華聽了也是急道：「妳若不信，可以自己去瞧瞧，看看我有沒有說謊！」

黃芊兒一聽，哪裡還有心思與李思華繼續抬槓，正準備從地上爬起來的時候，福成公主早已甩簾而出。

她和李思華對視了一眼，快速跟了上去。

待她們三人趕到主帳前時，沈君兮已經在小內侍那兒登記完所獵回的獵物，因為鮮少有人獵得比她還多，所以小內侍也在那兒恭維兩句。

「不可能的，這兩隻獵物一定不是她獵的！」福成公主也快步跑上前，擋在小內侍那兒，要求查證沈君兮獵殺的兩隻獵物。

黃芊兒更是移步上前，先是從沈君兮的箭筒裡抽了一枝羽箭，又將那小內侍跟前擺著的山雞抓起來，並且抽出山雞身上的羽箭，然後將一長一短的兩枝羽箭並在一起，笑道：「兩枝箭都不一樣，妳怎麼證明這隻山雞是妳打的？」

看著黃芊兒一臉義正辭嚴的樣子，沈君兮只覺得好笑。

幸虧七皇子有先見之明，幫她換了羽箭，不然被黃芊兒這麼一鬧，豈不是成為大家的笑柄？

福成公主一見，也跟著鬧起來。「妳這分明是想欺騙我父皇、欺騙我皇祖母！」

此話一出，全場譁然。

福成公主這分明是在指責沈君兮犯了欺君之罪！一旦罪名坐實，這位皇上新封的清寧鄉君恐怕要萬劫不復了。

在場眾人的神情都變得複雜起來。

那些向來嫉妒沈君兮的，全都是一臉幸災樂禍，覺得她最近的風頭也太勁了，是時候殺殺她的威風了。

而那些與沈君兮打過交道，甚至只是一面之緣的人，則覺得福成公主太過胡攪蠻纏。這種明明可以掩過的事卻偏偏要大吵大鬧，有損皇家公主的威儀。

只是被福成公主這麼一鬧，也引起了昭德帝的注意。

「怎麼了？這是發生了什麼事？」昭德帝也踱著步子過來，瞧著沈君兮這一群人問。

福成公主一見，趕緊跑上前去告狀。「父皇，我們發現有人作假！分明不是自己獵殺的獵物，卻也拿來充數！」

「哦？還有這事？」昭德帝捋著自己的鬍子，卻看向了沈君兮。

還不待沈君兮說話，黃芊兒也快步上前，將手中的兩枝羽箭呈上。「皇上，這是證據！」

昭德帝只是瞟了羽箭一眼，看向沈君兮。「清寧，妳怎麼說？」

沈君兮恭恭敬敬地給昭德帝行禮，道：「回皇上的話，那隻山雞確實不是我所獵──」

只是話還沒說完，福成公主搶道：「父皇，您聽到了沒？她自己都承認了！」

沈君兮一見這架勢，選擇了不說話。

黃芊兒和李思華都是一臉得意洋洋。

「既然不是妳所獵，為何要拿來充數？」昭德帝也微微皺眉，可語調依舊平靜。

「這隻山雞不是我所獵，也不是我的獵物。」沈君兮同樣平靜地回答。「我所獵的是一隻錦雞和一隻野兔。」

這話又引起一陣譁然。

福成公主顯然沒想到會有這樣的反轉，因此有些不敢相信地瞧向黃芊兒，而黃芊兒則是瞪向了小內侍。

那小內侍戰戰兢兢地將之前沈君兮交上的獵物拿出來，道：「因為之前皇上說要將大家獵到的獵物統一展示出來，因此我們才……」

黃芊兒哪裡還有什麼耐心聽解釋，她一把搶過小內侍端著的錦雞和野兔，然後抽出牠們身上的羽箭，竟然和沈君兮箭筒裡的一模一樣。

如此一來，是誰在欺君便不言而喻。

「這不可能！」黃芊兒想也不想地叫出來。「紀雪說妳根本不會騎射，妳怎麼可能獵得到獵物！」

原來這裡面還有紀雪的事。

從剛才開始，站在一旁關注著一切的紀老夫人橫了齊氏一眼，低聲道：「妳養的好女兒！」

齊氏的臉色忽紅忽白，卻不忘為紀雪辯解。「這裡面或許還有什麼我們不知道的事，不能這樣一味地怪雪姊兒……」

紀老夫人冷哼了聲。

「雪表姊說得也沒錯。」沈君兮卻同黃芊兒笑道：「我的確不懂騎射，可我卻知道讓馬兒停下來，瞄準了獵物再射箭。」

陪紀老夫人站在一旁的董氏聽了這話，忍不住為沈君兮叫好。

一句話不但解釋了自己是如何狩獵的，更將紀雪給摘了出來。

「黃姑娘若是不信的話，自可以與我比試一番。」對自己的準頭頗有信心的沈君兮也主動挑戰。「十步之內，看看我們二人的準頭，誰更好？」
這話說出來好似沒什麼問題，可是熟悉黃芊兒的人都為沈君兮捏了一把汗。
黃芊兒是有名的「神射手」，沈君兮與她對戰，並沒有優勢。
黃芊兒聽了這話，輕笑起來。
「好啊！」她想也沒想地應戰。「不過十步多沒意思，不如二十步吧！」
二十步！人群中有人議論紛紛。
畢竟沈君兮還只是個小孩子，二十步的距離，她有沒有這個臂力還兩說，能做到箭不脫靶已經很不容易了。
黃芊兒顯然也聽到了那些議論，臉上露出了得意之色。
沈君兮又豈會懼怕她？
昭德帝卻覺得有趣。
「那朕今日做了這個證人吧！」昭德帝命人取來一枚銅錢。「字在上，清寧先；若是花在上，黃芊兒先。」
說完，昭德帝便把那枚銅錢往天上拋去。那枚銅錢在空中翻了幾個圈，然後落在黃土之上。
「是花！」昭德帝身邊的小內侍也快速上前查看一眼。
昭德帝微笑地瞧向黃芊兒。
黃芊兒命人取來自己的弓箭，對著二十步以外的箭靶，毫不猶豫地射出三箭，三箭均射中靶中央的紅心，也博得圍觀人群一致叫好。

福成公主更是得意地看向沈君兮。

三箭均中紅心，沈君兮根本沒有機會了！

甚至沈君兮還沒有出手，便有人開始為她嘆息。

嗜賭成性的一群人更是乘機開起了賭局，一千一個人，押沈君兮或是押黃芊兒。

這個時候，稍微有點常識的都會去選黃芊兒，因為沈君兮毫無贏面可言。

所以大家清一色地買黃芊兒的時候，趙卓卻毫不猶豫地買了沈君兮贏。

吳恒有些不解地看了他一眼，悄聲道：「你怎麼會選她？」

沒想到趙卓卻渾不在意地道：「輸，不過一千兩銀子；贏的話……」

對啊，輸不過才一千兩，可要是贏的話……好似上次他買的大黑山船隊，賺得簡直教人眼紅。

想明白了，吳恒意味深長地看了他一眼，趕緊跑回莊家那裡，將自己的那一份也改成了沈君兮。

然後下注的其他人像看傻子一樣地看著吳恒，眼中充滿了同情。可有幾個膽大的，也跟著吳恒一起改押沈君兮。

既然開了賭局，大家對這場比試的結果也更關注了。

沈君兮倒是不慌不忙，好似沒有看到黃芊兒的成績一樣，而是拿著自己的弓箭，站在剛才黃芊兒射箭的地方，嗖地射出了第一箭。

那射出的羽箭也啪地穩穩扎在了另外一個箭靶的紅心，人群裡開始騷動起來。

「哎呀，這也是個神射手啊！」有人讚嘆著。

「第一箭，說不定只是運氣。」也有人不屑著。

和黃芊兒連射三箭不同，沈君兮在射出第一箭後卻是一轉身，往後又多走出五步。

看著這一舉動的趙卓也微微一笑。

他就知道，沈君兮向來是個有腦子的人。即便她射出了和黃芊兒一樣的成績，可因為她站得更遠，自然證明她更厲害！

然後沈君兮在眾人的驚嘆聲中，站在離靶二十五步的地方，毫不猶豫地射出了第二箭。

毫無意外，那一箭也扎進了箭靶的紅心。

之後，沈君兮在眾目睽睽之下，又往後走了五步，也就是說這個時候，她離靶已經足足有了三十步！

「她瘋了吧，站這麼遠！」人群中，有人喊了出來。

沈君兮絲毫沒理會，而是很平靜地射出了正中靶心的第三箭。

黃芊兒的臉色一下子白了，而人群更是沸騰起來。

昭德帝踱到了那兩個箭靶前，仔仔細細地將兩個箭靶比較一番。

福成公主一看黃芊兒沒有贏面了，為她爭辯道：「這不公平，一開始說好了二十步，誰知道她竟然會往後退！黃芊兒站在那兒，一樣也能三箭正中紅心！」

沒想到昭德帝卻搖頭。

「就算撇開清寧站得更遠這條件，黃芊兒也輸了。」昭德帝指著黃芊兒的箭靶道：「黃芊兒雖然三箭都中了靶心，可妳瞧這一箭卻射得很偏，只差那麼一丁點便出了這紅心。可再看清寧這個，」昭德帝指向沈君兮的靶。「三箭幾乎是均勻分布在紅心上，互成掎角之勢，所以說清寧更勝一籌。」

昭德帝此話一出，人群中響起一陣歡呼聲，有人更是大喊：「這一把簡直賺翻了！」

吳恒更是興奮地跑到趙卓的身邊。「你怎麼知道那小丫頭會贏？」

趙卓又豈會同他說真話？只是不鹹不淡地同吳恒道：「我並不知道，只是那兩人裡，我瞧不慣那黃芊兒而已。」

吳恒這一下更懵逼了。

還有這樣的操作？但他現在沒有心思再想這些，因為買黃芊兒的人很多，以至於買沈君兮的賠率變成了一賠五十！這一把，讓他賺了差不多五萬兩銀子！

待他好不容易清醒過來，想同趙卓好好慶祝一番，卻發現趙卓早已不見了蹤影。

在可以瞧見全場的角落裡，席楓也在趙卓的耳邊興奮地道：「之前按照七殿下的吩咐，找人偷偷地開設賭局，這一把讓我們賺了差不多十萬兩的樣子！」

趙卓滿意地點點頭。

沈君兮的天賦和實力，沒有人比他們更清楚，所以當趙卓示意席楓去開賭局時，席楓幾乎是毫不猶豫地去了。

「還有圍布那事呢？查得怎麼樣了？」趙卓一想到這事，臉色沈了下來。

「查到了，是黃家人幹的。」席楓也跟著正色道：「之前那邊也是黃家的人奉皇上的命令圍起來的……」

「哦？是嗎？」趙卓卻是眼一眯，略帶一絲壞笑，道：「看樣子接下來，該輪到我們上場了。」

第四十四章

當大家的注意還在沈君兮這邊時，皇子那邊也吵鬧起來。

昭德帝的心中不免有些不快。今日是他的壽誕，是誰這麼不懂事，給他添堵？

昭德帝壓著心中的怒氣，朝皇子的營帳走去，沒想到老遠瞧著趙卓正在訓著什麼人。

昭德帝有些不悅地皺眉。

「你在做什麼？」昭德帝責問道。

「回父皇的話，」趙卓很恭敬地給昭德帝行禮，指著剛才被他責罵的那人道：「我在問他為何沒有將樹林圍好，以至於我差點在林間迷路。」

昭德帝聽了這話，也看向被罵的人。那人並不是別人，剛巧是黃芊兒的父親，黃淑妃那在內務府當差的哥哥黃天元。

「這是怎麼回事？」昭德帝看向黃天元。「我不是囑咐過你嗎？」

那黃天元也是一肚子鬱悶。

雖然對方是皇子，可畢竟是個毛都沒有長齊的小子，竟然當著文武百官的面讓自己下不來臺，所以氣不過的他才會同七皇子嗆起來。

沒想到，兩人三言兩語，竟然將皇上也引了過來。

「微臣不但叫人將那林子圍了，為了保險起見，昨日我還特意親自巡視一番。」黃天元素來是個會倒苦水的人。「皇上若不信微臣，大可叫來紀總指揮，昨日可是他陪著微臣巡視的。而剛才七殿下不分青紅皂白地就指責我怠忽職守，這麼大的鍋，我可揹不來！」

「老七，你說說看，到底怎麼回事？」昭德帝瞧向了趙卓。

趙卓倒也不怯，道：「父皇，因為您之前說不要去那深林裡，如遇到黃布便要回頭，可兒臣一路向前，非但沒瞧見黃布，結果還遇到了黑熊！若不是皇兒命大，這會兒恐怕早被那黑熊果腹了。」

昭德帝聽了，神色一凝。

他之前聽聞過獵場裡有熊，但只是聽聞，並沒有實據，他便將這消息壓下來，知道的人並不多。

除非是真的見到，不然老七不會說自己遇到了熊……

在昭德帝要找黃天元核實一番時，卻聽得有人匆匆來報。「太子殿下的人在樹林中被黑熊所傷！」

這一次別說是昭德帝了，連曹太后都從大帳裡走出來，黑著一張臉，咬牙道：「你剛才說什麼?!」

還不待那報信的人再說話，曹太后兩眼一黑，暈了過去。

大家頓時手忙腳亂起來，聞訊趕來的紀蓉娘讓人將曹太后抬進主帳裡，並讓人去宣太醫。

昭德帝也是腦子一轟。

「太子人呢？」趙旦是曹太后的心頭肉，何嘗不是他的？他在趙旦的身上傾注的心血比任何一個皇子都要多，如果趙旦出了什麼意外，那自己之前的努力都前功盡棄了。

忽遇這樣的事，傳信的那人也不敢亂說話，他正準備再說太子無事時，趙旦卻是策馬而回。

趙旦在昭德帝跟前一個飛身躍下，單膝跪地道：「父皇，林場內為何有熊？今日若不是紀昭全力護住孩兒，後果簡直不堪設想！」

見著全鬚全尾而回的趙旦，昭德帝自然鬆了一口氣。他看向趙旦身後的紀昭，只見他一身衣裳破損不少，左手臂更是被撓得血肉翻飛。

「這到底是怎麼回事?!」昭德帝也被紀昭的慘狀驚駭到了。

紀昭回想剛才的凶險，咬著牙，單膝跪在地上。「回皇上話，今日之事真是透著蹊蹺。入樹林時，我們都謹記皇上的話，遇黃布而回。去時，我們確實遇到了黃布，因此我們便繞道；可是回來時，我們沿著那黃布而走，心想著總能走出樹林；沒想走到半途時，黃布卻突然沒了。我們跟著太子不小心走到林子裡，因而遇到一隻帶著小熊的母黑熊；好在那母熊帶著小熊，無心戀戰，我們這些人才能全身而退。」

「父皇，這件事不能這麼算了！」趙旦也正色道：「請父皇徹查此事，不能讓紀昭白白為孩兒受傷！」

剛才與黃天元爭辯的趙卓也乘機上前一步。「黃大人剛才不是說絕無此事嗎？現在又如何解釋？」

眾人目光因此全部集中到黃天元的身上。

剛才據理力爭的黃天元，這會兒卻是汗涔涔。

對質七皇子，他是不怕的，可現在卻突然多了一個太子殿下！莫說是頭上的烏紗帽了，連項上人頭能不能保住還兩說。

他戰戰兢兢地站在那兒，頭也不敢抬一下。

可即便這樣，他也感受到昭德帝如刀一般的目光向他削了過來。

昭德帝知道，在眾目睽睽之下，並不適合處理這件事。

「紀昭，你護主有功，但當務之急是趕緊去找太醫處理你手臂上的傷口。旦兒，你先入帳去瞧瞧太后娘娘，她聽聞你被黑熊所傷而暈厥過去。這裡的事，朕會處理。」於是他將紀昭等人打發掉，又瞧向趙卓道：「還有你，老七，你也下去吧！」

這麼些年了，趙卓自然知道因為生母的關係，自己與昭德帝的父子之情是最淡的，因此也明白什麼是見好就收。

他原本只想將那黃天元好好收拾一番，現在因為太子突然介入，不用自己插手，那黃天元也得不到什麼好下場。

這個道理，趙卓懂，黃天元自然也懂。只是這會兒他卻不明白，好好的圍布怎麼突然消失了？

而且昭德帝將眾人都遣走，獨留下自己，想必也不會是什麼好事。

九月底的天氣早已轉涼，可黃天元卻覺得自己熱得簡直像被人架在火堆上。

「黃卿，你怎麼說？」昭德帝不再像以前那樣稱他「愛卿」，聽得黃天元又是一抖。

「這當中必定是出了什麼紕漏！」黃天元擦了擦額角冒出來的冷汗。「微臣這去查訪一番，必給皇上和太子一個交代！」

昭德帝只是冷哼道：「那是最好。」

說完便衣袖一甩，轉身回了主帳。

黃天元哪裡還敢耽誤，也將手下一干人等全部都糾集過來，質問了一番。

平日總愛喝二兩小酒的焦沖覺得今日真是撞大運了，不但得了貴人的賞，而且從林間撤下來的黃布也可以帶回家，讓家裡的婆娘好好裁剪一番，做頂帳子也是不錯的。

他情不自禁又摸了摸腰間多出的幾兩碎銀子，想著散工之後還要到小酒館裡喝上一壺，心裡真是美滋滋的。

在他靠在樹樁上作著白日夢的時候，卻來了幾個威風凜凜的士兵吆喝道：「誰是焦沖？」

以為還有什麼便宜可占的焦沖興奮地蹦起來。「幾位軍爺，我是焦沖，不知——」

只是話還沒說完，便被那領頭的士兵喝道：「是他！把人帶走！」

焦沖顯然還沒明白發生了什麼事，就被人拖進一頂大帳裡。

瞅著一屋子身著官服的貴人，焦沖連站都不敢站起來。他趴在地上，眼珠子卻不斷在轉，暗想這些人將自己弄到這裡來做什麼？

「下跪之人可是焦沖？」大帳內一人突然對他吼道，嚇得焦沖一哆嗦。

「是……是……」他有些怯怯地答。

那人又繼續道：「林間那圍布是不是你收的？」

焦沖聽了，心裡一緊，正想開口為自己辯解兩句，便聽那人道：「你只管回答是與不是。」

「是……」焦沖只能老實道。

「那圍布收下來之後，你打算怎麼處置？」對方依舊咄咄逼人。

焦沖瑟瑟發抖地回答：「我……我想帶回去……」

在他的話還沒有說完的時候，問話的那人起身，並拿了一張寫了字的白紙到他跟前，道：「行了，畫個押吧！」

焦沖雖不識字，卻也不是個什麼都不懂的人，見這些人沒跟自己說上兩句話便讓自己簽字畫押，他是怎麼都不願意的。

他雙手攥成拳，緊緊貼在腰間，說什麼也不肯按那個指印。

然後便有人過來扳著他的手指，道：「大兄弟，你今天闖大禍了，無論如何是過不了這關，不如乾乾脆脆地按了這手印，痛痛快快地上路吧！」

那焦沖一聽，癱軟在地上。

不一會兒，帳裡的人拿著一份供詞，去了旁邊另一間營帳。

黃天元有些焦灼地坐在帳內，見到來人，問：「搞定了嗎？」
「已經搞定了，焦沖對此事供認不諱。」來人稟告道。
「你們想辦法讓那焦沖封嘴，這事如果皇上過問起來，絕不能讓他在皇上面前胡說八道。」黃天元囑咐道。
「這個屬下自然省得。」那人同黃天元保證道。
黃天元點點頭，站起身來理了理身上的衣裳，出得帳去。
他徑直到了女眷區外，叫人帶話，將自己的夫人叫出來。
見丈夫神色不豫，黃夫人奇道：「可是發生了什麼事？」
「哼，妳養的好女兒，現在卻問我發生了什麼事！」黃天元看著黃夫人，冷笑道：「她還真是成事不足、敗事有餘！」
平日裡，黃夫人很寵愛自己這個女兒，聽黃天元這麼一說，有些不高興地道：「我女兒怎麼了？她再不濟，也比那幾個小妾養的女兒要體面！」
「呵，妳還真是不見棺材不掉淚啊！」黃天元為之氣結。
這都什麼時候了，她還在跟自己掰扯這些有的沒的。
「她這回闖大禍了！」黃天元左右看了看，將黃夫人拉到一個沒什麼人注意的角落裡，把今天發生的事都同她說了。「現在皇上要求徹查此事，妳說我能怎麼辦！」
黃夫人聽得臉色慘白。
「怎……怎麼會這樣……」她說話時更是哆嗦起來。「要不要找淑妃娘娘出面幫忙說道說道？」
「這種事，當然要想辦法撇清關係！」黃天元覺得自己夫人簡直是個豬腦子，難怪會生出黃芊兒這種做事不過腦子的蠢傢伙來。「好在我現在找了個替死鬼！妳去和芊兒說，無論發生什麼事，也要咬死了自己和那焦沖不認識！」
黃夫人一聽已經尋了替死鬼，放下心來。
黃天元又與她絮叨了一陣，二人這才分頭離去。

得知趙旦平安無事的曹太后終於悠悠轉醒，趙旦跪在曹太后的身旁。「都是孫兒的錯，害皇祖母為孫兒擔心了。」
「你沒事就好。」曹太后愛憐地撫著趙旦的頭。「我答應了你母親，一定要護著你平安長大。」
「皇上，今日之事到底怎麼回事？」許久不曾過問世事的曹太后厲色道：「不管到底是何原因，負責此事的所有人都先罰一年俸祿！」
發生了這種事，昭德帝也覺得心裡不暢快，因此曹太后的這點要求，自是滿口答應。
「還有紀昭那孩子怎麼樣了？」曹太后問道：「關鍵時候他能挺身而出救了旦兒，必須大力嘉獎。」
「不如封個世襲罔替的孝陵衛都指揮僉事如何？」昭德帝商量道。
孝陵衛都指揮僉事，正四品武官，雖是世襲罔替，卻是個虛職。說是為皇家守陵，可在那兒駐守的卻只是一些軍戶和把總，他們這些世襲罔替的武官不用真的去陵墓那邊。

曹太后想了想，點點頭。「正應如此，有獎有罰，才能讓大臣們心裡都有一根準繩，到底什麼事該做、什麼事又不該做。」

而醫帳裡，齊氏還坐在紀昭的跟前，為了兒子的遭遇而哭天抹淚的時候，昭德帝身邊的御前總管太監福來順卻笑著過來，道：「恭喜紀公子，賀喜紀公子！皇上下旨封您為正四品的孝陵衛都指揮僉事，世襲罔替。過兩天吏部的文書會下來，皇上卻是親自著我來先告訴諸位一聲。」

福來順的話音剛落，齊氏便忘記了抹淚，愣在那兒半晌也沒反應過來。

「福公公此話當真？」同樣來探望紀昭的紀老夫人卻反應過來。

「當然是真的，秦國公府怕是要擺上三天三夜的流水席才行。」福來順的年紀和紀容海差不多大，當年昭德帝還在潛邸時，沒少跟著昭德帝一起去秦國公府，因此他與紀老夫人自是相熟。

「別說是三天三夜，哪怕十天十夜也成。」紀老夫人往福來順的手裡塞了個紅包。

齊氏這才喜極而泣。

一直以來，小兒子的前程是她的心病，現在連小兒子都封了個世襲罔替的都指揮僉事，她還有什麼不滿意的？恨不得趕緊去廟裡給菩薩燒一炷高香。

福來順卻不急著走，而是看著紀老夫人身邊的沈君兮，交給她一個小盒，道：「今日發生的事有點多，這是太后娘娘讓我轉交給清寧鄉君的。」

沈君兮接過那小盒一看，只見裡面裝著的正是今日曹太后拿來當彩頭的鳳釵。

「太后娘娘的本意是想見一見清寧鄉君的，只可惜她老人家今日覺著有些累，只得改日再說了。」一直到交代完這些，福來順才告退。

沈君兮跪坐在醫帳裡，看著匣子裡的鳳釵。

鳳釵是赤金打製的，上面鑲著紅色和綠色兩種寶石，做工十分精細，一看就是御造之物。

也不知道七皇子那邊怎麼樣了⋯⋯

沈君兮一邊摩挲著這支鳳釵，一邊想到將獵物給了她的趙卓。

將錦雞和野兔給了自己，也不知他自己還有多少勝算？

她可是見識過那群公子哥兒們的大手筆，一下注是上千兩，輸贏更是以萬計。

一想到這兒，她有些坐不住了。

她同紀老夫人告辭，往皇子們的營帳跑去。

當她尋到趙卓的營帳時，卻發現趙卓不在裡面，而剛出帳，卻見到了正與人聊得唾沫橫飛的吳恒。

沈君兮就找了過去。

吳恒正與人吹噓今日賺了多少銀子，因此當他回頭見到沈君兮時——

「原來是清寧鄉君啊！」吳恒笑成了一朵花。

「知道七殿下去哪裡了嗎？」沈君兮左右看了看，問道。

「七殿下？他沒在營帳裡嗎？」吳恒不知道趙卓的去向，因此隨口答道。

沈君兮見他這敷衍的樣子，心裡也明白了幾分，轉而問道：「你們今日打賭打獵那事，七殿下是贏了還是輸了？」

這時候的沈君兮只關心這個。

「打獵？」吳恒想了想，道：「他輸了，不過輸得不算大，千把兩銀子而已，畢竟他也只缺隻野兔子而已。妳都不知道，那些空手而歸的才輸得慘……」

第四十五章

吳恒正打算大說特說的時候，沈君兮卻心事重重地離開了。

因為缺一隻野兔！

她想到了趙卓將那隻野兔掛在自己馬背上之前的那一點點遲疑。那個時候的他，是不是已經預見到如果將兔子給了自己，他便會輸了這場賭約？可他還是將這野兔給了自己……

沈君兮覺得手裡那個裝著鳳釵的盒子重若千斤，也急急地在人群中尋起趙卓來。

而趙卓得知沈君兮在找自己時，擔心她是出了什麼事，也私下裡尋到了她。

「找我有什麼事嗎？」看著今日總是被人欺負的沈君兮，趙卓有些擔心地打量她。

沈君兮二話不說地將手裡那個小盒推到趙卓的懷裡。

趙卓有些不解地接過盒子，打開一看，竟是一枚赤金鑲紅、綠寶石的花開錦繡鳳釵。

沈君兮有些靦覥地道：「我知道你們的輸贏一向很大，也不知道這個鳳釵到底夠不夠，能不能抵消今天你為我蒙受的損失……」

「所以……妳打算把這個補給我？」趙卓試探著問道。

沈君兮認真地點頭。

看著她那有些執著的神情，趙卓感覺有一股暖流流經心間，對沈君兮露出一個無比燦爛的笑容。

「不用。」趙卓笑道：「妳不知道，妳今天可是幫我賺大錢了。」

沈君兮有些不明白地瞧著他。趙卓有些興奮地將開賭局的事同她說了。

「妳射箭的本事可都是我教的。」趙卓顯得很得意。「結果他們都輸了，我因此還賺了個盆滿鉢滿。」

聽趙卓這麼一說，沈君兮也放下心來，甚至還隱隱為他感到高興。

原本一場熱熱鬧鬧的圍獵盛宴，卻因為這些意外的插曲而鬧得有些不愉快，雖然後來大家還聚在一起烤肉、看著宮女們獻舞，卻始終有意猶未盡的感覺。

黃天元將所有失職的罪責都推到那個倒楣蛋焦沖的身上。依照昭德帝的脾氣，原是要將人就地正法、以儆效尤的，可這些年信佛的曹太后卻覺得不可殺戮太重，而是將人判了個流放三千里。

那焦沖原本以為自己定是沒命活下去了，在得知自己只是被流放，還感激涕零地朝昭德帝的高臺磕了三個響頭。

這件事好似就這樣掖過去了，沈君兮又過起了每日上學、下學，繡花、做餅的日子。

可不過兩、三天後，紀府趕車的車夫卻都在說一個笑話。

馬房裡的光頭賴也不知得罪了誰，屁股上竟然被人插了一刀，這兩日正在家裡趴窩，大家也紛紛猜測起來。

沈君兮聽聞後，探出頭，問起給她趕車的車夫。「是傷到了左邊還是右邊？」

珊瑚急得將沈君兮給拉回馬車裡。「姑娘怎麼可以去問這種事？那光頭賴可是個大老爺們。」

沈君兮一開始還沒反應過來，後來才知道，珊瑚是在提醒自己要矜持，畢竟一個姑娘家去問別人傷了哪邊屁股，實在是件不雅的事。

可在那車夫的眼裡，她還只是個小孩子，哪裡有這麼多忌諱？她會這麼問，肯定也只是出於小孩子的好奇而已。

「扎的是左邊，一寸多長的刀口，都給扎到肉裡去了。」那車夫一邊趕車，一邊笑道。

沈君兮大概明白了過來。

之前趙卓同她說過，所有事都不用她管，他自會幫她去查。大概是他查出這光頭賴便是當日刺傷那小馬的人，只是因為光頭賴是秦國公府的人，他不好處置，便用了這「以其人之道還治其人之身」的法子。

沈君兮笑了笑，只覺得車廂外的天更藍了，樹更綠了，心情也變得更暢快了。

到了十月，秦國公府從宮裡領了皇曆，發了冬衣，紀老夫人的翠微堂更是燒起了地龍。

十月懷胎的文氏在熬了一天一夜後，誕下了一個六斤多的男孩。

消息傳來後，闔府的人都很高興。紀老夫人特意開了箱籠，拿了幾疋潔白如玉的三梭布給新添的曾孫做尿布和包被；而沈君兮則是在皇上賞給她的那些東西裡，挑了個長命百歲的金鑲玉小鎖送過去。

齊氏更是樂得合不攏嘴，瞧著媳婦為自己新添的孫兒，她又開始在心裡盤算著小兒子的婚事來。

紀昭過了年就十八了，可之前因為一直沒有功名在身，又是個嫡次子，在婚事上有些高不成、低不就。她瞧得上的人家，瞧不上紀昭；瞧得上紀昭的，齊氏又瞧不上人家，所以這事一直就這麼拖延下來，以至於紀昭年紀不小了，婚事卻還沒個著落。

可現在卻不一樣了，紀昭因為護主有功，被皇上賜封了世襲罔替的正四品都指揮僉事。齊氏一下子覺得自己的腰桿子直了起來。這下看誰還敢嫌棄她的昭兒！

而在西山大營裡的紀容海得知自己做了爺爺，心下自是高興，在一張白紙上寫下一個「芝」字，讓兒子紀明帶回去，也算是他這個做爺爺的為孫兒賜名了。

到了給芝哥兒洗三那天，文氏搬回正屋；東府自是不用說，齊家和文家也來了人，就是紀老夫人的娘家也派人送來賀禮。

大家都先是去文氏的房裡小坐一會兒，看了看新生的芝哥兒後，這才轉去待客的花廳休息，秦國公府自然又熱鬧了一回。

因為府裡主事的是齊氏，紀老夫人只和過府的女眷們坐在一起說笑，沈君兮和紀雯則在一旁幫忙端茶遞水，也惹得一群夫人、太太讚不絕口。

「到底還是老夫人會調教人。」東府的唐氏對懂事的紀雯和沈君兮喜歡得不得了，同紀老夫人道：「我們家那兩個丫頭實在太皮了，倒是想送到老夫人這兒來調教調教。」

紀老夫人豈會把這恭維的話當真，她只是順著唐氏的話笑道：「我是沒什麼，可別到時候李老安人過來找我的麻煩，說我和她搶孫女兒就不好了。」

禮。

因為知道說的都是玩笑話，一屋子的女眷們也都笑起來。

等到了午時初，齊氏也過來請大家入席，吃過午飯後，就由給文氏接生的穩婆舉行洗三禮。

大家往那洗三的盆裡扔了各式各樣的銀錁子，只把那穩婆喜得吉祥話說個不停，等到給芝哥兒洗澡的時候，他哭鬧的聲音也更大了，大家都說這孩子氣勢足，一看就是生在武將家裡的，將來必能子承父業。

送走客人後，家裡又安靜下來，董氏便留在紀老夫人的房裡說話。

「待過了年，晴哥兒也十二了……」董氏也試探著跟婆婆商量道：「我和他爹的意思，都想讓他下考場去試試。」

紀老夫人倚在窗邊的大迎枕上，手裡撥著沈君兮送她的金剛菩提子，看著炕桌上的那盞宮燈，沒有說話。

這兩天，大房裡的喜事一樁接著一樁，也難免讓二兒媳婦想要為二房的將來打算一番。科舉這條路有多難走，紀老夫人的心裡是清楚的。

「你們可想好了？」紀老夫人抬眼看著董氏。

「左不過是去試試。」董氏同紀老夫人笑道：「這麼些年，晴哥兒陪著皇子們在上書房讀書，也不知有沒有學進去？他和大房裡的昭哥兒不一樣，昭哥兒跟著的是太子，將來還有做天子近臣的機會；他跟著的卻是七皇子，說句大不逆的話，將來七皇子都不知道會在哪兒呢，更別說我們家的晴哥兒了。」

而做父母的，最不能看到的是自己的兒女荒廢了時光。

紀老夫人默然了。樹大分枝，兒大分家。只要稍微有那麼點志氣的，不會願意依附他人而活，一如當年東府的二老太爺一樣。

「而且我們也商量過了，」董氏見婆婆沒有說話，便繼續道：「不管這次晴哥兒中沒中，都把他接到山東去，二老爺為他在那兒找了家泰安學院，好讓他專心唸幾年書。」

紀老夫人聽了點點頭。

「既然這樣，到時候，妳跟著一起過去吧。」紀老夫人思索了良久，道：「妳與二郎分離這麼久，也該聚一聚了。」

董氏有些驚愕地看向紀老夫人。

「少年夫妻老來伴，總讓你們這樣天各一方也不是辦法。」紀老夫人笑著拍拍董氏的手道：「讓你們夫妻早日團聚，說不定還能為我再添個小孫子。」

一席話，說得董氏臉頰飛紅。

「如果妳放心呢，便將雯姊兒留在我身邊；若是不放心，妳也將她一併帶過去。」紀老夫人繼續道。

「娘，」董氏有些哽咽道：「將雯姊兒留在您身邊有什麼不放心的？只是我擔心會鬧到您老人家……」

紀老夫人同董氏揚了揚手。「雯姊兒這麼懂事，又怎麼會鬧到我？她要是能留下來，給守姑作個伴也好。這大半年我是瞧出來了，紀雪那丫頭打心眼裡跟守姑不親近，守姑還是同雯姊兒在一起時，心裡更高興。」

這件事，婆媳二人一直商量到夜裡，當鐘鼓樓響起了二更鼓，董氏才回了自己的院子。

一轉眼工夫，到了冬至，屋外飛起了鵝毛大雪，女學堂再次放了假。

戴著純白色兔毛暖耳的沈君兮窩在自己屋裡，畫起了九九消寒圖。

來找她的紀雯瞧見了也笑道：「司禮監不是送了消寒圖來嗎？怎麼還想著自己費這個功夫？」

「司禮監送來的怎能和我畫的相比？」沈君兮一見是紀雯，收了筆。「他們送來的那些，都是刻了塊木板一次印出來的，每張都一樣，呆板得很。」

說著，她將自己畫的九九消寒圖擺在紀雯的眼前。

「可我這個不一樣了！」沈君兮有些得意地道：「我畫的每一張都不一樣。妳瞧這張，我畫了九九八十一片花瓣，只要每天塗上一片，待整幅畫都塗完的時候，冬天也過完了。」

紀雯瞧著有趣，不得不承認，沈君兮畫的消寒圖確實比司禮監送來的要生動活潑許多。

「不如也給我一幅吧！」紀雯笑道。

「自然是有妳的！」沈君兮從中抽出一張交給紀雯。「放在妳房間裡，一定很相配。」

紀雯瞧著是一幅梅花圖，傲人的紅梅開在蜿蜒曲折的梅枝上，每一朵都顯得很有生氣。而在那幅梅花圖下，紀雯瞧見還有一張畫著小鹿的，那畫上小鹿的眼睛十分靈動，讓人一瞧便喜歡。

「我能要這張嗎？」紀雯指著那張小鹿道。

沈君兮卻突然緊張起來，連忙抽走那張小鹿圖，還有些尷尬地同紀雯笑道：「那張沒畫好。」

「那太可惜了。」紀雯也嘆道：「妳將那隻小鹿畫得如此栩栩如生。」

沈君兮笑著將那張小鹿圖壓在最下面，拉著紀雯去暖閣裡做起了平姑姑佈置給她們的針線功課。

待紀雯在她這兒消磨了半日，離去後，沈君兮叫來了在馬房當差的麻三。

「把這個交給席楓席護衛，讓他轉交七殿下。」她將那張畫好的小鹿九九消寒圖捲好，用厚紙皮裹住，交到麻三手裡，然後拿了些碎銀子給他。「這些當成你的跑腿費。」

那麻三一聽，哪裡敢收沈君兮的銀子。「鄉君能差我辦事，那是瞧得上我，我哪能要鄉君的銀子？」

沈君兮卻執意將碎銀子塞到麻三的手中。「天寒地凍的，你跑這一趟也不容易，就算你不要，拿著請席護衛喝個小酒也是好的。」

麻三覺得沈君兮說得也有道理。

那席楓本也是個好酒之人，只是因為領了這護衛一職，不可隨意喝酒，因此只能在下衙後喝上一小盅解個饞。

因此麻三就帶著沈君兮吩咐的東西，屁顛屁顛地去找席楓了。

席楓一直跟著趙卓，自然也知道趙卓待沈君兮與常人不一般，聽聞這是清寧鄉君送給七殿下的，哪裡敢耽擱半分？

他讓麻三在宮門口等著自己，而他則是一路小跑地把東西送到趙卓的手上。

「這是什麼？」趙卓看著手裡那滾成筒狀的長條物。

「這個屬下不知。」席楓老實回答道：「麻三那小子也沒說，只說這是清寧鄉君託他來交給殿下您的。」

趙卓拿著那紙筒翻來覆去地看，卻見著沈君兮在那紙筒的一頭用清秀的簪花小楷寫著「從此處輕撕」幾個小字。

他依言照做，一張略帶捲痕的宣紙掉落下來。

趙卓將其撿起，打開，然後就見一隻小鹿正看著自己，那雙眼睛，卻讓他想到了沈君兮。

「嘖嘖，這是清寧鄉君自己畫的嗎？」席楓站在一旁嘆道：「要不要屬下拿去裝裱一下？」

趙卓則是像看白癡一樣地看了眼席楓，道：「這只是一張九九消寒圖，你幾時見過有人將消寒圖裝裱起來的？」

「只是消寒圖嗎？」席楓聽了，覺得有些遺憾。「難得畫得那麼好看，這要是貼在牆上，過完這個冬天要揭下來扔了多可惜……」

趙卓聽了，覺得席楓說得也有些道理。

不過這裝裱之事，他卻不想煩勞他人，而是想自己親力親為。

冬至後不久便是新年。

大人們自是一通忙碌，可作為孩子的沈君兮「惦記」的只有吃糖和穿新衣了。

她整日在屋裡逗著小毛球，無論是平姑姑還是秦老夫子留給她的功課都算不得什麼，她每日三下五除二的工夫便能應付過去。

這讓紀雯瞧見了，不免都有些心生嫉妒。

「妳的手腳怎麼這麼索利？」特意拿著針線活來找沈君兮的紀雯，見她收在針線笸籮裡、已經完工的繡品有些羨慕地道。

「沒有吧……」沈君兮有些尷尬地笑了笑，想去收了針線笸籮裡的東西，沒想到紀雯卻拿起來。

那是沈君兮為紀老夫人做的黑底絨布抹額，不但針腳平穩，還特意穿了一些小細珠子。這些小珠子雖不值錢，可被沈君兮拼成了圖案繡在抹額上，一看透著精巧。

「要不平姑姑怎麼會說妳的心思是最巧的。」紀雯摸著沈君兮做的抹額，嘆道：「跟妳一比，我覺得自己笨得像個棒槌一樣。」

沈君兮有些汗顏。自己做的這些花色、式樣都是十幾年後才會流行的東西，紀雯想不到也是正常。

可她卻不能這樣安撫紀雯，只得厚顏無恥地將這些都歸結於自己。「不過是閒來無事，自己瞎琢磨的……」

第四十六章

紀雯卻拿著那抹額有些愛不釋手，手指輕輕地摩挲著沈君兮繡在上面的小細珠，隨後道：「妳說，我要是把這些都繡在腰帶上怎麼樣？」說著，便將那抹額攔在自己的腰間，對著沈君兮比劃了一下。「這樣會不會好看？」

沈君兮點頭。上一世，佩戴這種繡珠的腰帶，是件很風行的事。

「主意倒是不錯，只是恐怕會很費時。」她老實同紀雯說道：「繡一條普通腰帶恐怕需半個月，如果要鑲珠的話，恐怕一、兩個月都難以完成。」

「怕什麼！反正學堂裡要過了二月二才開學，時間上很充裕。」紀雯扳著指頭數日子。

「只是我不知道該繡什麼花色好？」

沈君兮卻是知道，雖然紀雯已經拿了幾年的針線，可還只能算個新手，別說繡腰帶這種費時又費力的活兒了。

「我想繡一條給我娘。」說著說著，紀雯的神情變得暗淡下來。「我娘打算明年帶著我弟去父親的任上……我想繡條腰帶給她……」

沈君兮一下子明白了紀雯的心境，原本想勸紀雯放棄的話也嚥了下去。

她想了想，道：「那我幫著妳一塊兒繡，或許能事半功倍。」

紀雯卻握了握沈君兮的手，搖頭道：「可是這個……我想自己完成……」

「既然這樣，我們弄個簡單一點的花樣子。」沈君兮拿出她平日給平姑姑畫過的那些花樣子，攤在火炕上，同紀雯一起挑選起來。

最後兩個小姑娘在屋裡悶了整整一日，終於把花樣子給敲定下來。

為了到時候能給母親一個驚喜，紀雯將自己的針線笸都搬到沈君兮屋裡來，惹得沈君兮有些不悅道：「我這兒還缺了妳的這點針線？繡個腰帶還要妳自己帶線來？」

「倒不是說怕用了妳的針線，只是自己的東西用起來更順手一些。」紀雯笑著解釋。

到了年下，針線房的活兒也閒下來，平姑姑往沈君兮這裡也來得勤快了。

得知紀雯想要給二夫人繡一條腰帶，平姑姑也感嘆她的孝心可嘉，於是從旁指導她的針法，讓紀雯的女紅也因此精進不少。

到了大年三十，一家人聚在翠微堂吃過年夜飯，齊氏、董氏還有文氏陪著紀老夫人在屋裡說話；沈君兮和紀雯、紀雪一道站在屋簷下，看著紀昭和紀晴在院子裡帶著各自的貼身小廝放煙火。

掛在屋簷下的大紅燈籠將這院子裡照得紅彤彤的，火樹銀花更是噼哩啪啦地在孩子們面前綻放，國公府內外都是一片歡樂祥和的景象。

第二天一早，趁著剛起床的空檔，沈君兮給屋裡的丫鬟、婆子們各發了一個大紅包。

珊瑚、紅鳶、鸚哥和余嬤嬤各得了一個二兩的小元寶，下面的小丫鬟和粗使婆子各得了一兩的銀錁子，連小廚房裡的銀杏和來旺家的也都得了一個八分的銀錁子。

一時間，大家都是喜氣洋洋的。

沈君兮換上先前準備好的服飾，跟著紀老夫人用過早膳後，再一起進宮恭賀新禧。

自曹皇后病逝後，一直由紀蓉娘代為掌管六宮，可紀蓉娘畢竟只是個貴妃，接受內外命婦的朝賀，自然有些名不正、言不順；好在曹太后還健在，因此每年的朝賀由坤寧宮移至了慈寧宮。

慈寧宮外支了很多帳篷，公主、內命婦、外命婦各分其帳，沈君兮瞧見不少按品大妝的熟人。

紀老夫人自然要帶著媳婦們上前行禮，而沈君兮也瞧見了在樂陽長公主身旁、正同自己擠眉弄眼的周福寧。

周福寧自然想跑到這邊來，可樂陽長公主卻拘著她。「等下要進殿去給太后娘娘行禮，妳可別給我亂跑得不見蹤影。」

不一會兒工夫，慈寧宮前便鳴起了號角，剛才還站在一處寒暄的各家夫人們神色一凜，各自理了理身上的服飾，按照各自的品階列隊站好。

先是由身為貴妃的紀蓉娘領著內命婦進殿給曹太后恭賀新春，隨後是公主們，最後才輪到外命婦。

待她們從慈寧宮出來的時候，已是正午，早點只用了幾個素菜包子的沈君兮早已飢腸轆轆。

紀老夫人衝著她笑道：「餓了吧？所以早上我才叫妳多吃點。」

沈君兮有些尷尬地笑了笑。

上一世，身為延平侯夫人的她也曾在大年初一進宮拜見過，因此進宮的這些規矩都是懂的，比如不能吃太飽，也不要喝湯水、粥米一類容易如廁的食物。

只是那個時候她的位分低，做什麼事情都只能隨大流，在人群中沒有什麼存在感。

「紀老夫人！」在沈君兮一心想著快點出宮的時候，紀老夫人卻被人叫住了。

只見紀蓉娘身邊的總管太監王福泉笑盈盈地迎上來。「貴妃娘娘原本想留老夫人在宮裡說說話，無奈今日宮中事多，便只好改日再聚了。」說著，他遞上一個食盒。「這是娘娘特意吩咐咱家給老夫人帶過來的，也好路上填一填肚子。」

紀老夫人同那王福泉又客套一番，待她們出宮時，差不多已到了未時。

大年初二，走舅舅家。

沈君兮本就住在舅舅家，哪兒都不用去；齊氏和董氏則帶著各自的兒女歸寧。

文氏卻因為芝哥兒還不足一百天，留在家裡，沈君兮便在用過午膳後特意過去與她作伴。

和往年一樣，紀明跟著紀容海駐守西山大營未曾回來，文氏的屋裡雖然也掛著大紅燈籠、貼著喜氣洋洋的大紅窗花，卻還是給人一種冷冰冰的感覺。

文氏也沒有想到沈君兮會過來，忙叫人取了糖果、糕點等物來招待。

「表嫂不用待我像個孩子一樣招待。」沈君兮笑道。

文氏卻瞧著沈君兮直笑。「可妳是個孩子呀！怎麼說起話來卻像個小大人呢？」

說著，她便將沈君兮迎到裡屋。

芝哥兒正躺在臨窗的大炕上曬太陽，睜著一雙滴溜溜的眼睛四處亂看，好似對屋裡的一切都充滿興趣一樣。

「他可算是沒有睡覺了。」沈君兮拍手笑道，然後脫了鞋上炕，拿起文氏隨手放在炕頭上的撥浪鼓搖起來。

芝哥兒瞧著沈君兮手裡的撥浪鼓直笑，那可愛的模樣，簡直把沈君兮的心都給酥化了。

「之前我來的時候，他總在呼呼大睡。」她回頭同文氏道。

「那是因為他還是小孩呀！」文氏笑著解釋。「老人們說，孩子要會睡才會長，妳別瞧著他現在這個樣子，可比剛出生時重了不少。」

「真的嗎？」沈君兮眨了眨眼睛，徵求文氏的意見。「那我現在可以抱一抱他嗎？」

文氏一聽，有些猶豫，畢竟沈君兮自己還是個孩子，這手上肯定沒有什麼力氣，到時候將她的芝哥兒摔到地上可怎麼辦？

瞧著文氏猶豫的樣子，沈君兮笑道：「我在這炕上抱，哪兒也不去。」

說完，她一彎腰，一手托了芝哥兒的頭，一手托了他的屁股，然後一手在上，一手在下，將芝哥兒豎著抱起來。

文氏的心一下子提到嗓子眼，可見著沈君兮抱孩子的樣子，又不像是生手，因此心裡不免奇怪起來。

誰都知道沈君兮是獨女，家中並無弟妹，可她這一手標準的抱孩子姿勢都是從哪兒學來的？

沈君兮將芝哥兒抱在懷裡輕輕哄了哄，莫名地想起上一世自己那個出生不過才幾天，卻活活餓死的兒子來。

若不是傅辛將身懷六甲的她狠心丟下，她的兒子又怎麼會遇到一出生被餓死的窘境？

一想到這兒，眼睛變得濕潤，她連忙眨了眨眼睛，想將那些淚水都逼回去，沒想到此舉卻引起了文氏的注意。

「怎麼了？」瞧著剛才還高高興興的沈君兮突然抹起淚來，文氏也關心地問道：「是不是守姑遇到什麼不開心的事？」

沈君兮搖搖頭，將芝哥兒穩穩地放回大炕上。

「是芝哥兒太可愛了……」沈君兮不得不撒個謊。「讓我恨不得也能有個這樣的弟弟……」

文氏有點不太相信沈君兮的說辭。

而在文氏身邊，一直提心吊膽的許嬤嬤見沈君兮終於把芝哥兒放下，這才笑道：「清寧鄉君這話可是說錯了。按輩分，小少爺可是您的子姪輩，他長大了可是得管您叫一聲姑姑呢……」

沈君兮也微微一愣，一想，可不是許嬤嬤說的這個理？她有些不好意思地笑著。「倒是我記混了。」

文氏瞧著沈君兮的樣子，也想著自己剛懷上芝哥兒那會兒，她同自己說的話，便將沈君兮摟在懷裡。「守姑，我很感激妳。」

沈君兮有些不解地抬頭，文氏卻神秘地笑道：「妳忘了我們之間的秘密了？我們拉過勾的，正是妳當日和我說過的那些話，才給了我信心和勇氣。」

沈君兮愣了一會兒，沒想到文氏竟然會一直記得。

她笑著用手指輕輕點了點芝哥兒的小鼻子。「我可沒說謊呀，對不對？」

躺在那兒的芝哥兒衝著沈君兮張嘴笑。

沈君兮在文氏那兒消磨了小半日，待回到翠微堂時，才發現齊氏已經帶著紀雪回來了。

齊氏自是同紀老夫人在裡間說話，紀雪則坐在次間的大炕上，美滋滋地吃著窩絲糖，見沈君兮進來了，她也裝作沒瞧見一樣地將頭扭到一旁。

沈君兮也懶得理會她，而是徑直去了紀老夫人的跟前請安。

紀老夫人正同齊氏說著什麼，從紀老夫人臉上的神色看來，她顯得有些不太高興。

即便如此，見到沈君兮的時候，紀老夫人還是扯開一個笑臉。「怎麼樣？表嫂屋裡的芝哥兒乖嗎？」

齊氏一聽和自己的孫兒有關，豎起了耳朵。

沈君兮笑道：「芝哥兒真是能吃能睡，我去了這小半日，他吃了兩回，睡了差不多一個時辰，害得我和表嫂只能躲在一邊說悄悄話。」

紀老夫人聽了只是笑，而齊氏卻在心裡奇怪，文氏平日同紀雪也說不上兩句話，怎麼會有那麼多話跟同樣是小孩子的沈君兮說？

可她一想到自己同紀老夫人商量的事還沒個結論，不免繼續道：「娘，您看我剛才和您說的事……」

紀老夫人臉上的笑一下子隱了下去。

齊氏想與北威侯曹家聯姻，為紀昭求娶北威侯曹振的三女兒。

可紀老夫人卻覺得不妥。曹家是因為曹太后才封的侯，然後又搭上了內務府的生意才發家。後來曹太后將娘家姪女推上皇后之位，現在整個曹家已呈烈火烹油之勢，可到底因為底子薄，將來不一定禁得起風吹雨打……

而且現任的北威侯是個飛揚跋扈、喜歡拈花惹草的性子，與這樣的人家結親，對秦國公府而言並沒有什麼好處。

因此，紀老夫人更傾向於在京城裡找個真正的世家，而不是像曹家這樣的新貴。

紀老夫人的心思齊氏不是不明白，但卻覺得紀老夫人的思想有時太過迂腐。當今聖上是曹太后的親兒子，太子趙旦是曹皇后所出，也就是說至少兩代之內，曹家都可以高枕無憂。然而曹家又善於鑽營，同內務府做生意的這些年更是賺了個盆滿缽滿。自己想與曹家聯姻，是想搭上曹家這條大船，可紀老夫人卻好似根本不理解一樣，這銀子多了還會咬手不成？

見同紀老夫人有些談不攏，沈君兮也過來了，齊氏便不想再繼續談這事。

她藉口要去廚房看看，從紀老夫人的跟前退下。

待齊氏離去後，紀老夫人嘆了一口氣。「真是妻好一半福。」

說完，她站起來，叫來了在外間候著的李嬤嬤。「幫我準備筆墨，我要給大郎寫信。」

李嬤嬤應聲而去。

沈君兮雖不知剛才齊氏到底同外祖母說了些什麼，可她瞧著外祖母的情緒不高，也湊上前去。「我幫外祖母磨墨吧！」

紀老夫人欣慰地摸了摸沈君兮的頭，牽著她的手，去了平日供沈君兮和紀雯練字的小書房。

紀老夫人坐在書案前，卻是發了一陣呆，良久之後才提筆。

沈君兮在一旁默默地磨著墨，瞧著紀老夫人在紙上運筆如飛。她這才發現，外祖母的字竟是那樣蒼勁有力，一點都不似出自一個女人之手。

在紀老夫人落筆後，她正想去尋個信封來時，卻見紀老夫人將那封信拿在手中端詳一會兒，然後又毫無預兆地將信撕成碎片。

突如其來的轉變讓沈君兮很意外，也讓她不知該說些什麼才好？

然後，她聽見紀老夫人有些自嘲地笑道：「兒孫自有兒孫福，我管她那麼多做什麼？」釐清自己思緒的紀老夫人牽起沈君兮的手，往屋外走去。「守姑來，今天我讓廚房做了好吃的醬肘子，我們這會兒用膳去。」

沈君兮有些不解地回頭瞧著那一地的紙屑，而候在一旁的李嬤嬤卻在心裡搖頭。

這麼多年，老夫人依舊繞不過心中的坎。

兩日之後，紀府的人都知道，齊氏想為紀昭求取北威侯三女兒的事了。

沒想到第一個跳出來反對的竟然是紀昭本人。

「我才不想娶他們家的女兒！」手傷恢復的紀昭又是一副生龍活虎的模樣，但今天，他顯然被惹怒了。

「為什麼不要？」齊氏沒想到向來乖順的兒子會跳出來反對。「你知不知道，北威侯府給她的陪嫁很豐厚，光良田會有一萬畝！」

「那又怎麼樣？」紀昭卻有些生氣。「難道我們家缺錢、缺田嗎？而且她陪嫁多，那也是她的，母親難道還指望我去動用她陪嫁的東西？如果被人知道我覬覦女方的陪嫁，以後別人會怎麼看我？」

齊氏有些語塞。

紀昭說得沒錯，兒媳婦帶來的嫁妝再豐厚，那也是兒媳婦的東西，除非她自己願意拿出來貼補夫家，否則其他人動不了一個子兒。

可曹家的女兒讓她心動的，並非只有嫁妝，而是搭上曹家賺錢的那條大船！

齊氏想將這其中的利害跟兒子好好說道說道，豈知紀昭卻根本不想再理會，而是徑直來求紀老夫人。

紀老夫人自然知道這兩天家裡都在鬧些什麼，她想也沒想地拒絕了紀昭，連他的面都沒見。

第四十七章

紀昭賭氣之下，直接從馬房裡牽了一匹馬往西山大營的方向去了。

李嬤嬤有些不解地同紀老夫人道：「既然老夫人您也不滿意曹家，為何不幫著三少爺一把？」

紀老夫人卻冷哼一聲，道：「自古婚姻是父母之命、媒妁之言，我不過也想讓他們嘗嘗被自己的孩子拒絕的感覺。」

李嬤嬤有些啞然。

她跟在紀老夫人身邊多年，自然知道當年發生了什麼事。這些年來，紀老夫人同齊氏多少總有些不對付，她們這些知情的老人也是看破不說破，但她怎麼也沒想到，老夫人竟然會在這件事上與晚輩置氣。

「可萬一大老爺認同了大夫人的意見，也同意與曹家聯姻呢？」李嬤嬤有些焦急地問道。

「如果他連這其中的利害關係都分不清的話，也不配做這家主，秦國公府的氣數也算是盡了……」紀老夫人嘆了一口氣。

她可以幫著大郎看著這個家，卻幫不了一世，在她百年之後，這個家還是得靠大郎他們自己。如果在這件事上，大郎制不住老大媳婦的話，那她要趁早作主讓老二一家分出去，以免他們將來被老大一家連累。

紀容海那邊得知此事後，也囑咐紀明看好軍營，自己帶著紀昭連夜趕回來。

等他趕到京城時，城門剛好打開。

當他帶著一股初春的寒氣進入齊氏房間時，房裡當值的小丫鬟們都情不自禁地打了個寒顫。

為紀昭擔心了大半夜的齊氏到天亮才微微合眼，卻又被紀容海給驚醒過來。她披了件衣裳下床，靸著鞋子迎上來。「怎麼這個時候回了？可是發生了什麼要緊的事？」

紀容海卻管不得那麼許多，扔了手裡的馬鞭，卸了身上的披風，然後同屋裡那些值守的丫鬟要了杯熱茶，將她們全都趕出正屋。

「好好的，怎麼突然想到要和曹家聯姻？」為了顧及齊氏的顏面，紀容海壓低聲音道。

正穿著衣衫的齊氏手上一滯，一抬頭，看向紀容海道：「你是為了這事回來的？」

看著齊氏一臉不以為意的樣子，紀容海在心裡為之氣結。

他越來越同意母親當年說過的話，也越來越後悔自己的決定。一個人的胸襟和眼界，真的會影響她一輩子！

紀容海也不想與齊氏說什麼大道理。在他看來，有些事即便自己說了，以齊氏的眼光和胸襟不一定能夠理解，那他更不必費這個口舌。

「這樁婚事談到哪一步了？兩家有沒有交換庚帖？」紀容海面色不豫地問起齊氏。

「這不是還沒出正月十五嘛……」齊氏小聲地嘟囔道。

也就是說，這事還有回轉的餘地。

「行了，這事妳不用管了！」紀容海大手一揮，連那沾滿了風霜的衣裳都沒有來得及換，便去了紀老夫人的上院。

淺眠的紀老夫人聽說大兒子連夜趕回來後，便沒了睡意，索性起床。

而她這邊剛剛穿戴好，紀容海便尋了過來。

瞧著兒子滿面風霜的樣子，紀老夫人自是心疼，趕緊叫人打來熱水，讓紀容海淨過面後，又叫人將早飯端上來。

「有什麼事，咱們吃過飯再說。」

紀老夫人平日雖不多話，可這幾日家中發生了什麼事，她心裡明白得很，自然也清楚兒子連夜趕回來的原因。

用過早飯後，紀老夫人主動和紀容海說起紀昭的婚事。

「齊氏這些年，眼高手低的，拒絕了不少有意與我們家結親的人家。」紀老夫人一邊喝茶，一邊同紀容海道：「她瞧中的，嫌棄我們家昭哥兒無官無爵；瞧得中我們家的，她又嫌棄人家寒酸，以至於這些年，作媒的見到我們家的門頭都要繞道走，知道我們家的門檻高，攀不起。但我萬萬沒想到，她竟然會因為聽聞曹三姑娘有兩萬兩銀子的陪嫁，動了要求娶的心思，一不問人品、二不問相貌，任憑誰家也沒有這樣辦事的道理！

「而且那曹家在京城，只要稍微動點心思打聽，便知道那曹家三姑娘的脾氣和北威侯是一個模子裡刻出來的，平日在家中稍有不順便喊打喊殺，要不然曹家也不會放出話來，要給這三姑娘兩萬兩銀子的陪嫁。這曹家三姑娘真要嫁到咱們紀家來，咱們紀家的氣數，也算到頭了……」

紀容海聽了紀老夫人的話，不禁出了一身冷汗。

他之前只是覺得像曹家這樣做了外戚才被封侯的人家，根基太淺，不適合結親，卻沒想到情況比他想像的還要糟。

「這簡直是胡鬧！」紀容海氣得一拳捶在炕几上，嚇得紀老夫人屋裡的小丫鬟一個個大氣都不敢出。

紀老夫人給身邊的李嬤嬤使了個眼色，李嬤嬤便帶著屋裡的小丫鬟們避出去。紀容海見狀，也知道自己有些失態了。

「現下怎麼辦？我們得拿出個辦法來才是。」他嘆了口氣道。

見屋裡只剩下母子二人，紀老夫人從炕几的抽屜裡拿出一份名單來。「這些年，我一直都在留意誰家有適合的姑娘。可你知道齊氏的性子，我也不耐煩看她那副臭臉，就沒將這份名單拿出來。」

紀容海一聽，從紀老夫人的手中接過名單細細看了起來，但在看到其中一行時，有些不解地問道：「前面這些都是世代公卿，可這謝閣老家……」

紀老夫人不慌不忙地戴起了玳瑁眼鏡，接過紀容海手中的名單。

「呵呵，你說的是謝閣老的孫女啊！」紀老夫人看到那個名字後會心一笑。「謝家大姑娘我曾在東府瞧見過一次，很是知書達禮、進退有度，長相也很娟秀……」

「既然她像母親說得這麼好，不可能沒有說婆家吧？」紀容海笑著從紀老夫人的手中抽回了名單，繼續往下看。

紀老夫人卻是笑著搖了搖頭。

「真要說起來，這謝家大姑娘也是有些時運不濟。因為給家中的長輩守孝，硬生生地耽誤了，如果我沒記錯的話，她今年應該有二十了。」

在北燕，年逾二十的姑娘還未出嫁，已經算得上是老姑娘了，想要說一門適合的婚事只會變得越來越困難。這個時候，家人往往會隨便為她找個什麼人將就一下。

「二十歲嗎？」紀容海卻細細考量起來。「我們家昭哥兒今年十八了，相差得也不算太大。」

而且謝閣老謝玄是歷經兩朝的元老，平日在內閣中為人低調，卻為昭德帝掌管著戶部，等於掌管天下錢糧。這樣人家培養出來的姑娘，想必不會太差。

當天下午，紀容海便去拜訪了謝閣老，直至敲了一更鼓才回來，而且回來後又一頭扎進紀老夫人的上院，第二天又出府去。

接下來兩、三天都是如此，連齊氏都不知道他在忙什麼？

到了正月初十那天，齊氏的娘家大嫂高氏來訪。

「不是說好了給昭哥兒和北威侯家的三小姐說親嗎？怎麼你們家卻和謝閣老家訂了親？」高氏連口熱茶都沒來得及喝，就同齊氏捶胸頓足道：「妳知不知道，這麼一弄，算是徹底把太后娘娘的娘家給得罪了。你們家是家大業大的國公府，不怕那北威侯，可我們家怎麼辦？妳要我怎麼同北威侯府交代？」

和謝家訂親？齊氏完全像個局外人一樣，一問三不知。

「莫不是大嫂弄錯了吧！」齊氏同高氏說道：「我怎麼不知道我們家的昭哥兒和人訂親了？」

「什麼？妳不知道？」高氏立即住了聲。「現在滿京城都知道，你們家請了永安侯林家的三奶奶上謝家提親，兩家都已經過了庚帖，只等欽天監算婚期了。」

齊氏這才想起這兩天在府裡跑進跑出的紀容海。

難不成他瞞著自己，把昭哥兒的婚事給訂下來了？當下只覺得一口氣堵在胸口上不來。不管怎麼說，她也是昭哥兒的生母，是紀家主持中饋的人，紀容海竟然瞞著自己把紀昭的婚事給定下來，這不是打她臉嗎？

好不容易送走高氏後，齊氏便去外書房尋了紀容海。

「為什麼瞞著我給昭哥兒訂親？」齊氏也顧不得外院的萬總管還在紀容海的書房裡，衝進去質問道。

萬總管神色尷尬地看了看紀容海。紀容海有些無奈地朝他點點頭，萬總管便悄無聲息地退出去，並且悄悄將書房的門闔上。

只是人還沒走遠，便聽到齊氏在書房裡大聲道：「紀容海，你到底是什麼意思?!我不是昭哥兒的親娘嗎？這麼大的事，你連知會我一聲都不曾！」

萬總管在門外聽了，搖搖頭。正所謂「妻好一半福」，大老爺在這上頭真可謂是吃了不少虧。

他默默地看了眼那些候在廊簷下的下人們，手一揮。「都先散了吧。」

眾人這才如釋重負地離開。

「可妳之前有知會我們嗎？」屋裡的紀容海也沒想到妻子竟然像個市井婦人一樣，他放下手中的信件，看著齊氏道：「妳之前不也是打算偷偷摸摸地給昭哥兒和曹家的三姑娘訂親？幸好我及時趕回來，不然我還不知道妳竟然為了兩萬兩銀子的陪嫁，能把自己的親兒子給賣了！」

「這怎麼能叫賣？」齊氏依舊不服氣地道：「曹家可是太后娘娘的娘家！」

紀容海聽了只想打人。他沒想到，到現在齊氏還是這樣拎不清。

可顧忌到齊氏說話向來嘴上沒有個把門的，自己有些話也不好跟她明說，只好道：「我明日得回西山大營，妳得拿出個做婆婆的樣子，風風光光、歡歡喜喜地把親事給辦了。」

誰知道齊氏只是冷哼一聲，等到紀容海離家後，她便稱病，整日裹著頭巾躺在床上「哎喲哎喲」的，擺明了一副不想理事的態度。

府裡那群等著回事的僕婦們卻慌了神，更有人跑到紀老夫人跟前討主意。

紀老夫人知道這事的時候，正和沈君兮一塊兒吃早飯。她放下筷子，冷哼了一聲。「難道沒了這張屠夫，我還得吃帶毛的豬不成？」

於是，紀老夫人讓人叫來文氏，帶著沈君兮一起去齊氏的東跨院。

齊氏依舊在屋裡躺著，門廊前的抱廈裡還站著等著回事的僕婦們，大家一見紀老夫人過來，紛紛讓出一條道來。

文氏和沈君兮一左一右地虛扶著紀老夫人進屋去。

屋裡的光線暗暗的，卻熏著馥郁的玉蘭花香。紀老夫人微不可見地皺了皺眉。

見紀老夫人帶著人過來，齊氏也掙扎著要起床。

「妳還是躺著吧！」紀老夫人瞧了她一眼，徑直走到美人榻上坐下。「有沒有請大夫來看過？」

那齊氏本是裝病，這要是找大夫來看病，豈不露了餡兒？

「不過是些陳年舊疾……」她訕訕地笑道：「養一養就好了。」

但她那點小心思哪裡能瞞過紀老夫人？

紀老夫人也不說破，只是神色淡淡地說道：「那妳好生養著吧。」

齊氏聽了，正想說兩句感激的話時，卻聽紀老夫人繼續悠悠地道：「只是這家裡也不能沒個管事的人，既然妳身子不舒服，這管家的事，暫時讓孫媳婦代勞吧。」

沈君兮一直默默跟在紀老夫人身邊，聽了這話時，正好瞅到大舅母臉上那吃癟的表情，心裡暗嘆：外祖母這一招還真是絕！

大舅母不是要裝病嗎？既然病了，那肯定是管不了家的，既然不管家，那再找個人來管家好了。

陪站在一旁的文氏卻是膽戰心驚。

她嫁到紀家來也不是一天、兩天了，婆婆是個什麼性子，她還能不知道？

「孫媳婦資歷尚淺，怕是擔不起這份重任……」文氏委婉地推辭道：「而且家中還有二嬸……」

紀老夫人卻不以為意地揚了揚手。「一回生，二回熟，我們誰不是從一個什麼都不知道的小媳婦做起的？妳二嬸有二嬸的事，而且妳是咱們秦國公府的世子夫人，這個家遲早要交到妳手上。還有我幫妳在後面坐鎮，妳有什麼好擔心的？妳剛才也瞧見了，院子裡還站著那麼多人等著示下，」紀老夫人指了指院子裡的僕婦，又看了眼躺在床上的齊氏。「而妳婆婆又是這麼一副模樣，妳不幫忙擔著點，難道還讓她拖著個病體主事不成？」

紀老夫人的話說得如此大義凜然，倒教文氏一時間不好再多說什麼。

「我看這事這麼定了，」紀老夫人拍拍文氏的手，然後對齊氏身邊的關嬤嬤道：「妳去取了大夫人平日管家的帳簿還有對牌，交給二少奶奶。至於大夫人這病，我看是平日操太多心累出來的，不如讓她趁這個機會好好休養，別三天兩頭地發病，到老了也不得安生。」

齊氏睡在床上，聽得老臉一紅。她自然聽出了老夫人話裡的意思，偏生她這個時候又不能跳起來說自己沒病，只得給關嬤嬤使個眼色，讓關嬤嬤去把管家的紫檀木匣子拿過來。

紀老夫人示意文氏接了那紫檀木匣，找了個藉口便帶著人起身離開了。

見到那滿院子僕婦的時候，紀老夫人道：「大夫人最近身子不適，府中的一切大小事務由少奶奶說了算。從今天開始，每天由二少奶奶到小花廳示下。」她當著眾僕婦的面說道：「大家有什麼事，只管回稟二少奶奶，誰要是還敢來大夫人這兒回事，影響了大夫人的休息，可別怪我翻臉不認人！」

在紀老夫人的目光下，家中的僕婦們彼此面面相覷，倒也不敢多說什麼，大家都排隊去了前院的小花廳。

第四十八章

文氏雖然口裡說自己資歷淺、沒經歷過事，可像她這樣生來要嫁到夫家當主母的女子，未出嫁前都是幫著家裡的長輩管過家的。

因此，她應付起家中的僕婦並不吃力。

起先還有些擔心的紀老夫人坐在小花廳的屏風後，陪著文氏聽了兩天的示下，便放心地將管家的事都交給文氏，同身邊的李嬤嬤笑道：「我瞧著倒是比齊氏當年要強一些。」

「二少奶奶畢竟是老夫人當年千挑萬選的孫媳婦，自然不會差到哪裡去。」李嬤嬤在一旁陪笑道。

紀老夫人聽了，卻是有些傷神地嘆了一口氣。當年大郎若不是執意要娶這齊氏，現在家裡哪會有這麼多事。

「對了，從明天開始，讓守姑和雯姊兒也去小花廳幫忙。哪怕不處事，在一旁聽聽，學著管家也是好的。」紀老夫人吩咐道。

李嬤嬤掩嘴笑道：「讓大小姐幫著管家也還適合，可鄉君的年紀是不是還太小了些？」

「若是別人，自然是嫌早，可我瞧著守姑那孩子平日行事挺有章法的，也讓她去試試吧。」紀老夫人笑道：「何況等女學堂開學，她們又沒有這機會了。」

有了紀老夫人這句話，沈君兮和紀雯每日上午跟著文氏去了小花廳。

兩個孩子都很有自知之明，每天只是聽，從來不亂發一言。

到了二月初，董氏收到一封紀容若從山東寄回來的信，她便興沖沖地將信拿到紀老夫人跟前。「二郎下個月要回京述職了！」

紀老夫人「哎喲」喊了一聲，便趕緊從炕上坐起來。「快快快，把信件拿來給我看一看！」

依照北燕的規矩，官員每三年進京述職一次，她的二郎已經有三年不曾回家了。

一時間，翠微堂變得喜洋洋的，而董氏住的西跨院裡更是張燈結綵，氣氛比過年還要熱鬧。

時間一下子到了三月，紀家二老爺的馬車終於進城。

此時，翠微堂的草木早已抽出嫩嫩的綠芽，紅彤彤的山茶花和黃澄澄的迎春花交相輝映著。

雖然有些春寒料峭，可換了春裝的紀老夫人帶著沈君兮等人，站在充滿春意的院子裡翹首以盼。

「來了、來了！」守門的婆子喜孜孜地報信。

沈君兮瞧見一個風塵僕僕的男人在董氏的陪同下過了穿堂，徑直往這邊過來。

想必這是二舅紀容若了。

沈君兮站在紀老夫人的身旁，靜靜打量著這位二舅。

若說大舅紀容海斯斯文文的，看上去一點也不像個武將，可長得劍眉星目的二舅紀容若一看就是個文臣。

他不過三十出頭的年紀，一頭烏黑的頭髮用羊脂玉簪子綰著，身穿一件石青色寶相花刻絲錦袍，清雅中透著幾分矜貴。這樣的他和溫柔嫻貞的二舅母站在一起，簡直是一對神仙眷侶，教人好生羨慕。

紀容若顯然也感覺到有人在打量自己，給紀老夫人請過安後，他的目光移到沈君兮的身上。一見到她那酷似小妹芸娘的面容，不免有些動情。

「這是我那封了清寧鄉君的外甥女嗎？」他看著沈君兮笑道。

紀容若的笑很是溫文爾雅，讓沈君兮在心中感嘆她二舅真算得上是難得一見的美男子。

「守姑見過二舅。」她也乖巧地上前行禮。

紀容若笑著摸了摸她的頭，從身後童子的手上接過一只造型精巧的小風箏，遞到沈君兮手上。「聽雯姊兒說妳喜歡風箏，濰坊的大風箏裝不下，特意選了只小的帶回來。」

自己喜歡風箏？沈君兮接著風箏，有些不解地看向紀雯。

紀雯有些得意地湊到她耳邊，道：「我瞧著妳的小書房裡一直掛著那只紀霜送妳的風箏，有些破了也捨不得扔，所以我讓爹爹特意從山東帶來。」

紀老夫人欣慰地瞧著紀雯和沈君兮，見她們相處得如親姊妹一樣，便放了心。

「今日都到我屋裡來，我給你接風洗塵。」紀老夫人拉了小兒子的手笑盈盈地道，又轉身同李嬤嬤吩咐道：「使個人去東跨院說一聲，叫她們也過來一起用晚膳。」

到了晚上，卻只有文氏帶紀雪過來。

「我婆婆原是要過來的，可臨出門時，又是頭痛、又是心絞痛的……」文氏在給紀老夫人請過安後，解釋道：「實在沒有辦法，才讓我帶了雪姊兒一同過來。」

紀老夫人聽了，只是冷哼一聲，卻沒有多說。

齊氏已經「病」了一、兩個月，紀老夫人也瞧出來，齊氏是打定主意不想管紀昭的婚事了。

這樣也好，她也不想讓齊氏在昭哥兒的婚事上指手畫腳，於是親自過問起昭哥兒的婚事來。

如此一來，齊氏與紀老夫人之間那本就微妙的婆媳關係，變得更加難言了。

在紀容若歸府的第二天，永安侯府的林三奶奶便上門拜訪。

「可算是定下來了。」為了紀昭的婚事，在紀、謝兩家跑前跑後的林三奶奶笑盈盈地說道：「欽天監給出了八月十八和十月初二這兩個日子，謝家選了八月十八日。」

「八月十八？」紀老夫人面有難色地念叨了兩次。「算算時間，怕是有點緊。」

那林三奶奶素來是個靈巧的人，見著紀老夫人的神色便笑道：「不緊不緊，現在才三月，四月把新房刷一刷，五月把簾子、幔帳都掛上，過了一個六月天也乾透了，七月開始請客，八月不正好可以辦酒了嗎？」

紀老夫人聽了呵呵一笑。「妳倒是幫我都安排好了，真是羨慕林家有妳這麼一個能幹的兒媳婦！」

說笑間，紀老夫人和那林三奶奶就這麼把親事給定下來。

而沈君兮這邊，卻接到了周福寧的帖子，讓她參加三月初九在樂陽長公主府舉辦的春宴；紀老夫人也收到了樂陽長公主的邀請。

每年三月，草長鶯飛的時節，各家的夫人們便會帶著自家女孩子參加各府的春宴，說是趁著三月三的女兒節，領著家裡的女孩子出來見見世面，其實是帶著孩子出來露個臉，好讓人知道自家有女初長成。

因是樂陽長公主親自下的帖子，紀老夫人不好不去，因此到了初九那日，她便帶著董氏、紀雯、紀雪還有沈君兮一道去了長公主府。

她們到達長公主府時，府裡已經到了不少人。

負責待客的女官將紀老夫人一行人引到樂陽長公主的跟前，在同樂陽長公主見過禮後，樂陽長公主便留了紀老夫人在屋裡說話。

見紀雯和沈君兮乖巧地站在紀老夫人身邊，而紀雪卻時不時地偷瞟著窗外，長公主便笑著同紀老夫人道：「讓她們幾個小輩去後花園玩吧，留在我們跟前，她們也不自在。」

紀老夫人笑著點頭，表示認同她的意見。

樂陽長公主便叫了人來。「將紀府的幾位小姐帶到姑娘那兒去吧。」

紀雯和沈君兮同樂陽長公主行了福禮告退。

待出得花廳，又在長公主府裡繞了幾繞後，她們三人終於被人帶到後花園。

長公主府的後花園很大，最引人注意的是那一汪碧綠的湖面。隔了老遠，便瞧見湖邊有人影竄動，而且還能聽到周福寧那有些誇張的笑鬧聲。

領路的丫鬟領著沈君兮等人穿過一條花徑，不一會兒工夫便到了周福寧的跟前。

她一見到沈君兮就歡快地跑過來，拉著沈君兮的手道：「妳可算是來了！我們正準備划船，妳要不要來？」

沈君兮瞧見一艘大一點的畫舫正朝著湖心撐去，而湖岸的碼頭上還停著一艘小的。這艘小畫舫一看便知道是新做的，在陽光的照射下，還能聞到一陣陣的桐油香。

可是划船……並不會泅水的沈君兮有些猶豫。萬一掉到水裡該怎麼辦？

她還在猶豫之時，身邊的紀雪卻不顧紀雯的阻攔，歡呼著跳上了停在岸邊的那艘畫舫。

紀雯見自己沒拉扯住紀雪，便有些心急。在來的路上，祖母還特意囑咐她，長公主府不是尋常人家，要她多看著點兩個妹妹。

見紀雪已經上船，紀雯只好輕輕扯了扯沈君兮的衣裳。

北方缺水，這群養在深閨的女孩子平日鮮少有機會坐上這樣的畫舫，也難怪紀雪會如此興奮。

沈君兮瞧著，心裡嘆了一口氣。既然紀雪已經上船，她也只好跟著一起上船了。

雖然在岸上看著船身只有一點點，可船艙裡的空間卻很大，坐上她們四個還是綽綽有餘。

岸上的撐船媳婦子見大家都上了船，身姿輕盈地跳上畫舫，用那細長的竹篙往岸邊一頂，將畫舫往湖心撐去。

三月的日頭雖不大，可還是有些曬，好在這畫舫上是搭了棚子的，湖面上又涼風習習，倒也讓人覺得愜意。

周福寧只管拉著沈君兮說話，而紀雪則總是伸手去攪船舷外的水面，任由水花濺在自己的衣裳上。

畢竟是三月天，水還帶著些寒意，紀雯擔心紀雪會因此生病，不斷地出手制止她。如此兩次三番之後，紀雪便覺得有些無聊起來。她的手無趣地撐著下巴，嘟嘴瞧著窗外，登船之前的興奮蕩然無存。

此時，她們這艘畫舫慢慢地趕上了之前那艘大的，而剛才有些蔫蔫的紀雪好似突然打了雞血一樣，揮手叫喊起來。「芊兒姊姊、芊兒姊姊！」

突然而來的動靜，讓沈君兮順著紀雪的目光看去，只見黃芊兒坐在另一艘畫舫上與人談笑風生。

那邊畫舫上的人聽到這邊的動靜，也有人探出頭來。

沈君兮一瞧，竟然是三皇子趙瑞。

想著平日趙卓總是跟在趙瑞身邊，她往那船艙裡瞧去，果然在趙瑞身旁發現了不動聲色的趙卓。

他們身後還有幾個人，沈君兮依稀辨認出福成公主和四皇子趙喆的身影。

趙瑞一見到是沈君兮和紀雯她們坐在小畫舫裡，笑道：「要不要坐到一起來？人多也熱鬧些。」

說著，他讓撐船的船娘將大畫舫靠近小畫舫。

同樣在船上的福成公主聽了，有些不太高興地嘟囔。「好好的，為什麼要和她們坐一起？」

她與沈君兮打交道的次數雖不多，卻可以說每一次都是鎩羽而歸，敗興得很。

因此，她下意識不想同沈君兮靠太近。

坐在旁邊的黃芊兒這些年對福成公主熟悉得很，聽了福成公主這聲不高興的嘟囔，她便眼睛一轉，計上心來。

「咦，有魚！」原本坐在內側的黃芊兒突然越過福成公主，指著水裡叫喊起來。「好多魚，還是一群群的！」

「哪兒？」紀雪一聽又變得興奮起來，伸出脖子往水面看。

「這兒，還有那兒。」黃芊兒在大畫舫上胡亂地指著，紀雪站起身，在小畫舫上東張西望地看著，惹得那小畫舫開始搖晃起來。

船上的紀雯忍不住驚呼。「雪姊兒，妳給我坐下來！」

可紀雪卻是不聽，依然我行我素地探頭找魚。

她這一找，伸出船舷的身子過多，一個重心不穩，便往湖面栽倒下去。

眼見紀雪就要掉進湖裡，紀雯便伸手去拉她，誰知反被紀雪帶著往湖裡去。

周福寧平日雖然坐船坐得多，可也沒遇過這種事，瞧著紀雯和紀雪要落水了，她也從船的另一側站起來，想要去拉她們一把。

失了平衡的小畫舫，這下重量全往一邊去，幾乎來不及讓人反應，小畫舫上的人盡數被倒進水裡。

「哎呀，糟了！她們落水了！」

方才還顯得有些平靜的湖面，一下子變得吵鬧起來。

「趕緊救人！」

趙瑞喝令大畫舫上的兩位船娘。「趕緊將船撐過去，把人撈起來——」

「不行！」豈料趙瑞的話音還未落，船艙裡的人提出反對意見。「她們這麼多人掉到水裡，要是一扒我們的船，把我們畫舫也弄翻了怎麼辦？」

說話的正是趙喆，他一臉大義凜然。「這船上坐的可都是皇子、皇孫，隨便哪個出了意外，怕都是擔不起的！」

他的一番話，聽得大畫舫上兩個撐船的船娘都愣了愣，到底沒人敢把船往翻了船的地方駛過去。

「難道這樣見死不救嗎？」聽到趙喆這番自私的言論，趙瑞恨不得要握拳揍他一頓。

「哪裡見死不救了？」趙喆卻是一臉雲淡風輕。「我只是說別讓船靠近，可沒讓船上的船娘不下水呀！以她們的水性，將人救起再送到岸邊也不是什麼難事吧？」

在他們二人還在爭論時，只聽得撲通撲通幾聲響，已經有人跳進水裡。

沈君兮覺得難受極了。

落水的一瞬間，冰冷的湖水湧進她的鼻腔，嗆得她腦仁疼。

因為身上的衣裳吃透了水，也變得越來越重，像湖裡的水草一樣纏著她不斷往湖底沈下去，即便她不斷拍打水面掙扎著，可除了讓自己覺得更累以外，幾乎毫無用處。

為什麼還沒有人來救自己？明明旁邊有船的！

沈君兮只覺得身子越來越沈，手臂也變得越來越疲，每動一下都是疼。

要堅持不下去了……

她的意識越來越模糊，手腳也逐漸沒了知覺，刺骨的湖水這樣慢慢地漫過了她的頭頂。

在她慢慢往湖底沈去時，突然有人托住了她的腰，一邊將她往上舉，一邊卻奮力地脫著她的衣服。

水裡還有登徒子嗎？沈君兮有些驚慌地睜眼。

只見趙卓皺著眉頭游在她的身旁，焦灼地拉扯她腰間的束衣帶，直到將她身上的外衣全都除去，僅著貼身的中衣時，這才摟著她的脖子往湖邊游去。

「妳的衣服吃水太重了……如果不把衣服脫掉……我拖不動妳……」待上了岸，趙卓氣喘吁吁地將幾近昏厥的沈君兮放到草地上，紅著臉解釋道。

沈君兮一邊顫抖著身體，一邊磕著牙道：「我知道……」

因為剛從水裡出來，渾身濕透的她蜷成一團，身上的白色中衣更是隱隱透著肉色。

趙卓見了，趕緊脫下身上同樣濕透的錦袍，擰過水後，覆在沈君兮的身上。

這樣一來，他變成那個僅著單衣的人。

「在這裡、在這裡！」二人上岸後不久，一群抱著乾帕子和薄錦被的丫鬟和婆子跑過來，見到沈君兮後便將她團團圍住，七手八腳地幫她換上乾淨的衣裳，裹上薄錦被。

第四十九章

趙卓見了，也趕緊轉過身去。

雖然沈君兮只是個孩子，可是「非禮勿視」的道理他還是懂的。

喝著丫鬟們遞過來的薑湯，一口暖烘烘的湯水下肚後，沈君兮才覺得自己終於活過來。

「這位小爺，您也將身上的水擦一擦吧！」有個婆子見著身上不斷滴水的趙卓，也遞上了乾帕子和薄錦被。

豈料趙卓好似沒有聽到一樣，而是站在那兒，看著湖中心停著的那艘船，以及還在湖水裡撲騰的人，深深地皺起了眉頭。

沈君兮瞧著他濕漉漉的背影，薄薄的中衣裹在身上，隱隱透出了像男人一般寬闊的背部和勁瘦的窄腰。

沈君兮的臉唰地紅了。

她端著手中還未喝完的薑湯走上前去，接過一旁婆子手中的薄錦被和乾帕子，道：「七殿下，您也趕緊換了這一身吧！畢竟還是春日，凍到了不好。」

趙卓扭過頭打量她一眼，見她頭髮還在滴水，可原本蒼白的小臉卻有了紅潤，沒有多話地從她手中拿過那半杯薑湯。

「哎，這是我喝——」沈君兮的話還沒來得及說出口，比她高出一個頭的趙卓已經一飲而盡，然後有些不解地看她。「什麼？」

喝都喝了，還有什麼好說的？沈君兮只好將乾帕子遞上去。「擦擦吧！」

趙卓自然將杯子遞回到沈君兮的手中，然後從她手中抽過薄被裹在身上，又接過了乾帕子，卻是覆在她頭上，幫她擦起來。

沈君兮有些不安地扭起來，豈料趙卓卻沒好氣地道：「還說讓我別凍到，卻不知道自己的頭髮還滴著水？」

沈君兮只能乖乖地站在那兒任由趙卓幫她擦頭髮，心下卻在腹誹，總覺得七皇子這樣幫自己擦頭髮，好似有哪兒不對……

不多時，湖面上再次傳來一陣陣吵鬧聲。

兩人不約而同看去，只見周福寧和紀雪已經被船娘打撈上畫舫，正坐在船舷瑟瑟發抖，可和她們同時落水的紀雯卻始終不見蹤影。

那兩艘畫舫上的船娘也繼續在水裡鳧著，一會兒沈下去，一會兒又探出頭來，看得沈君兮也跟著緊張幾分。

「雯姊姊呢？」她拽住趙卓身上的錦被問道：「雯姊姊不會出什麼意外吧？」

「先別急，再等等看。」趙卓的面色沈了沈。

起先他並未想著要下水救人的，以為只要把人撈上來就好。可他沒想到的是，趙喆竟然會自私得不同意！

見著在水裡漸漸無力的沈君兮，他就想也沒想地翻身下船。

他清楚地記得，在他下水時，長公主府的二公子周子衍也跟著自己下水。

而現在，周子衍也不見蹤影。

岸上和畫舫上的人都在焦急不安之時，岸邊一個小丫鬟卻指著水裡驚叫著。「那是二公子嗎？」

眾人紛紛瞧過去，只見一個和趙卓差不多身量的少年正拖著個少女往岸邊游來。岸上的婆子們趕緊擁過去，手忙腳亂地幫著少年將人給拖上岸。

沈君兮定睛一看，那少年從水裡拖出來的少女不正是紀雯？

只是此刻的紀雯面如死灰，顯然是一副出氣多、進氣少的樣子。

沈君兮腦子一轟，連忙撥開眾人擠進去。

「雯姊姊！」她跪趴在紀雯的身邊，害怕地搖起她來。

躺在草地上的紀雯卻閉著眼睛，絲毫沒有回應，沈君兮也伏在紀雯身上嚶嚶地哭起來。

「先別急，說不定是一口水給堵住了。」沈君兮身邊圍著的丫鬟、婆子很多，也不知道是誰說了這麼一句。

她好似看到希望般地抬起頭，正準備向眾人求助時，只見救紀雯上來的周子衍半跪在地上，然後扶起紀雯，趴臥在他支起的膝蓋上，一手托住她的頭，另一隻手卻在紀雯的後背上輕拍起來。

沈君兮在一旁緊張地瞧著，大氣也不敢出，心裡默默地祈禱著奇蹟。

在沈君兮覺得有些度日如年的時候，紀雯突然輕咳一聲，隨後吐出一大口水來。一旁有人面露喜色地喊道：「好了、好了，把水吐出來就好了！」

周子衍扶著紀雯坐好，有機靈的丫鬟趕緊遞上薄錦被和熱薑湯。

感覺自己到鬼門關去走了一遭的紀雯有些虛弱地抬眼看了看，見到頭髮也是濕漉漉的沈君兮後，斷斷續續地問道：「雪姊兒……和福寧呢？她們……她們被……救上來了嗎？」

沈君兮忍不住抹著眼淚道：「救上來了、救上來了，大家都救上來了。」

紀雯聽後，放心地吁了一口氣，竟又暈厥了過去。

在這時，得了信的樂陽長公主和紀老夫人、董氏也匆匆趕過來，見著岸邊圍著這一群人，隔老遠地問：「人都救上來了嗎？」

圍在紀雯身邊的僕婦們也自覺地散開來，給樂陽長公主讓出一條道來。

見著雙目緊閉的紀雯，又瞧著紀雯身邊跪著淚痕滿面的沈君兮，董氏只覺得心中一陣劇痛，然後覺得眼前一黑，就往路邊倒去，惹得眾人又是一陣驚慌。

得知紀雯只是暈厥過去，樂陽長公主便讓人將紀雯和董氏抬往離湖最近的暖煙閣，又命人拿了自己的對牌去請宮中的御醫。

太醫院派來的是杜太醫。

他給董氏和紀雯分別號過脈後，便道：「這位夫人並無大礙，不過是憂傷過度而暈厥過去，待我施針後便可轉醒；只是那位姑娘的話，可能麻煩點。落水受了驚嚇，又在水裡受了些寒涼，此時身體正是虛弱的時候，恐怕要好好調養些日子才行。」

說著，杜太醫便為紀雯寫了張方子，又為董氏扎了針，直到董氏悠悠轉醒後，才準備告辭。

沈君兮跟在紀老夫人身旁，忍不住打了兩個噴嚏，樂陽長公主這才想起府裡還有三個落水的人，於是讓杜太醫一併看了，各開了張方子後，這才放了杜太醫出府。

既然落水的幾個孩子都已無大礙，可有些事情她還是要問個清楚，今日的事若只是個意外還好；若是有人在她的公主府裡作妖，她絕不能輕饒！

於是，樂陽長公主讓紀老夫人和董氏先在暖煙閣陪著尚未甦醒的紀雯，自己則將落水的三人叫到另一側的廂房裡，詢問起事情的經過來。

周福寧平日雖淘氣，到底沒遇過這樣的事，她雖然被人從水裡撈出來，卻依然後怕地抽泣著。

紀雪更像是嚇傻了，雖然沒哭，卻是呆若木雞一樣地站在那兒，半晌說不出一句話來。

樂陽長公主只得看向還算得上正常的沈君兮。

早在黃芊兒指使紀雪看魚的時候，沈君兮便覺得有些不對勁，可這樣的話她又怎麼好跟樂陽長公主直說？

「當時我正跟福寧說著話呢，只記得另一艘畫舫上的黃芊兒突然指著水裡說有魚，紀雪便在船上東張西望地看魚……然後掉到了水裡……」她想了想道。

樂陽長公主卻是聽得皺起眉頭。

湖裡是放了蓮藕的，早些年因為湖中有魚，總將剛冒出嫩芽的荷葉啃食，以至於一湖的荷葉總是長得稀稀拉拉的，更別說開花了。後來她便命人放乾湖水，將湖中的魚兒盡數除去，去年這湖裡才開出荷花來，所以湖裡根本沒有魚！

那黃芊兒所指的魚又是什麼？

樂陽長公主便讓人將剛才在湖上泛舟的人都找過來，廂房裡一下子擠滿了人。

來的人中雖然不乏皇子、皇女，可樂陽長公主卻是他們的親姑母，因此樂陽長公主並不客氣地冷臉看向眾人。「究竟有誰可以告訴我，今日湖面上到底發生了什麼事？看魚又是怎麼回事？」

黃芊兒聽了心裡一聲咯噔。

最先說水裡有魚的是她，這事自己無論如何也逃不過去，因此只得硬著頭皮，語帶哽咽地道：「回長公主的話，是我瞧著水底水影斑駁，便以為有魚兒游過，因此才叫大家看……誰知……誰知那紀雪一時好奇，竟掉到了水裡……」

沈君兮在一旁聽了，都忍不住為黃芊兒叫好。

她只說自己好像看見了魚，是紀雪自己湊熱鬧才掉到水裡，這麼一句話，幾乎把她自己的責任給撇開了，紀雪掉到水裡，完全是紀雪自己的原因。

難怪她敢當著這麼多人的面使壞！

可惜自己手上也沒有實證，不能將她怎麼樣，只能在以後的日子裡對黃芊兒更加小心謹慎了。

樂陽長公主聽完黃芊兒的話後，看向屋裡的其他人求證，其他人也紛紛點頭，因為他們所見到的正如黃芊兒所說的這樣。

可不知道為什麼，樂陽長公主卻總覺得他們的樣子都有些作賊心虛。見從他們幾個口裡問不出什麼來，樂陽長公主只得將人都放回去，隨後又將幾個船娘叫過來。

出了這麼大的事，幾個船娘並排跪在院子，全都抖如篩糠。

在她們看來，今日真是天降橫禍，也不知道自己有沒有那運氣躲過這一劫？

樂陽長公主卻沒有過多責怪她們，畢竟周福寧的淘氣，自己也是知道的，這些船娘也不可能逆著周福寧的意思行事。

她將船娘一個一個地叫進來，分別問了當時湖面上發生的事。

幾個船娘們的說辭和黃芊兒的大同小異，並沒有太大出入，只是給大畫舫撐船的李船娘在說話間卻有些猶豫。

「妳可是還有什麼話要同我說？」樂陽長公主目光凌厲地看向那李船娘。

李船娘猶豫了一下，終於咬牙道：「回長公主的話，這事小的也不知該說不該說？在姑娘們都掉進水裡後，三殿下原本是叫我們幾個將船撐過去救人的，豈料船上的四殿下卻不同意，為此還同三殿下爭吵起來。後來七殿下和二公子看不過眼，這才跳下船去救人……」

樂陽長公主聽了，眼神一黯。她說那些人的神情怎麼那麼怪異，原來中間還夾著這麼一件事。

「這件事我知道了，妳剛才同我說的話，不要再同別人說。」樂陽長公主吩咐那船娘後，又回到紀雯躺著休息的房間內。

此時的紀雯已經轉醒，正靠在母親董氏的懷裡說話，只是此刻的神情看起來依舊是懨懨的，沒什麼精神。

紀老夫人見樂陽長公主過來了，便上前辭行。

「幾個孩子都落了水，實在是無心再留下來……」紀老夫人面露難色地說道。

「老夫人的心情我很能理解，雯姊兒雖然醒了，可我看她的樣子依舊很虛弱，倘若我讓她這個樣子跟著老夫人回府，心下很是不安。」樂陽長公主上前握住紀老夫人的手，卻看向董氏道：「不如讓雯姊兒先在我府中留下，將養上兩、三日，等到她情況穩定下來後，我再著人將她送回府上，如何？」

董氏聽了，並不敢表態，而是看向紀老夫人。

「這怎麼能行！」關於翻船的事，紀老夫人也是聽聞了一二，婉言拒絕道：「本是我府上的孩子淘氣闖禍，又怎好留下來繼續叨擾長公主？」

樂陽長公主卻是堅持。「還是留在公主府裡吧！這落水不比其他，又加之春寒，怕孩子凍到了晚上發熱。不管怎麼說，我這公主府裡還是有府醫可以急救的。」

紀老夫人聽了，又覺得樂陽長公主說得在理，正猶豫時，紀雯卻很緊張地拽住董氏的衣袖，因為她不想一個人留在長公主府。

跟在樂陽長公主身旁的周福寧見了，靈機一動，跑到長公主身前道：「娘親，不如把君兮也留下來吧！讓她留下來給雯姊兒作伴，這樣雯姊兒也不會覺得孤單了。」

樂陽長公主覺得女兒的主意不錯，也看向了沈君兮，詢問她的意見。

與此同時，紀老夫人等人的目光也向她瞧過來，弄得沈君兮一時倒有些不知所措。

「我……我聽外祖母的……」沈君兮幾乎是未經思索地脫口道。

「長公主的盛情難卻，那老婆子只好厚顏無恥地讓她們兩個在公主府再叨擾幾日了。」紀老夫人也不好再拒絕樂陽長公主，只得將此事應承下來。

紀雪一見卻是急了。聽祖母的意思，好像只讓紀雯和沈君兮留下，那她呢？

她在一旁有些委屈地哭道：「那我呢？」

紀老夫人聽到紀雪的聲音，神色變得尷尬起來。

因為她素來知道紀雪行事沒有章法，也不太懂規矩，所以並不想紀雪留在長公主府，可經這麼一鬧，樂陽長公主礙於情面，肯定會留下她。

果然，不待紀老夫人開口說話，樂陽長公主看著紀雪笑道：「妳自然也是一併留下來呀！」

紀雪這才露出滿意的笑容。

周福寧在一旁卻嫌棄地撇嘴。

在她看來，今日所有的事都是紀雪惹出來的，沒想到她竟然還有臉死乞白賴地賴著不走！

滿心不服氣的她拉著沈君兮的手，興奮地道：「妳今晚和我睡一起吧！」

沈君兮卻看了眼紀雯，搖頭道：「我得陪著雯姊姊，我不放心她一個人。」

「那我也過來陪雯姊姊好了。」周福寧想了想，然後一臉乞求地看向母親。

深知女兒個性的樂陽長公主，點了點周福寧的頭。「不是不行，但不許闖禍。」

「怎麼會？」周福寧誇張地揉著自己的頭。「娘親不要小瞧了我！」

紀老夫人瞧著這一幕，沒有多說什麼，只是出言寬慰了董氏一番，然後在長公主府用過午膳，便告辭回了秦國公府。

齊氏見女兒紀雪並沒有跟著紀老夫人一同回府，著實擔心了一下，聽聞幾個孩子都是被長公主留下來後，她也沒有多想，反倒覺得能被長公主看重，這對紀雪而言是難得一遇的好事。

想到紀雯體虛不宜搬動，樂陽長公主便將她安置在湖邊的暖煙閣中；沈君兮和紀雪自然也歇在這一邊。而用過晚膳後，周福寧也命人將自己平日慣用的被褥搬過來，鋪在臨窗的火炕上，擺出一副要與沈君兮深夜長談的架勢。

樂陽長公主不放心，自然也跟過來，但她並未多說周福寧，而是讓當夜留在暖煙閣中服侍的人都警醒著些，並且還將身邊最得力的陶嬤嬤留下來。

第五十章

周福寧自是興奮，先是在丫鬟的服侍下用過杜太醫開的藥，經過一番洗漱後，迫不及待地拉著沈君兮鑽入被窩，總覺得自己有說不完的話要同她說。

然而她畢竟只是個小孩子，白天又玩鬧了一天，到了晚上，剛還在說話呢，一轉眼工夫便呼呼地睡了過去。

聽見枕邊傳來均勻又綿長的呼吸聲，沈君兮抿嘴笑了笑。

她半支起身子，幫周福寧掖著被角，守在床邊值夜的丫鬟很警醒，見床上有了動靜，趕緊湊過來低聲問：「姑娘可有什麼吩咐？」

沈君兮原本無事，但聽見那丫鬟的聲音，便披了衣裳坐起身，要了杯水。

水溫溫的，喝下去正適中。她喝完水，將杯子遞還給那丫鬟時，藉著屋裡那盞豆大的油燈，發現睡在美人榻上的紀雪面色潮紅，呼吸也比她們要急促。

「這位姊姊，煩請妳去看看我四姊好嗎？」沈君兮指了指紀雪。

那丫鬟笑著應聲去了，瞧著紀雪也有些不太一樣，伸手一摸紀雪額頭，卻燙得趕緊將手收回來。

「糟了，紀四姑娘好像在發熱！」那丫鬟又摸了摸自己的額頭，確定不是錯覺後，便趕緊跑出去叫人。

不一會兒，樂陽長公主特意留在暖煙閣的陶嬤嬤過來了。她看了看紀雪，又看了看睡在屋裡的沈君兮等人，確認只有紀雪一人發熱後，便命人將紀雪睡著的美人榻給抬出去。

這麼大的動靜，將喝了藥昏昏入睡的紀雯也驚醒了。

「陶嬤嬤……這是……」紀雯有些艱難地撐起身子，不解地問道。

陶嬤嬤見狀，笑道：「紀四姑娘有些發熱，我怕她把病氣過到幾位姑娘身上，而且還要讓府醫過來瞧一瞧四姑娘，換一間房才不會擾到姑娘們休息。」

紀雯聽了，雖然能夠理解陶嬤嬤，多少還是有些擔心紀雪。無奈自己也是這副病病殃殃的樣子，莫說去照看一二了，連下床都有些困難。

因此她瞧向了沈君兮，見沈君兮也正披著衣服坐在那兒，有些擔心地道：「雪姊兒應該不會有事吧？」

「應該沒事吧？」沈君兮心下也有些不確定地道。

她們幾個一同落水，除了紀雯在水裡待的時間過長而病倒之外，她們這三個其實並無大礙。

可好端端的，紀雪怎麼會半夜發起了熱？

沈君兮思索一會兒，也沒想出個所以然來，乾脆脫掉身上披著的衣裳縮回被子裡。「陶嬤嬤讓人去請府醫了，應該不會有事的。」

反正自己這個時候跟過去也只會礙手礙腳，根本幫不上什麼忙，有什麼事也是明日再說。

醒。

她看了眼睡在身旁的周福寧，只見她這會兒睡得正香，根本不曾被剛才屋裡的亂哄哄吵

這才是真的小孩心性吧！沈君兮微笑著翻了個身，閉上眼睛。

到了第二日她才知道，陶嬤嬤她們是一宿沒有合眼，府醫給紀雪開了退熱的藥，可燒得迷迷糊糊的紀雪卻是死咬著嘴巴不肯喝下去，倒把那群服侍她的丫鬟急得團團轉。

還是陶嬤嬤親自用瓷勺撬開她的嘴，讓人將湯藥灌進去，到了快天亮時，紀雪的燒才稍稍降下去。

後來陶嬤嬤又問了長公主臨時指派給紀雪的小丫鬟，這才知道，之前杜太醫給三位姑娘開的湯藥，沈君兮和周福寧都是乖乖喝下去，只有紀雪偷偷倒掉了。

因為那小丫鬟是臨時指派的，服侍起紀雪來也沒那麼上心，想著不過是一碗湯藥，並未往心裡去。

可誰想到就是差了這一碗湯藥，鬧出這麼多的事來。

那小丫鬟自是在陶嬤嬤跟前哭哭啼啼的，乞求陶嬤嬤的原諒。

若在平日裡，陶嬤嬤睜一隻眼，閉一隻眼也過去了，可偏生暖煙閣裡的事是長公主特別囑咐的，竟然還有人出紕漏，她是想兜也兜不住呀！

陶嬤嬤只能讓人先將那小丫鬟帶下去，等過了這一茬，再看長公主如何處置？

「嬤嬤，我四姊她怎麼樣了？」一起了床，經過一番洗漱的沈君兮尋到了有些憔悴的陶嬤嬤。見著陶嬤嬤眼下的青紫，她也主動地攙扶住陶嬤嬤，道：「昨夜真是辛苦嬤嬤了。」

陶嬤嬤平日跟在長公主身邊，不知道有多少人巴結奉承她，因此對於沈君兮的主動示好並不覺得有什麼意外。

只是沈君兮的聲音甜甜糯糯的，倒教她聽了很受用。

「熱算是退下來了，」操心了一夜的陶嬤嬤嘆了口氣。「妳這個四姊也太任性了，竟然將杜太醫開的藥盡數倒掉，一口也沒喝，這才有了昨夜的事。」

原來如此，難怪自己和周福寧都沒有事。這樣也好，她紀雪不是不想喝藥嗎，現在這一病，不喝也得喝了！

沈君兮在心下腹誹著，但看著陶嬤嬤一臉疲態，也勸慰道：「嬤嬤辛苦了一夜，還是先去歇一歇吧！」

陶嬤嬤正有此意，拍了拍沈君兮的手，然後同暖煙閣裡的丫鬟、僕婦們交代過一番後，這才下去歇息。

得了信兒的樂陽長公主未用早膳便趕過來，聽得府醫和守夜丫鬟的回話後，之前揪著的一顆心總算放下來。

她昨日何嘗不是擔心這些，才執意要將紀家的幾個小姑娘都留下來。聽聞她們都無大礙後，便同身邊的人道：「還是派個人將這個消息告知紀家的老夫人吧，以免讓老夫人跟著擔心。」

長公主身邊的人應聲退下，到了下半晌的時候，齊氏急匆匆地趕過來。被人領到暖煙閣後，她便呼天搶地嚎起來，讓人乍聽還以為有人駕鶴西去了。

若是在紀府遇到此事，沈君兮必不會多言，可這是在長公主府裡。何況對這件事，樂陽長公主又不是置之不理，大舅母如此不顧形象地又哭又鬧，實在讓人覺得難堪。

「大舅母，雪姊兒又無大礙，您這樣是哭給誰看？」沈君兮在一旁提醒齊氏。

齊氏抹了抹自己的眼淚，朝四周看了看，發現周圍的這些丫鬟、婆子竟然都像木頭人一樣杵在那兒一動不動，倒教她一個人突兀地哭了那麼久，有些尷尬地扯了扯嘴角。

聽聞動靜過來的陶嬤嬤見到齊氏剛才的作派後，心中嘀咕。這齊氏不管怎麼說也是秦國公夫人，怎麼竟然和個市井婦人一樣？

但她作為長公主身邊的老人，什麼話能說、什麼話不能說，還是心中有數的。

因此，她露出個笑臉迎上去，和齊氏見過禮後，謙遜地道：「國公夫人請放心，長公主說了，既然是在公主府裡發生的事，咱們長公主府是一定會負責到底的，您放心將姊兒放在這府裡養著就行了。」

誰都知道長公主是當今皇上的胞妹，也是北燕頂頂尊貴的人，聽這嬤嬤的意思，好似雪姊兒落水的責任都在長公主府，她的心思也活絡起來。

齊氏跟陶嬤嬤皮笑肉不笑地說道：「這事本不該由我來說，既然雪姊兒是在公主府落的水，這除了每日的湯藥……是不是還有其他的說法？」

陶嬤嬤聽了，眉頭一挑，之前那股對齊氏的嫌棄之意又湧上心頭。

她也是四、五十歲的人了，什麼樣的人沒見過？但像齊氏這樣不顧臉面、赤裸裸地要好處的人，還真是第一次見到。

陶嬤嬤冷哼了聲，看著齊氏道：「夫人怕是有件事還不知道吧？那日四位姑娘之所以會落水，可全是拜紀四姑娘所賜……」

言下之意，禍都是紀雪闖出來的，長公主府沒找紀雪的麻煩都是好的了！

齊氏聽了，臉上的肉又扯了扯。

怎麼從來都沒人跟她說這些？齊氏詢問似地瞧向沈君兮。

妳又沒問！沈君兮忍不住在心裡翻了個白眼。

和這樣的大舅母站在一起，還真讓她覺得臊得慌，於是沈君兮尋了個藉口，去了紀雯跟前。

因為紀雯將養得好，反倒比紀雪看上去有精神多了，她臥在床上卻也聽到了外間的動靜。

「是大伯母來了嗎？」紀雯一見到沈君兮便要坐起來。

沈君兮忙上前扶了她，在她腦後放了一個大迎枕，然後用只有她們兩人才能聽得到的聲音將剛才在外間瞧見的事說了。

「我一貫覺得大舅母像是掉進錢眼裡一樣，無論什麼事，在她那兒總是三句話離不了錢。」沈君兮撇嘴道：「可她也不看看這是什麼地方？長公主能這樣照顧我們，真是無可挑剔了。」

紀雯從小便是在國公府長大的，府中有些事，她自然比沈君兮知曉得多。她也曾聽母親感嘆過，大伯母比一般人都要愛財，是因為她嫁進國公府時並沒有多少嫁妝傍身，而大伯母又是個好面子的人，往往為了撐面子，倒把自己的日子過得捉襟見肘的。

這些關於長輩的隱私，她自然不好同沈君兮說，只得道：「大伯母慣來如此，我們都習慣了。」

因為沈君兮入得屋來，也不知道大舅母到底和陶嬤嬤說了些什麼？只知道大舅母走後，長公主又象徵性地賞了些東西，只不過紀雪的那一份明顯比她們這幾個的要厚重一些。

這在沈君兮看來，有些息事寧人的意思，雖然她覺得長公主完全沒必要這麼做。

因為得到的東西比沈君兮要厚重，紀雪有些得意起來，甚至時常拿出來在沈君兮跟前顯擺。

紀雯怕沈君兮瞧著有想法，也寬慰她，讓她不要同紀雪一般計較。

「我又不是個小孩子，怎麼可能會和她一般計較。」沈君兮卻對紀雯笑道：「我只擔心妳們什麼時候才能好，這公主府畢竟不是我們能久住的地方。」

自她們落水那日算起，已經在長公主府住了三、四天，周福寧樂得天天有人陪她，可對沈君兮和紀雯而言，住得卻不怎麼安心。

經過這幾日的將養，紀雯早已能下地走動，面色也恢復正常，她正考慮著什麼時候去向樂陽長公主辭行？

但她聽了沈君兮這話，忍不住掩嘴笑道：「妳不是個小孩子，那誰還是小孩子？別忘了妳比雪姊兒還小半歲呢！」

沈君兮有些語塞。

兩姊妹正商量著，周福寧卻歡歡喜喜地從外面跑進來，一見到她們，她笑道：「我二哥他們來看妳們了。」

紀雯一聽急忙起身，想要找個地方避一下，畢竟以她的年紀，要開始講究男女大防了。可暖煙閣裡這麼大，並沒有什麼梢間、次間可以躲避，倒讓她急得有些團團轉。

沈君兮見了，安撫她道：「雯姊姊也不必做得太刻意，我們這麼多人在一起，不會有事的。」

話音剛落，周家二公子帶著人來了，這才發現除了周子衍，趙瑞和趙卓也一同過來了。待幾人在廳堂裡坐下，又有丫鬟奉過茶點後，大家才把話說開。

「母妃聽聞妳們幾個在長公主府落水很擔心，因此命我等過來探望一二。」見沈君兮和紀雯均是一臉不解，趙瑞笑道：「等到妳們幾個身子沒有大礙了，最好進宮一趟，以免母妃一個人在宮裡瞎琢磨。」

沈君兮和紀雯自是應下來。

說話的當兒，沈君兮總覺得周子衍好似有意無意地看向紀雯，而紀雯卻是羞紅著一張臉，不敢看向那周子衍。

這兩個人……

沈君兮突然生出一股想要撮合他們兩人的心思。

上一世，她雖然與外家斷了來往，卻有隻言片語傳到她耳中，紀雯好像是做了某位皇子的側妃，日子過得不如意，坊間甚至流傳她不如她姑母有手段，不懂得怎樣籠絡人心。

作為樂陽長公主的二兒子，周子衍雖然很難有出頭的機會，可是這輩子的大富大貴卻是跑不了的。以紀雯的個性，與其和上輩子一樣給人做側妃，還不如當個富家太太來得穩妥。

當然這只是她自己的想法，要不要撮合他們，還得再看看紀雯的意思。

待她們在長公主府住到第五天的時候，董氏親自登門跟長公主道謝，並且將沈君兮她們接回家。

可她們幾人一到家，便聽聞紀容若準備帶紀晴回山東任上去讀書。

紀雯自是吃了一驚，去尋了紀老夫人求證。

「好好的，為什麼突然要帶晴弟去山東？」紀雯偎到了紀老夫人的身邊。「之前不是說要等到他八月參加完鄉試再說嗎？」

按照北燕律，參加鄉試的童生們只能在戶籍地考試，紀晴是京城人，到時候只能回京來考試。

可從京城到山東即便走水路，最快也要半個月，慢的話，一個月也不嫌多。

現在已經是三月，八月鄉試，如果晴哥兒跟著父親去了山東，路上還不知要折騰掉多少時間。

紀老夫人卻是看著花團錦簇的院子嘆了口氣。

紀容若雖是回京述職，卻也在閒暇時考校起兒子紀晴的功課來。豈料紀晴背起四書五經頭頭是道，一說到釋義卻是磕磕巴巴的，一副不求甚解的樣子，聽得紀容若直皺眉頭。

他知道癥結不是出在兒子的身上。上書房是教皇子們讀書的地方，雖然也會講解四書五經，可畢竟皇子們不參加科舉考試，教授的重點自然會和外面的學堂不一樣。

紀晴作為皇子的伴讀，能夠學成這樣已是不易，只是這樣一來，他恐怕沒有能力應付八月的鄉試，紀容若也就萌生了帶紀晴回山東的想法。

為此，他還特意帶紀晴進了一趟宮，親自同昭德帝和紀蓉娘說了自己的想法，畢竟紀晴現在是七皇子的伴讀。

昭德帝也詢問了紀晴自己的想法。

紀家是可以得到恩蔭的人家，在一般人看來，紀家人實在沒有必要去擠那千辛萬苦的獨木橋。

但北燕的規矩，恩蔭的只能是武將或是閒職；文治國、武安邦，真想要將來在朝堂上有個一展抱負的機會，還是得走科舉的路子。

「我希望將來能和父親一樣為官一方，造福一方百姓！」紀晴信心滿滿地說著，昭德帝聽了也笑著應允了。

只是這樣一來，整個紀府便增添了一抹離別的傷感。

「這是妳爹爹的意思。」董氏一邊收拾行囊，一邊笑著同紀雯道：「去了山東那邊，晴哥兒可以心無旁騖地讀書。」

第五十一章

因為一早便說好了，董氏會隨紀晴一起去山東，可真要離別，紀雯心裡還是有些不捨。她看著手中繡了一半的腰帶，滿心後悔。

之前一直以為母親要八月過後才會離開，所以一直三天打魚、兩天曬網的，以至於到了三月，這條腰帶才繡了一半。

董氏自是發現了紀雯的異樣，她從紀雯手中拿起那繡了一半的腰帶，笑道：「這是妳自己繡的嗎？雖然針腳還有些稀疏，大體上已經很不錯了。只是妳的腰那麼細，有必要繡一條這麼長的腰帶嗎？」

說完，董氏把那條腰帶往自己的腰上圍了圍。

「這是我繡給娘的，」紀雯有些沮喪地低頭說道：「可是沒想到娘和弟弟會提前去山東……」

董氏聽了，笑著輕撫紀雯的頭道：「傻孩子，我們又不是不回來了，別忘了到了八月的時候，我們還得回來喝妳昭哥哥的喜酒呢！到時候妳再把這個送給娘啊！」

紀雯抹著淚，點點頭。

到了三月底的時候，紀容若帶著妻兒離京，紀老夫人因為捨不得，一直將他們三人送到城門外的十里長亭。

自董氏走後，沈君兮便覺得整個紀府少了些歡聲笑語。齊氏繼續稱病不出，家中的一應大小事務還是由文氏說了算。

她則每日跟著紀雯上學、下學，在家中練字、繡花和做餅。

一切都好似按部就班，可沈君兮發現，紀老夫人每日都打不起精神來，總是說不得兩句話便犯睏，隨便坐在哪兒都能打盹。

一開始，大家都以為只是春睏，可端午節後，隨著天氣越來越熱，紀老夫人更是一日懶似一日。

沈君兮不禁開始憂心起來。上一世，她嫁入京城時，外祖母便不在了，因此她不清楚外祖母到底是什麼時候去的？

可這樣的一份憂慮，竟不知該跟誰說才好？

莫名地，她便想到了姨母紀蓉娘。

雖然皇上賜了一塊可以隨意在宮中行走的玉牌給她，她卻不敢隨意使用，而是老老實實地向宮中遞了牌子。

宮中很快有了回應，紀蓉娘更是專程派人來接沈君兮。

沈君兮便帶了幾盒親手製作的糕點進宮。

一見到她，紀蓉娘有些故意嗔怪地道：「不是叫妳一有空就進宮來陪陪姨母嗎？怎麼，這都已經五月了，才想起姨母呀？」

沈君兮知道這是在與自己說笑，順勢而為地在紀蓉娘的跟前撒了個嬌，然後挽著紀蓉娘的手臂道：「守姑倒也想常常進宮來陪姨母說說話，可架不住家中總是事多。」

紀蓉娘聽了，輕笑著戳了戳沈君兮的額頭。「妳倒是個人小鬼大的，家中能有什麼事，需要妳跟著一起操心？」

「是不用守姑操心，可守姑在一旁看著也跟著心急呀！」沈君兮小大人似地悠悠嘆氣，然後似嬌似嗔地同紀蓉娘說起這些日子家中發生的事。

「姨母，我覺得這些日子，外祖母瞧上去蒼老了許多……」她皺了皺眉頭，神色也變得黯然。「我在旁邊瞧著，真的覺得好心疼。」

這些事，紀蓉娘在宮中也有所耳聞。她尚且沒有辦法分憂，更何況是沈君兮？但是這懂事的樣子，卻讓她覺得窩心。

難怪幾個孩子中，母親特別偏愛沈君兮，實在是因為這孩子太懂得心疼人了。

「那守姑想怎麼辦？」突然間，紀蓉娘想聽一聽她的想法，覺得這孩子既然特意尋進宮來，絕不會只是為了找到自己「抱怨」一通的。

沈君兮微微猶豫了下，便將心中的想法說出來。「我想讓外祖母出府去散散心！」

聽了這話，紀蓉娘並沒有出聲。

所謂的出府散心，可不是隨便說說這麼簡單。像秦國公府這樣的人家，去哪兒、要帶哪些人、要如何去、帶多少護衛，都需要縝密安排，因此每次出行可以用興師動眾來形容。

也正是因為如此，即便是「隨便出府走走」，也不是沈君兮一個小孩子能隨意決定的事，難怪她會尋到自己的跟前來。

「守姑想去哪兒？」紀蓉娘笑問道。

難得近來天氣正好，若真能勸得老夫人出府走動走動，紀蓉娘也是樂見其成的。

而且在她看來，沈君兮一個小姑娘所謂的出府散心莫過於出門踏個青，或者去廟裡燒灶香、吃個齋飯而已。

豈料沈君兮卻笑道：「這事我也是聽外祖母無意間提起過幾次，也就上了心。說在多年以前，外祖母曾帶幼時的姨母和母親去過一個田莊小住，每每說起那時的事情，外祖母總是一臉的笑，所以守姑想，能不能再讓外祖母去當年住過的那個田莊？」

聽沈君兮這麼一說，紀蓉娘倒是記起了一些事。那時候的她帶著小跟班似的芸娘，在屋前的淺溪中捉魚摸蝦，在屋後的瓜田裡摘瓜採豆，彷彿那是幼時最快樂的一段時光。

後來，她被選入昭德帝的潛邸，便再無去那田莊的機會。

若不是今日沈君兮提起，紀蓉娘都快忘了這件事。

「這件事姨母知道了。」紀蓉娘眉眼彎彎地應允著，並囑咐沈君兮先不要聲張。

留著沈君兮在宮中用過膳後，她又著人派馬車將沈君兮送回秦國公府。

因為沈君兮素來討得宮中貴妃娘娘的歡心，所以在大家看來，這不過是宮中貴妃娘娘對她的普通召見，誰也不曾放在心上。

兩日後，趙瑞和趙卓到訪。

翠微堂一改往日的沈悶，響起了三皇子哄得紀老夫人開懷大笑的聲音。

「老夫人，我聽母妃說起她小時候，您帶她還有小姨母去田莊避暑的事。」剛和紀老夫人說笑了一陣的趙瑞乘機道：「我和七弟也想去那田莊上小住一陣，不知道老夫人方不方便安排？」

一直陪坐在一旁的沈君兮這才明白了趙瑞的意圖，也明白了紀蓉娘的打算。

外祖母斷然不會拒絕兩位皇子的請求，但也不會放心讓兩位皇子單獨去田莊，必定會陪同前往。這樣一來，反倒比直接勸說外祖母外出散心要有效得多。

果然，紀老夫人陷入一陣沈思。皇子出行不同於常人，而且還是去她名下的田莊，不出事還好，倘若發生了什麼事，秦國公府便難辭其咎。

因此這樣的事，她還真不敢隨意答應。

一時間，剛才還是滿室熱鬧的氣氛突然變得有些尷尬。

沈君兮瞧見趙瑞衝著正在飲茶的趙卓使了個眼色。

「老夫人，提出這件事，確實是我們魯莽了。」趙卓不慌不忙地放下手中的茶盅，道：「前些日子，父皇突然得了閒，特意去了一趟上書房考校我們這些皇子的功課，我和三哥的君前奏對表現得有些差強人意。」

紀老夫人一聽，正襟危坐。

皇子們的君前奏對與大臣們的奏對不同，並不需要解決什麼具體問題，卻需要皇子們博覽群書，對天文、地理、歷史、人文等都要有所涉獵。

「不知這次，皇上考校的內容是……」紀老夫人忍不住詢問道。

「四時農事。」趙卓很謙遜地搖頭道：「此事平日夫子不教，書本上的記載更是少之又少，除了五哥因為去過其外祖家的田莊小住，而答得上一、兩句外，我們這些人幾乎全軍覆沒……」

紀老夫人神色凝重起來。

農事乃關乎著國事根本，先帝當年喜歡以此事來考校當今的聖上，時過境遷，沒想到昭德帝也這樣考校起自己的兒子來。

趙卓一邊說著，一邊關注著紀老夫人的神色，見對方的臉色有了鬆動，這才繼續道：「因為此事，父皇數落我們這些生於皇城、長於皇城的皇子們，不知稼穡，不憫農人，實在讓我和三哥很惶恐，然後才同母妃說起此事，引得母妃回憶起了過往。在田莊裡釣魚、泅水、吃荷葉飯……母妃說起這些時，滿滿的都是鄉情鄉趣，我和三哥更覺得神往了……」

紀老夫人也不再猶豫，而是從炕几的抽屜裡翻出一本老黃曆，然後戴上她的玳瑁眼鏡翻找起來。

沈君兮有些興奮地瞧向趙卓。真讓人沒想到，他以退為進的計策真的有效，因為外祖母只有需要出遠門的時候才會翻看老黃曆。

三日後，紀老夫人帶著紀雯和沈君兮，還有家中的兩位「表少爺」，一行二十多輛馬車，浩浩蕩蕩地往鄉下的田莊而去。

齊氏繼續稱病不出，紀老夫人以侍疾為由，將紀雪留在家中。

為此，紀雪在家中發了好大一通脾氣。

說是鄉下，其實離京城不遠，出城後馬車才走二十多里地，使聽得蛙鳴蟬叫，四處都是綠油油的一片。

沈君兮忍不住掀起車廂裡的竹簾往外瞧去。

官道兩旁的田地裡，不少農人正挽著褲腿在田間勞作，見著如此聲勢浩大的車隊，大家也暫停下手中的活計，駐足議論著，時不時還有光著身子的小孩跟在馬車後追趕奔跑。

沈君兮將頭枕在手臂上，任田間吹來的風拂過她的面頰，笑盈盈地看著這充滿了鄉情鄉趣的一幕。

她懷裡的小毛球也探出頭來，和主人一樣，好奇地打量著車廂外的世界。

另一輛馬車上，瞧著這一幕的趙卓不禁莞爾。

田莊上的管事一早得了信，早早地領著人將田莊裡的幾間正屋收拾出來。

說是個田莊，其實是由若干小院錯落有致地構成的。紀老夫人慣住的正屋是個四進小院，第一進是議事的堂屋，紀老夫人將趙瑞和趙卓安排在第二進，自己則帶著紀雯和沈君兮住進了第三進。

聽聞老東家帶人住進田莊，那些受了紀老夫人多年庇佑的農人們也帶著各家的特產，紛紛上門致謝，其中還不乏多年前與紀老夫人相識的老面孔。

紀老夫人的話匣子一下子打開了，同這些人嘮著家常，問他們地裡的收成，那種自心底散發出來的笑容，再次出現在紀老夫人的臉上。

沈君兮覺得這田莊真是來對了！

因為珊瑚還有行李要整理，而鸚哥又要照顧被她一同帶來的小毛球，沈君兮便只帶了紅鳶出門，打算在田莊四周隨意轉轉。

外面的日頭有些曬，她一出門便用手遮在眼前，即便這樣，鄉間的土路還是被曬得讓人覺得有些晃眼。

「要不我去取把傘來？」紅鳶也皺著眉頭瞧了眼外間。這麼烈的日頭，至少能將人曬褪一層皮。

「不用那麼麻煩了，那兒不是有嗎？」沈君兮卻笑著搖頭，指向不遠處一棵冠如傘狀的老槐樹。

這棵老槐樹顯然有些年頭了，樹幹粗得需兩人才能合抱得上，枝繁葉茂的樹冠更像華蓋似地撐開來，濃濃的樹蔭下坐著五、六個一邊做著針線活、一邊說笑的農婦。

見著突然跑來一個衣著華麗的小姑娘，剛才還在放聲談笑的農婦們便都噤了聲。

她們還從來沒見過這麼好看的小姑娘啊！

雖然長得瘦瘦小小的，像是剛發出來的豆芽菜，皮膚卻白得似雪，說是一點顏色也沒有，又好似泛著一絲紅潤。一雙黑白分明的眼睛又大又圓，清澈澄淨得彷彿能映出人影來，那模樣跟觀音菩薩座前的童男童女一般。不像她們這些整日面朝黃土背朝天的人，一個個又黃又黑的，就算長了個好模樣，也沒有人願意多瞧上兩眼。

帶著些許羨慕，這些農婦謙卑地站起來，紛紛避到一旁。

沈君兮卻無意趕她們走。

鄉間的風有些大，她捋了捋被風吹亂的髮絲，指著眼前那一片綠油油的、長勢很好的農田，對這群農婦笑道：「這些都是我們田莊上的嗎？」

一位稍微年長的老農婦站出來，衝著沈君兮笑道：「這一片，都是京城秦國公府紀老夫人的田莊，我們都是她田莊上的人。」

沈君兮聽了，善意地同那老農婦笑了笑，然後繞著那棵老槐樹走了半圈，這才發現這棵老槐樹是長在一個土坡上的，老槐樹的另一側地勢顯然要低得多，也是長滿了綠油油的莊稼。

乍一看上去，兩邊的莊稼都差不多，可仔細一看，她發現低窪一側的竟然都是水田，種的也都是水稻。

北方素來缺水，因此多為旱地，大家也以種麥子、高粱為主。可無論是麥子還是高粱，都不如大米飯來得口感鬆軟，因此那些有錢人家寧願多花些錢從江浙、湖廣等地買糧吃。久而久之，吃大米飯也成為北燕朝一種身分和地位的象徵。

家裡有能產米的水田，自然比只能種麥子的旱田要好上許多。

「那邊的稻田也是我們田莊的嗎？」沈君兮站在老槐樹下，指著那一片水田問道。

剛才的老農婦順著她的手看去，笑道：「那邊是府上小姑奶奶莊子上的。府裡的小姑奶奶出嫁時，老夫人將那邊的水田都給了小姑奶奶做陪嫁。從我們這裡往那邊看去，至少有四、五百畝吧！」那老農婦用手比劃著。「那邊種的全是水稻，每年的收成都要比我們好。」

沈君兮的心忍不住一跳。

府裡的小姑奶奶？整個紀府能被稱為小姑奶奶的，只有她的母親紀芸娘了。

「只可惜這位小姑奶奶平日好似不怎麼管事，前些年任由下面的人糊弄，將整個田莊弄得烏煙瘴氣的……」那老農婦起先悠悠地嘆了一句，可話還沒說完，意識到身邊站著的只是個什麼都不懂的小姑娘，自己跟她說這些做什麼？

不料那小姑娘卻是抬頭看她。「前些年？那這兩年呢？」

那老農婦本欲再說，卻被旁人用眼神制止了。那老婦人便閒扯了兩句天氣真好，然後以要回家做飯為由，收拾著東西匆忙離開了。

沈君兮的目光掃向其他人，豈料那些人也如鳥獸散。

這是什麼情況？

她看向了一直跟在身後的紅鳶，而紅鳶也是一臉茫然地搖搖頭。

沈君兮心裡嘆了口氣。紅鳶本比自己大不了多少，自己都想不明白的事，她又怎麼會知道。

可這件事若不弄明白，好像喉嚨裡卡著一根刺一樣，讓人不舒服。

「人都走光了，妳還站在這兒發愣做什麼？」她正不知如何是好的時候，趙卓不知什麼時候出現在身後。

第五十二章

沈君兮卻被他無端嚇了一跳，撫著胸口嗔怨地轉身瞧著身後的趙卓。「你什麼時候過來的？」

「好好的，怎麼和一群農婦聊到一塊兒去了？」趙卓並未理會她的問話，但顯然聽到了不少沈君兮與那些農婦們的談話。

沈君兮有些不悅地瞟了趙卓一眼，依舊撫著她那顆因為受到驚嚇而狂跳不已的心。她知道，趙卓和所有王公貴族一樣，不大瞧得起這些整日在地裡刨食的農人。可她不一樣，上一世最不堪的時候，過得還不如這些農人，而且也是幸得好心農人的救助，才讓她熬過了最困苦的日子。

只是誰也沒想到，會發生後來的事……

沈君兮垂下眼，不想讓他察覺自己眼中的情緒。

可這抹哀傷還是被趙卓捕捉到了，讓他跟著有了一絲難受。

他以為是自己的言語傷到沈君兮，補救似地解釋道：「我不是說妳不該同她們說話，只是有些話妳在大庭廣眾之下問她們，她們也不會說實話的。」

趙卓說的這些，沈君兮豈會不知道？她本是隨口一問，那老農婦卻是話中有話，又怎麼會讓她不上心？

上一世，錢嬤嬤和女兒春桃憑藉著父親沈箴對她們的信任，不但將母親的這些陪嫁據為己有，而且還揮霍一空，這在沈君兮的心裡可是埋下一個不小的心結。

她越想，心下越覺得不安。

若說兩年前，因錢嬤嬤和春桃的關係，這些人欺上瞞下地將母親的田莊弄得烏煙瘴氣，她還能夠理解；可現在，黎子誠接手後，情況依舊沒有改觀，那她有些想不通了。

莫非那黎子誠也不是個值得信任的人？一想到這兒，她的心揪了起來。

「殿下，能否請你的人幫我去找一找剛才那位老婦人？」沈君兮向趙卓求助道：「有些話，我一定要問清楚。」

趙卓雖然也好奇她究竟要問什麼，但到底沒有多話，而是做了個手勢，那老槐樹上跳下一個人來。

正是趙卓身邊的護衛席楓。

「剛才鄉君的話，你也聽到了。」趙卓淡淡吩咐道：「這事交給你去辦吧！」

席楓嘴上應了聲，心中卻腹誹。七皇子對這位清寧鄉君還真是有求必應，連找人的差事竟然都要派自己這種大內高手出馬！

腹誹歸腹誹，席楓卻不敢怠慢，不過小半日工夫他便回來覆命。「那老婦夫家姓劉，村中的人稱她一聲劉婆子。他們家住在村口，老倆口在老夫人這兒佃了幾畝田耕種，她倒是有個兒子在鄉君母親的莊子上趕車。」

趙卓應了句知道了，便去尋了沈君兮。

二人一合計，覺得白天去尋那劉婆子太過打眼，最好是晚上再去；可夜晚出門，沈君兮又覺得不夠安全。

豈料趙卓卻是大手一揮。「這事我有辦法。」

她原本還以為他想的辦法是加強戒備什麼的，沒想到卻是簡單粗暴地叫席楓將人敲昏，裝在麻袋裡帶回田莊，扔到了柴房裡。

那劉婆子莫名地挨了一記悶棍，又在陌生的柴房裡醒過來，不免有些瑟瑟發抖，見有人來，她不管三七二十一地跪在地上，閉著眼睛求饒來。「老婆子家無恆產，只有賤命一條，好漢饒命啊！」

沈君兮有些嗔怨地看了眼趙卓，趕緊將那劉婆子從地上拉起來。「老人家，您誤會了，我不過是有些話想要問問老人家。」

聽見是個稚嫩的女童聲，劉婆子這才敢睜開眼，一見是自己白日見過的那個女孩子，她壯起膽來打量四周。

「姑娘為何要拿我？」瞧著四周並無什麼不妥，劉婆子顫巍巍地問道。

「老人家您誤會了，」沈君兮連忙解釋道：「因為白日您同我說的那些話，讓我有些想不明白，所以才想找老人家您問個清楚。」

聽沈君兮這麼一說，劉婆子在心裡暗暗叫苦。都說禍從口出，自己怎麼老是管不住這張嘴呢？

劉婆子狠狠地搧了自己一耳光，道：「姑娘，老婆子我平日是有點嘴碎，喜歡道點東家長、西家短的，可老婆子我真的什麼都不知道，也是別人說什麼我說什麼呀……」

沈君兮一聽，知道這劉婆子是誤會了。

「老人家不要擔心，我只是想問問妳小姑奶奶田莊上的近況而已。」沈君兮寬慰著劉婆子。

劉婆子自是一臉將信將疑，又不斷打探柴房裡其他人的神色。

那個擄自己來的黑衣人猶如門神般地站在那兒，而黑衣人身前的少年也是一臉淡然神色，讓人瞧不出悲喜，唯有眼前這個小姑娘倒像是個好說話的。

「是不是我說了，你們就會放我回去呀？」那劉婆子試探地問道。

「這是自然。」沈君兮同她笑道。

那劉婆子舔了舔有些乾澀的嘴唇，擺出一副豁出去的架勢，道：「那邊的田莊管事姓杭，是秦國公府萬大總管的遠方親戚。」

「杭宗平？」沈君兮想了想，道：「他是從錢管事手裡接管田莊的嗎？」

「不不不，錢管事只是偶爾過來，田莊裡管事的一直是杭宗平。」劉婆子皺著眉頭努力回想著。「但最近好像有個叫黎管事的來得比較勤快，只是杭宗平和這個黎管事有些不對盤，故意跟他對著幹。」

沈君兮聽了，神情變得凝重起來。

自從黎管事接管母親的陪嫁後，她從未過問這其中的事。

「杭宗平……他為什麼要這麼做？」

「這還有為什麼?還不是為了幾個錢！」一說到這兒，平日喜歡說長道短的劉婆子眼睛裡冒起了精光。「杭宗平管著這個田莊，每年收成都由他說了算，這手指頭縫裡稍微漏一點……」

說著，她伸出自己的手指頭，朝沈君兮比劃了一下。

「現在那黎管事一來，質疑杭宗平這些年的帳目不對；杭宗平又不是個傻的，又哪會任由那黎管事宰割？」那劉婆子衝著沈君兮丟了個「妳懂的」的眼神。

沈君兮總算明白過來。之前的那個錢管事是錢嬤嬤的兒子、春桃的兄長，因為有了錢嬤嬤和春桃在母親跟前打馬虎眼，錢管事定是勾結了田莊裡的杭宗平中飽私囊，所以上一世，她們才會那麼容易地偷梁換柱，「賤賣」了母親的陪嫁。

而這一世，因為自己重生，先是處置了錢嬤嬤和春桃，又因為她決定進京，父親將母親當年的陪嫁全部託付大舅照管，如此一來，先前杭宗平同錢管事幹的那些勾當便再也蓋不住了。

可有時候，人就是喜歡做一些無謂的掙扎，總以為自己再搏一搏，還能有機會，比如這位故意刁難黎子誠的杭宗平。

知道了自己想知道的事情後，沈君兮賞了那劉婆子一個八分的銀錁子。劉婆子喜孜孜地接了，趁著夜色從側門溜回去。

「這事要不要我插手?」那劉婆子說話時，趙卓雖然一直沒有吭聲，卻也握緊了幾次拳頭。

畢竟誰也不想遇到不忠不義的奴僕。

沈君兮卻搖搖頭，因為她也想看看黎子誠到底會如何處置這件事？

「殿下，我能不能向你借幾個人？」她同趙卓道：「我想找幾個人分別盯著那杭宗平和黎子誠，看看他們怎麼辦？」

聽了沈君兮的話，趙卓的眼中也露出一絲狡黠。因為她所說的，也正是他感興趣的。

他淡淡地看了席楓一眼。

席楓的心裡一聲咯噔。他知道，肯定又會是他！

因為趙瑞和趙卓之前同紀老夫人說，他們是來田莊體驗農耕生活的，紀老夫人自然不會真的安排他們下地去幹農活，而是讓人在莊子找來幾位種田的好把式，同兩位皇子講授種田的事。

沈君兮因為「好奇」，拖著紀雯一起，特意換了一身男裝，偽裝成兩位皇子的小跟班，也跟著一起聽。

只是這些農人們平日喜歡聚在一起大話連篇，可真讓他們一本正經地說如何種田，尤其當著幾位衣著華麗的貴公子的面，舌頭就好似打了結，連一句話都說不清楚。

如此一來，原本不懂農耕的四個人，聽了更糊塗了。

「這樣可不是辦法。」沈君兮趁著只有他們四人的時候說道：「不如我們跟著他們一起下地吧！」

原本還在悠閒地喝茶的趙瑞手上一頓。他原本對此事的興趣就不大，聽見還要下地去，原本只是想來鄉下躲清閒的他連連搖頭。「要去你們去，有這時間，我寧願窩在屋裡看兩本雜書。」

紀雯則是看了眼明晃晃的日頭，也有些為難地道：「我也不想出去。」

四個人有兩個打了退堂鼓，沈君兮便知道這事難辦了。但這也怨不得他們，若不是上一世遇到那一場大饑荒，她的想法也會和他們一樣，畢竟家中的田莊都有管事們經管著，無論如何也輪不到自己操心。

上一世的那場饑荒給她的印象太深了，還有後來闖入京城、四處作亂的那些流民，都讓她明白有時候人只能靠自己。

可這些話她又不能明說……

「我倒覺得清寧的這個主意不錯，」一直沒有作聲的趙卓掃了眼眾人的神色，道：「不是說讀萬卷書，行萬里路嗎？趁這個時候去農田裡走走看看也好。父皇時常說我們四體不勤五穀不分，也可以乘機長長見識。」

沈君兮有些感激地看向趙卓，可趙瑞依舊不以為然地搖頭。

趙卓也不強求，於是四個人便分成兩批。一批在屋裡躲清閒，另一批則隨著那些老農去了地裡。

之前還是舌頭都捋不直的農人，下了地之後，個個變得生龍活虎，在地裡幹得熱火朝天。

沈君兮便乘機問了他們一些農桑之術，以及播種節令、畝產升斗之類的問題。沒了之前的拘謹，這些農人們都對答如流，她也把這些一一熟記於心，又專門謄記於紙上。

上一世的饑荒並不是所有的田莊都是顆粒無收，有些田莊因為護衛得當，擋住了流民的侵襲，遭受的損失不大。

重生一次的她，並不敢保證自己不會再遇到上一世的大饑荒。可假使再遇到，她希望自己的田莊能像上一世那些逃過一劫的田莊那樣倖免於難。

這一邊，沈君兮和趙卓整日忙於田間地頭，而席楓也沒閒著，不過五、六日工夫，便將那邊田莊裡的事摸了個透。

別說杭宗平每天都做了什麼事、見了什麼人，連他哪樣菜多挾了兩筷子也被席楓記錄在案，全部呈給了沈君兮。

因此，那黎子誠前腳剛進村，沈君兮後腳便得到了消息。

趙卓捏著那份席楓遞進來的線報，笑道：「這個黎管事，是打算親自來監督收糧嗎？」

沈君兮有些不解地看向他。

「之前不是有人說，這邊的水稻都是一年兩熟嗎？為了能在八月的時候再收一季稻，因此每年這個時候要搶收、搶種。」趙卓同她笑著解釋道：「那劉婆子說過，黎管事懷疑杭宗平的帳目有問題，想必是杭宗平將往年的帳都做得滴水不漏，黎管事沒轍，才想到今年來親自督陣。」

聽他這麼一說，沈君兮覺得好像真是這麼回事。

既然之前決定要靜觀其變，她也想看看黎子誠到底會如何處置這件事，因此她和趙卓都先按兵不動，讓席楓加緊監視。

黎子誠進了村，並未住到紀芸娘的田莊上，而是找了個農戶家安頓下來，然後每天也打扮得像個農人，跟著那些農戶們一起上工、下工。

「他這是想幹麼？」沈君兮覺得自己有些看不懂了，不是說他來監工的嗎？

趙卓卻是面露欣賞之色，笑道：「妳的這個管事還真有意思。杭宗平那一頭對他早有防備，肯定不會輕易讓他插手，他轉而從交租的農人這邊入手。整個田莊的農戶這麼多，妳讓杭宗平防了這個，卻不一定能防住那個……他們之間的這場戰役倒比我預料的要有趣得多。」

因為有趙卓在身邊答疑解惑，沈君兮很快明白了黎子誠的戰略和計策，然後他們坐山觀虎鬥地看著黎子誠一步步將杭宗平逼到牆角。

「若沒有意外的話，這幾天該收網了。」給沈君兮看過席楓傳回的密報後，趙卓習慣性地將紙條放在燈上燃了。「我若是那黎管事，定會將這些日子搜集到的這些證據上報給秦國公，請秦國公來發落那杭宗平。」

「只是真沒想到，一個小小的田莊管事膽子竟然這麼大。」沈君兮看過那密報後，也是久久不能回過神來。

她沒想到那杭宗平竟然膽大包天到敢瞞下四成的收成，這還是他知道有人在調查自己的情況下，若趕在平常，怕是更為囂張，也難怪村裡的人對他諱莫如深。

母親遠嫁山西，可外祖母留給母親的陪嫁卻多在京城，母親鞭長莫及，無力照管，出於對錢嬤嬤母子的信任，母親便將自己陪嫁的田莊鋪子，全都交給錢嬤嬤的兒子錢管事打理。在錢管事有意的縱容下，才會讓這些田莊裡的管事變得越來越大膽！

一個田莊如此，母親名下的其他田莊只怕也好不到哪裡去。

沈君兮便覺得是時候得找黎子誠來談一談了。

沒想到的是，她這邊剛動了念頭，當天夜裡，黎子誠便被人敲了一記悶棍，然後綁著手腳塞進麻袋，扔進了池塘裡。

雖是夏日，夜晚卻還是有些涼爽。

那黎子誠全身濕答答地裹著一床薄毯，坐在一間陌生的房間裡四處打量，不敢相信自己真的去鬼門關轉一圈回來了。

席楓陪著他，身上也沒有一絲乾爽處。他還真沒想到杭宗平那群人竟然敢做出殺人滅口的事來！

好在這些日子，七皇子一直讓自己盯緊了這個姓黎的管事，才能在黎子誠前腳剛被人扔進水裡時，後腳便把人給撈上來。

黎子誠坐在那兒，正想著要如何感謝眼前的救命恩人時，卻見那人扔了一套乾爽的衣服過來。「我叫席楓，是七皇子跟前的四品帶刀侍衛，你先去院子裡的井邊洗洗吧，這個樣子可沒法見鄉君。」

第五十三章

黎子誠一陣錯愕，腦海浮現了沈君兮白淨的臉龐，以及她那雙黑白分明的大眼睛。

自從上次鄉君拿出一萬兩銀子讓自己幫忙去買地，他便覺得鄉君與其他孩子不同。但即便這樣，他還是將鄉君當成了小孩子，有些事情並未告知鄉君。

讓他沒想到的是，鄉君竟然會親自過問田莊的事，而且在關鍵時候還救了自己！

這讓黎子誠不敢再等閒視之。

將自己拾掇乾淨後，天邊已經泛起了魚肚白。席楓端來兩碗臊子麵，兩人吃過麵，便由席楓領著，從小角門進到了另外一個庭院。

沈君兮和趙卓早已在這邊等著他們，黎子誠便趕緊上前請安。

見黎子誠的談吐和神色還算正常，沈君兮知道他並無大礙，之前懸著的一顆心終於放下來。

「接下來你打算怎麼辦？」並沒有太多客套，趙卓開門見山地問道。

黎子誠露出一絲苦笑。

之前他之所以想查杭宗平的黑帳，是因為杭宗平是府裡的老人，而且還有同萬總管的這層關係在。

這些年，杭宗平將田莊裡的帳做得滴水不漏，自己前後核對好幾個月都沒能尋得破綻，幾乎讓他開始考慮自己是不是懷疑了一個好人？

可這些年，京畿之地風調雨順，杭宗平所管的田莊收入還不及一旁紀老夫人這個田莊的四分之一，若說這其中沒有貓膩，黎子誠自然是不信的！

他若想要扳倒杭宗平，必須要有他貪贓枉法的實證；正因如此，他才會如此大費周章地搜集證據。

只是沒想到，為山九仞，功虧一簣。他昨晚在整理那些好不容易才搜集來的證據時，竟被人從身後敲了一記悶棍，而搜集的那些證據，恐怕也是凶多吉少了！

現在問他接下來該怎麼辦，還真是腦中一片空白。

黎子誠搖搖頭。他這個人比較務實，在沒有想好萬全應對之策前，絕不會誇誇其談。

趙卓也知道，他之前之所以能得手，完全是打了對方一個出其不意。現在對方已經反應過來，想要再故技重施，幾乎是不可能了。

屋裡靜得能聽到落針的聲音。

「或許……我們能讓那杭宗平自己不打自招呢？」沈君兮打破沈默道。

屋內眾人有些不解地看向她。

沈君兮狡黠地一笑，讓眾人附耳過來。

是夜，村上的李老漢提著酒壺，喝得滿臉通紅，在田埂上高一腳、低一腳地走著。

今天還真是高興呀！

他不過是前幾日跟田莊上的杭總管說了句「隔壁王老頭家投奔來的遠房姪子有些奇怪」，杭總管不但賞了自己幾個喝酒的小錢，還說要免半年的佃租，並且答應明年要給他換十畝上好的水田。

這真真是天上掉餡餅的好事呀！李老漢滿意地打個酒嗝，彷彿自己離那發家致富的好日子不遠了。

到時候，看那村頭的秦寡婦還敢不敢嫌棄自己！

李老漢美滋滋地想著，靠在田埂旁的樹上，抬頭又灌了一口黃湯。

只是他抬頭的一瞬間，彷彿天上有水落下來，剛好砸在他臉上。

「咦，下雨了嗎？」暈暈乎乎間，李老漢抹了一把臉。

可在他抹臉的瞬間，彷彿看到樹上有個人影。

他皺著眉頭瞧過去，發現水滴正是從那人影上落下來的。

李老漢正準備破口大罵的時候，卻聽得樹上那人嘴裡含著一口水似地咕噥著。「你為何要害我……你還我命來……」

說話間，本在樹上的人影一下閃到李老漢的跟前，他看見一張泛著青白色的臉，正是隔壁王老頭家那個被杭總管弄死的遠房姪子！

李老漢雙腿一軟，頓時跌坐在地上，酒也醒了大半。

「不是我、不是我！」他連滾帶爬地喊著，頭也不回地跑了。

渾身滴水的席楓從樹上跳下來，站在一臉青色的黎子誠身旁，看著已經跑遠的李老漢，笑道：「沒想到這人的膽子這麼慫。」

黎子誠卻是冷哼一聲。「不是他慫，而是他心裡有鬼！」

他就說自己一向隱藏得好，怎麼杭宗平的人會突然找上門來，原來是有人告密！

「不用管他了！」席楓卻是一拍黎子誠的肩。「雖然是夏夜，可我們這樣渾身濕漉漉的，一樣容易著涼。走，回去我請你喝一盅。」

到了第二天，李老漢滿村子地嚷著自己半夜撞到鬼的事。

可村裡的人卻是不信的。在他們看來，李老漢平日是個不務正業、黃湯不離手的人，都一大把年紀了，連個家室也沒有。

任憑李老漢嚷嚷，大家都只當是他的幻覺，當不得真。

可接下來的日子，村裡夜裡見到鬼的人越來越多。

一開始只是在田間地頭，到後來就算在自家院子裡都能見到鬼影飄過，而且那鬼的叫喊淒厲。「還我命來……還我命來……」

一時間，整個村的人都變得恍惚起來。

住在田莊的紀老夫人也有所耳聞，招了田莊裡的管事來問。

那些管事一早得了沈君兮等人的授意，怎麼可能在紀老夫人跟前說實話？「哪裡鬧鬼了，不過是幾個閒人以訛傳訛，要不咱們莊上怎麼什麼事都沒有？」

紀老夫人一想，好像真是這樣。但她到底還是有些不放心，畢竟隔壁的田莊是她給小女兒芸娘的陪嫁，以後是屬於外孫女沈君兮的，因此最不希望那田莊出事。

「你們也多留心留心，」紀老夫人吩咐道：「實在不行，去同那邊的杭宗平說一聲，說是我說的，讓他們去請一些高僧或是道士過來作個法。」

管事們應聲而去。

坐在紀老夫人身邊的沈君兮，心下又有了新主意。

既然是老夫人發了話，杭宗平並不敢怠慢，而且這些日子他也是過得惶惶然的。自己在這田莊好歹也住了十多年，從來沒聽過鬧鬼的事，可那天他剛叫人將多事的黎子誠給沈到水塘後，村裡便開始鬧鬼，這教他如何不會多想？

於是，他便命手下的人帶著銀兩，趕著馬車去了一趟京城的護國寺。

可護國寺的僧人卻說，他們一般只給人唸經超渡，並不輕易開壇作法。

於是那人只好去附近的道觀裡請了個自稱長清道長的人。

那長清道長長鬚白髮，一派仙風道骨，聽得那人的訴求後，唸了一聲「福生無量天尊」，進屋取了一把桃木劍和一些朱砂黃表，帶著個徒兒，坐著馬車去了鄉下的田莊。

長清道長剛一進村，便眉頭一皺，伸出手來掐指算道：「你們村裡最近剛死了人？坎位西南，這人是掉進你們村裡西南面的水裡淹死的嗎？」

趕車的人心下一頓，暗道這道長還真有神通，自己只是和他說了村裡有些不太平，這道長竟然能算出村裡死了人，連人是淹死的都知道。

車夫自是佩服得五體投地，因此他將這長清道長安頓好後，屁顛屁顛地去給杭宗平報信。

杭宗平一聽，也覺得這長清道長法力高強，心下有幾分暗喜。得知長清道長並不忌葷腥，於是命人在家中擺下一桌酒菜，特意邀長清道長來吃晚飯。

長清道長為人也豪爽，與杭宗平酒過三巡後，捋著自己的白鬍子道：「不瞞你說，自我一進這村子便覺得陽氣不足，怨氣很重，村裡這是剛死了人吧？」

說完，長清道長當著杭宗平的面掐起手指來。

一陣唸唸有詞後，長清道長皺眉。「這人還挺年輕的，卻是死於非命，陽間待不住，陰間去不了，難怪怨氣會如此重。如果讓他再這樣任意徘徊在陰陽兩界之間，恐怕終是養虎為患，最終會傷人性命！」

杭宗平聽了，嚇得手中的酒盅都掉了。

但為掩尷尬之色，他同那長清道長道：「不知可有化解之法？」

「這當然有，不然我也不會來了。」長清道長自飲了一杯，滿是自信地道。

「那拜託道長了！」杭宗平滿心感激地說道。

「這事不急，待我燒一道黃表，問一問這冤魂，看他在這塵世間可還有未了之事？只要除了他的這份羈絆，他便可以安安心心地下去了。」長清道長笑道。

杭宗平覺得此事若真能像長清道長說的這樣就好，可他又不敢催促道長，只能在一旁布菜斟酒，好生伺候著。

那長清道長雖然一直吃喝不停，卻也用眼角餘光不斷掃視杭宗平臉上的神情，待他覺得差不多的時候，叫人在院中擺下香案，又是焚香、又是唸咒的弄了好一陣，最後在空茶盞燒了一道朱砂黃表，並命人續上水，又將那杯朱砂黃表水盡數喝下。

杭宗平也是四、五十歲的人了，不是第一次見道士作法，但各人都有各人的法門，他心下雖覺得有些奇怪，到底不敢隨意懷疑這位長清道長的功力，只能唯唯諾諾地陪站在一旁，讓他往東，絕不敢往西去。

長清道長將那杯符水喝下後，半晌便沒了動靜。

在杭宗平猶豫著要不要叫他時，長清道長卻猶如抽風似地抖動起來，之前束在頭頂的白髮也悉數落下，滿是頹喪之相。

「杭宗平！你速還我命來！」陡然間，長清道長抬起手來，伸手去抓杭宗平。

杭宗平自然嚇得往一旁躲去，豈料長清道長的雙腳卻死死地扎在地上，任憑他的雙手胡亂揮舞，也紋絲不動，彷彿將他整個人都釘在地上一樣。

「你……你是誰……」得知自己性命暫時無憂的杭宗平躲在一旁，心有餘悸地喊道。

「你竟然連我是誰都不知道?!」長清道長站在那兒，口裡的話卻像是另外一個人說出來的。「你叫人將我砸暈並扔進塘裡的時候，可是一點都沒懷疑我是誰呀！」

杭宗平手一抖，看了眼院子裡的人。

好在他留下的都是心腹，其中不少人是之前他派去暗殺黎子誠的人。

一想到此處，杭宗平又硬氣了幾分，壯起膽子道：「你……你想怎麼樣？你已經死了，為何還要陰魂不散？」

「我為何會陰魂不散，你會不知道？」豈料那長清道長發出一陣淒厲的慘笑。「除非你們這些人一個個都去官府自首，否則我會讓你們全都給我陪葬！」

說完，那長清道長好似被抽空了一樣，整個人癱軟到地上，而留在院子裡的人則是面面相覷。

那長清道長在地上伏了好一陣，卻不見有人來扶自己，於是偷偷睜眼瞧了瞧，見滿院子的人都一副被嚇壞的樣子，這才嘴角微翹地爬坐起來。

「發生了什麼事？」他佯裝什麼都不知道的樣子，捋了捋自己那有些凌亂的白髮。「你們剛才可問了那水鬼，他有何要求？」

所有人都一臉晦澀地往杭宗平瞧去。

杭宗平猶豫了好半晌才道：「那水鬼要害我等的性命，不知道長有沒有辦法將他收了去？」

「還有這種事？」長清道長也是一臉驚愕，伸出手又開始掐算。

越掐，長清道長的眉頭也皺得越深。「俗話說欠債還錢，殺人償命，你們這些人裡有人欠了債，人家上門來討債，怕也是無可厚非。」

杭宗平一聽，臉色大變。

「道長這話是什麼意思？難不成我們要任由這鬼魂來索命不成？這樣的話，我們請你來還有什麼用？」他有些氣憤地道。

「之前你們也沒跟我說這人是你們弄死的啊！」那長清道長也是毫不客氣地反駁道：

「既然你們覺得請我無用，那老道我走就是！」

說著，長清道長就要離開。

杭宗平的眼中寒光一閃。「殺一個也是殺，殺兩個也是殺，你知道得太多，別怪我們不客氣了！」

然後，他向院子裡的眾人使了個眼色。

眾人多少還有些忌憚，你看看我，我看看你，誰也不敢第一個上前。

「憑你們？」長清道長卻冷笑一聲，趁眾人不備的時候，借著院子裡的一棵槐樹跳上屋頂。「我會在村裡逗留三天，三天內你們若改變主意，在村口那棵樹上繫上紅色的布條，否則……你們自求多福吧！」

說完話後，那長清道長好似得道仙人般，自那屋頂上消失了。

杭宗平重重地捶了一把院子裡還未撤去的香案。「傳我的話，明日正午叫人去塘裡將那黎子誠的屍首起出來，挫骨揚灰！我倒要看看是他狠還是我狠！」

到了第二天正午陽氣最重的時候，杭宗平領著一群人氣勢浩蕩地來到塘邊，然後找了村裡三個水性好的男丁入水。

豈知這三個人一入水，好似泥牛入海一樣，失去了蹤影，再也不見有人冒出頭來。

一開始，大家不以為意，可是一炷香的時間過去，依舊沒人上來，不免讓岸上的人有些驚慌起來。

說這是個塘，卻也是教人一眼望不到邊的，而且塘中蘆葦雜草叢生，讓這片水塘看上去更顯得錯綜複雜。

「這不會出什麼事了吧？」有人擔心地問道。

杭宗平站在岸邊也有些心浮氣躁，卻不知道該說什麼好？

而這時，那三人的家人也聞訊趕了過來。聽聞自家男人在下水後沒再上來，癱坐在岸邊嚎啕大哭起來。

她們一開始還只是咒罵自家男人是個殺千刀的，這麼去了，教她們這些娘兒們怎麼活？其中有個叫阿大媳婦的，吵鬧得最凶。

「你明明知道村裡在鬧水鬼，卻還讓我們家的男人下水，這不是誠心叫他去送命嗎！你今日不給我們個交代，我們跟你沒完！」

她平日是村裡出了名的潑皮戶，這會兒帶著孩子又吵又鬧的，吵得杭宗平的頭都要炸了。

而且他越是怕什麼，這些人越鬧什麼。

之前他只是隱隱覺得不好，可經這幾個農婦這麼一鬧，村裡立即有了「水鬼在尋替死鬼」的傳言，而且彷彿在這瞬間傳遍了紀芸娘和紀老夫人的田莊。

第五十四章

這一次，紀老夫人也不淡定了。

雖然將那四百多畝的水田給了芸娘做陪嫁之後，她便再也沒有插手管過芸娘田莊上的事，可一想到這田莊將來要留給沈君兮，她便不能再坐視不理。

於是，她命人叫來了杭宗平。

只是那杭宗平本就焦頭爛額，再被紀老夫人這麼一召喚，他便是心下再不爽，也得趕緊夾著尾巴趕過來。

「我不是叫你們請高僧或是道長來幫忙嗎？非要把事情鬧到不可收拾才滿意？」紀老夫人一見那杭宗平，不管三七二十一就將他臭罵一頓。「這事你到底有沒有能力擺平？擺不平我便讓萬總管親自過來！」

那杭宗平一臉汗涔涔。

他現在的日子過得再體面，那也是主子給的，若老夫人真的遷怒於他，那他的好日子也算是到頭了。

跪在地上的他連頭也沒敢抬，唯唯諾諾地應著，退出了紀老夫人的田莊後，立即找人道：「趕緊命人去尋那長清道長，不管他提什麼要求咱們都答應，只求他能收拾這個水鬼！」

他手下的人哪敢還有半點耽擱，趕緊找了一大群人，爬樹的爬樹、撕布條的撕布條，不過一盞茶工夫，將村口的那棵老槐樹掛滿了紅色布條。

遠遠看去，樹上好似開滿了紅色的花。

長清道長一見到那滿樹的紅布條，倒也不計前嫌，帶著徒兒又去了紀芸娘的田莊。

只是這一次卻沒有之前那麼好說話了。

一見到杭宗平，長清道長便面帶譏色地笑道：「如何？」

杭宗平的臉上一陣青、一陣白。

這兩天，他過得可謂是內憂外患，而且只要一閉眼，便能見到黎子誠那張有些猙獰的臉，讓他無法安睡。

再加之那三個在水底莫名消失的人，他們家的女人整日上門哭鬧個不停，真讓他片刻都不得安寧。

「道長，您大人不記小人過，我之前也是急昏了頭，才會對道長不敬！」杭宗平一副點頭哈腰的模樣，哪裡還有之前半分的硬氣。

「這個好說。」長清道長卻睥睨了他一眼。「只是你後來做的這些事，可謂已經惹惱了那水鬼，你若真想化解這段孽緣，都得聽我的安排。咱們醜話先說在前頭，因為你之前那些不適合的舉動，已經驚動了含冤而死的水鬼，因此這次我們的法壇必須設在那水鬼被沈屍的岸邊，作法的時辰必須是子時，而且你們這些人……」長清道長捋著白鬍子，故作神秘道：「你們這些人，一個都不能少，否則我這法術不靈，你可不能怨我！」

杭宗平哪敢說半個不字，不管道長說什麼，他都應承稱是，只想盡早了結這樁公案。

長清道長表面上指使著杭宗平的人，暗地裡卻使了徒兒去給趙卓報信。

看著密信上「人已入甕」四個字，趙卓想到了坐在窗前的羅漢床上，巧笑倩兮地做著針線活的沈君兮。

這事竟真成了？

當初沈君兮說要裝鬼嚇人的時候，自己還只道她在說笑。

只是她說得自信滿滿，自己又覺得有趣，於是抱著試一試的心情，跟著沈君兮一塊兒「胡鬧」起來。

沒想到這才不到半個月的時間，杭宗平竟已扛不住了，整個村子也是鬧得人心惶惶。

現在，終於到了收網的時候。

趙卓按照之前沈君兮計劃的那樣安排下去，自己則去找了沈君兮。

不出半日工夫，杭總管尋了個道長來捉鬼的消息，就在村中傳開了。

雖然不少人心裡好奇，可對於鬼神，大家還是敬而遠之，只有那些仗著自己天不怕、地不怕的渾人，才敢壯著膽子去瞧一瞧。

因為要在晚上作法，長清道長命人點了七、八個火盆，雖然能將整個岸邊都照得如白晝一樣，可塘面上依然漆黑一片。

待村中那敲更人敲過了三更後，長清道長便站在法壇前唸唸有詞。

杭宗平等人站在離長清道長不遠的地方，親眼看著法壇上的香燭毫無預兆地燃起來。

就在他們驚嘆不已時，卻發現不遠處的水面上突然起霧；而且那霧變得越來越濃，濃得好似一片紗帳一樣，讓人看不真切。

「誰在喚我？」瀰漫著濃霧的江面上，突然有個人聲。

杭宗平神色一凝。那分明是黎管事的聲音！

他有些不敢置信地朝水面瞧去，只見一個分不清是鬼還是人的黑影，從水面深處緩緩走出來，恍若無物般地漂在水面上。

這一次，岸邊所有人都駭了一跳。

那身形、那相貌，以及那一身衣裳，分明是之前被他們親手丟下水的黎子誠！那不是鬼又會是什麼？正常人怎麼可能漂在水面上。

大家你看看我、我看看你，頓時都慌了神。

特別是那些與杭宗平同來的心腹們，若不是懾於杭宗平的淫威，早恨不得上演丟盔棄甲的大逃亡。

長清道長卻沒有管這麼許多，依舊專心「作法」，與黎子誠交談。「人鬼殊途，你不去你該去之地，卻留在陽間徘徊，難道不怕把自己弄得魂飛魄散，再也不能輪迴轉世？」

「輪迴算什麼，魂飛魄散又算什麼？」眾人只聽濃霧中傳出一聲瘮人的鬼嘯。「至少我還有他們陪葬！」

這聲鬼嘯剛落，之前站在水邊看熱鬧的兩名壯漢便莫名被拖進了濃霧，然後傳出兩下

「撲通、撲通」的落水聲。

那速度快得連救命都來不及喊。

岸邊一陣短暫的安靜過後，徹底亂了。

能將好生生在岸上的人都給拖進水裡，除了水鬼，還能有誰？杭宗平哪裡還顧得上平日的體面，一頭扎到了長清道長身後，哆嗦著聲音道：「道長……道長……求求您問問他，他到底想怎麼樣？難道真想將我們這些人都給弄死嗎？」

豈料長清道長還沒開口說話，水面上便傳來了陰陽怪氣的聲音。「我之前說了，只要你們認罪，我放過你們！」

杭宗平一臉不敢置信地看向長清道長。他沒想到事情竟會如此簡單。

「你……你……說得可是真……」杭宗平依舊躲在長清道長身後，神色警戒地問道，生怕自己一個不小心也會被拖入水裡。

「你當我和你是一樣的小人？」濃霧裡傳來的聲音始終冷冷的，聽了教人發顫。

杭宗平帶來的那些人也管不得那麼多，跪在地上紛紛說起自己的罪孽。一時間，塘岸邊嗡嗡的聲音，倒比那廟裡的和尚唸經還要熱鬧。

杭宗平也痛數著自己對黎子誠犯下的罪行，還怕自己說得不夠，讓已化身為厲鬼的黎子誠不滿意，更是將他這些年做假帳、中飽私囊的事也說出來。

「行了，你把這些都寫下來，簽字畫押，再燒給我看！」聽著那杭宗平絮絮叨叨了好一陣後，湖面上傳來黎子誠有些不耐煩的聲音。

早被嚇得亂了心神的杭宗平一心想著，反正寫出來是要燒掉的，不怕被人留把柄，就趴在法壇上，拿起朱砂筆在黃表上疾書起來。

長清道長在一旁冷眼看著，並沒說話。

待杭宗平雙手哆哆嗦嗦地將認罪書寫完，交給長清道長時，長清道長面色冷峻地收了過去，然後從頭到尾仔仔細細地讀過一遍後，對著水面上的濃霧大喊一聲。「他招了！」

濃霧裡響起一陣歡呼聲。

杭宗平還沒明白到底發生了什麼事時，只見水面上有幾艘漁船慢慢地靠岸，船上陸續下來幾個做差役打扮的人。

杭宗平詫異地往水面上那團鬼影瞧去，只見原本在水面上漂著的黎子誠竟被人扶上一艘漁船，還有人給他披上一床乾的毯子。

而且黎子誠也與人有說有笑的，哪裡像是一個含冤而死的冤魂？

之前被「水鬼」抓去的那兩人，也一邊擰著身上的濕衣服，一邊笑著上岸。

「這……這到底是怎麼回事？」杭宗平一時只覺得自己的腦子不夠用了，癱坐在地上，半天都爬不起來。

「杭宗平，你為謀一己私利，不惜殺人滅口，我們受順天府尹之命，捉拿你歸案！」有差役拿著枷鎖過來。

杭宗平有些摸不著頭腦地抬頭。這點事，怎麼可能會驚動順天府尹？

「道長……這……」他看向了長清道長。

豈料那長清道長只是一笑，慢慢脫掉身上的道袍，摘下頭上的髫鬚和髮套，露出一張年輕人的面孔來。

「在下徐長清，乃七殿下身邊的四品帶刀侍衛。」徐長清慢條斯理地說道：「你一個田莊的小總管，到現在都不知道自己惹到了誰嗎？」

杭宗平自是滿臉茫然。

「長清大哥，還和他囉嗦什麼？」一個差役模樣的人走過來，一把拉住徐長清道：「席楓大哥說，七殿下賞了幾罈好酒來犒勞我們這些兄弟，今晚我們去喝個不醉不歸！」

這一下，杭宗平更愕然了，腦子裡亂得如漿糊一樣。因為他實在想不明白，這裡面怎麼又牽扯到了七皇子？

他就這樣被人扔進一間用來臨時關押的小房間裡。

房裡很昏暗，只有半封的窗子那兒還透著一點點光。杭宗平坐在那窗下，前思後想這些日子裡的蹊蹺。

所有的事，都是從他將那黎子誠扔進水裡後開始的，可如果那黎子誠真有本事做下這麼大的局，當時不該那麼容易被自己給收拾了啊？

可如果不是黎子誠，那又會是誰？不僅調遣了順天府的人，而且還驚動了七皇子……

難道是紀老夫人？但之前老夫人還特意將自己叫去訓話，那豈不是多此一舉？但除了老夫人，還會有誰？

一堆問題在杭宗平的腦海裡繞來繞去，將他攪得暈頭轉向。

這時，房間角落裡突然有三個黑影向他撲過來，杭宗平躲閃不及，只能閉著眼睛大叫一聲：「救命啊！」

豈料那三個黑影卻在他腳邊伏下來，抱著他的腳道：「杭總管，是我們呀！」

聽見有些熟悉的聲音，杭宗平這才睜開眼，發現圍在腳邊的竟是之前一入水便「淹死」的阿大等人。

「你們都還活著？」再次見到他們，杭宗平已經說不清是高興還是難受。

「杭總管，這次我們都中了別人的圈套了！」阿大滿心憤恨地同杭宗平道：「我們幾個剛一下水就讓人給捉了，直接壓在水裡游了數十丈遠，才被拖上船。」

「他們這分明是有備而來，畫了圈讓我們鑽啊！」阿大身邊的阿牛也頗不服氣地道：「不過好在我們什麼都沒有說，您一定要找秦國公府的萬總管來救我們呀！」

杭宗平卻是一陣苦笑。

這些年，他一直打著秦國公府的名號在外招搖撞騙，即便真遇到了什麼事，人家只要一聽到秦國公府的名號，多少都不會與他太過計較。可自己這一次，不但驚動了順天府，還惹到了七皇子，秦國公府這張牌好不好用，還得兩說。

最讓人頭疼的是，這次他什麼都招了，不但招了，還簽字畫押。如此布局縝密又步步為營，分明是沒想給自己留活路。

現在他唯一想知道的是，到底是哪路高人給他挖了這麼大的坑，還一步一步地引著他往坑裡跳？

因此當他被帶到趙卓和沈君兮跟前時，怎麼也不願意相信，自己是被眼前這兩個孩子給設計了。

女扮男裝的沈君兮並沒有太留意杭宗平，而是認真地看起了認罪書。

一身貴氣的趙卓輕搖著手裡的摺扇，打量地上跪著的這幾個人，那種捨我其誰的壓迫氣勢，讓杭宗平幾個連大氣都不敢出。

「席護衛，還煩請你將這幾個人都交給順天府處置。」沈君兮看過那份認罪書後，拜託席楓和徐長清道：「還有一事得請徐侍衛幫黎管事查一查，這些年他們瞞下的銀錢到底都去哪兒了？」

杭宗平雖然是田莊的總管，可他畢竟是奴籍，是不可能擁有私產的。也就是說，他必須尋個有良籍的人同流合污。

「而且這件事可以辦得動靜大一點，也好讓那些還在觀望的人瞧瞧，現下的局勢，還有沒有給他們首鼠兩端的餘地。」這話卻是沈君兮對著黎子誠說的。

她也是透過杭宗平這件事才知道，母親名下的那些掌櫃在錢嬤嬤兒子的慫恿下，多少都生了些異心。所以，才想借著這次事件，將他們好好敲打一番，不要以為她年紀小就好欺負。

吩咐完這些後，心裡還惦記著要去摘荷葉做糯米雞的沈君兮，同趙卓說笑著離開了。

那杭宗平乘機拉住黎子誠。「這一次我認栽，可也得讓我知道自己是怎麼栽的吧？」

黎子誠聽了，忍不住笑起來。

這次給杭宗平挖坑的事，已經沒有什麼好再隱瞞的了，黎子誠就娓娓道來。

從最開始清寧鄉君是如何想到這計策，到後來自己和席護衛在村裡是如何裝鬼，鄉君又是怎樣派人在村裡四處散播謠言。

待得知紀老夫人發了話，讓杭宗平找道士來超渡時，鄉君便心生一計，直接讓人假扮成道士來捉鬼。

「後來的事你也知道了。」黎子誠笑道：「在長清道長的配合下，我們裡應外合，先是造成一個水裡有水鬼索命的假象，讓村人不敢輕易下水，然後趁這個空檔，我們在水下布了暗樁。待這一切都佈置好，再由道長出面聲稱只能在子時作法，但其實在那之前，我們早已披著黑布坐在船上等著你們了。

「再後來，我踩著水裡的暗樁出現，給岸上的人打了手勢，他們便自行跳入水中。只不過是因為你們心裡有鬼，才會覺得他們是被我這個水鬼給拖到水裡去的。」

說到這兒，黎子誠已對想出這個點子的沈君兮佩服得五體投地。

畢竟一開始她同大家說起此事時，大家都覺得不可思議，還是因為七皇子覺得有趣，大家才決定試一試。

但誰也沒想到，這事真這麼成了！

若說他之前還覺得清寧鄉君只是有些早慧，這次則是完全被她折服。他甚至隱隱覺得，今後若能跟著清寧鄉君，或許比跟著國公爺更有前途。

只是這樣的話，他只敢埋在心底，誰也不能說。

第五十五章

沈君兮摘了荷葉，又讓廚房裡做好糯米雞後，趁著飯點親自端到紀老夫人跟前。平日這些事自有丫鬟和婆子代勞，哪用得著沈君兮親自動手，因此紀老夫人挑了挑眉。

「妳去廚房做荷葉雞怎麼也不叫上我？」紀雯瞧見了，有些不滿地說道。

「她這可是負荊請罪，」趙瑞搖著摺扇，笑道：「怎麼可能會叫上妳？」

紀雯有些不解地瞧過去，沈君兮則衝著趙瑞做了個鬼臉。

她撒嬌地爬上紀老夫人坐著的羅漢床，一邊給老夫人捶肩，一邊笑著將這些日子發生的事說了。

趙瑞自是從始至終都在笑，而紀雯卻忍不住瞪大眼睛。

難怪自己這些日子只要一同沈君兮說起村裡鬧鬼的事，她就叫自己不要談什麼怪力亂神，原來這裡面是她在弄鬼！

「我說，這田莊好好的，怎麼忽然鬧起鬼來，搞半天是妳在背後興風作浪！」紀老夫人瞪了沈君兮一眼。

「這事也不能全怪我，若不是他們對黎管事動了殺心，我也不會想到這個法子來對付他們。」沈君兮卻不忘為自己辯解道：「黎管事現在可是替娘管著田莊，那些田莊的管事們本有錯在先，如果不借此好好教訓他們一頓，難道還真讓他們這麼隨意亂來嗎？」

她原本以為紀老夫人會像以前那誇讚一番，豈料外祖母臉上的笑容卻漸漸隱去，並且變得嚴肅起來。

沈君兮的心一緊，情不自禁在羅漢床上正襟危坐。

她原本是想在老夫人跟前邀功的，可現在看來，怕是要適得其反了。

「外祖母覺得守姑做得不對嗎？」她有些怯怯地問。

「下面的人犯了錯，自然是要教訓的。」紀老夫人看著沈君兮的眼睛道：「只是這件事妳卻用錯了方法。難道妳忘了這個家裡，還有我，還有妳大舅嗎？」

沈君兮有些錯愕地抬頭，卻在紀老夫人的眼中看到一絲責備。

她喃喃地張嘴，卻是一個字也說不出來。

想著她像隻雛鳥般迫不及待地搧著自己的小翅膀，紀老夫人的心中又多了一分心疼。

「好在這件事並沒有出什麼岔子，倘若出了什麼其他事，妳又要如何處置？妳向來是個不出錯的孩子，怎麼這次行事卻魯莽了呢？」

沈君兮聽了，咬著自己的下唇，默默低下頭。

借助外祖母或是大舅的力量，自然也能將這件事解決，只是那樣一來，卻和她沒有什麼關係了。

到時候，那些掌櫃懼怕的依舊是外祖母和大舅，而不是她。

至少透過這次的事件，她明顯感覺到了黎管事看向自己的眼神中充滿欽佩，在以前，他看著自己時，分明只是在看一個孩子而已。

而現在，外祖母只想將自己當成雛鳥來保護，這些話便不能同她說。

看著一臉委屈的沈君兮，之前坐在趙瑞身邊沒有吭聲的趙卓卻了起來。

趙瑞微微拉了他一把，示意他不要摻和到這件事裡去，趙卓卻笑著搖搖頭。

在這件事上，他與沈君兮可是同盟。

「老夫人，這也不全是清寧鄉君的主意，她只是出了個點子，然後我覺得有些意思，便吩咐身邊的人去做，其他的倒沒有想那麼許多。」趙卓這番話，竟是將之前紀老夫人責備沈君兮的話，全攬到自己的身上。

紀老夫人反倒不好再說什麼。雖然說起來她是兩位皇子的外祖母，可難道還真敢在兩位皇子面前擺譜？

趙瑞瞧著，出來打圓場。「不管怎麼說，這件事總是你們考慮欠周全，老夫人也是為了你們好。」

說著，他向沈君兮和趙卓使眼色，趙卓和沈君兮也乘機在紀老夫人跟前服軟，並保證以後不會再犯。

紀老夫人豈會跟幾個孩子計較，她之前板著臉訓人，終究是害怕這些孩子不知天高地厚闖出禍來，現在見他們都受了教訓，也就將此事給揭了過去。

沈君兮為表自己的「知錯之心」，一連好幾日都沒有出房門。

她要麼在屋裡練字，要麼在屋裡繡花，要不然就和鸚哥她們一起逗一逗小毛球。

可有一天，她卻發現往日一到了傍晚就活潑得不行的小毛球突然沒了活力，整日都懨懨的。

一開始她只道是天氣太熱，讓鸚哥去打了井水來讓小毛球涼快涼快。

小毛球在泡了涼水澡後，又會變得精神幾分，因此沈君兮並未往心裡去。

可慢慢地，井水也失了功效，連她們拿出小毛球最愛的熟肉粒，牠都只是聞一聞，碰都不碰。

這一下，大家才知道有些不妥了。

她急急地把小毛球抱到紀老夫人跟前，紀老夫人命人找來村裡的獸醫。

「怎麼樣？」瞧著村裡的獸醫老覃頭眉頭深鎖的樣子，紀老夫人關切地問。

老覃頭卻只是搖頭。「小老兒平日只看過牛羊，對這雪貂獸竟是完全看不出有什麼不妥的地方，因此也不敢貿然下手。」

屋裡眾人的臉上都露出難色。

沈君兮的這隻貂是御賜之物，平日沒事還好，可若是出了什麼事，在昭德帝那兒便不好交代。

「不如就此回京吧！」之前沈君兮是怎麼得了這隻雪貂獸的，趙瑞和趙卓比任何人都清楚，因此趙瑞提議道：「也請宮裡的御醫們看看。倒不是說他們一定能瞧出小毛球的毛病來，但至少他們見多識廣，或許能知道一些能人也不一定。」

紀老夫人覺得趙瑞說得很在理，吩咐身邊的人先收拾一些輕便的行囊隨她返京，至於其他人則三天後再啟程。

沈君兮抱著懨懨的小毛球坐在田莊大門的門檻上，一邊輕撫著小毛球的頭，一邊看向了遠方出神。

「妳在想什麼？」趙卓卻出其不意地出現在她身後。

沈君兮抬頭看了他一眼，卻沒有隱藏有些失落的情緒。「之前來這田莊前，我還想著要不要找個機會學泅水，沒想到這都要離開了，我卻連水都不曾下過。」

趙卓聽了卻有些奇怪。

「妳不怕水？」他挑眉看向沈君兮。

在他的印象中，只要是曾經在水中嗆過的人，多少都會生出一些恐懼。而幾個月前，沈君兮同周福寧她們一起落水的事還歷歷在目，他不信是個孩子的沈君兮竟然不害怕。

「怕，當然怕！」與趙卓越相熟，沈君兮同他說起話來也越來越沒有顧忌。「可是因為怕，所以更要學，我總不能每次一掉到水裡就慌神吧？」

聽她這麼說，趙卓顯然覺得很意外，可他瞧著沈君兮那一本正經的模樣，又不像是隨便說說的樣子。

「你之前是怎麼學會泅水的？」在沈君兮的輕撫之下，小毛球已經呼吸均勻地睡了過去，而她則是一臉好奇地看向趙卓。

七皇子從小長在宮中，身後跟著成群宮女和內侍，真要論起來，他要學會泅水比自己還難。

趙卓卻衝著沈君兮笑了笑，隨後道：「妳若是真想學，我倒是可以找人來教妳。」

「真的嗎？」沈君兮一聽，來了興致，看向趙卓的眼神也充滿期待，還衝他伸出自己的小手指。「我們拉勾！」

見著沈君兮那如蔥段一般白皙的小手指豎在自己眼前，趙卓也情不自禁地伸出手與她拉勾。

只是在他拉完勾後才意識到，自己到底答應了什麼。

沈君兮並不是一般的鄉野姑娘，身邊總是圍著一群丫鬟婆子，若是真想要下水，紀老夫人會不會答應還兩說。

可自己許諾的話已經說出口，沒有讓她失望的道理。

二人只在門邊小坐了片刻，紀老夫人便帶著人從院子裡出來，然後攜著沈君兮的手上了回京城的馬車。

她們這一車都是些老弱婦孺，自然不能快馬加鞭，紀老夫人早已派人去京城報信，並且讓人給宮裡的紀蓉娘遞了牌子。

因此，她們的人還未到京城，紀蓉娘就派人在城門處候著，待在城門處接到她們後，便直接將紀老夫人一行人給迎進宮裡。

紀蓉娘遠遠地迎出來，一見到紀老夫人，也顧不得宮規禮節，直接扶住她道：「母親可是身體有什麼不適？我已經讓太醫候在我宮中了。」

紀老夫人聽了一愣，隨即拍著紀蓉娘的手，笑道：「這話真是越傳越岔，是守姑養的那隻雪貂獸，近日裡茶飯不思、日漸憔悴。若那雪貂獸只是個尋常之物也罷了，偏生是個御賜之物，我們不敢怠慢呀！」

紀蓉娘這才看向跟在紀老夫人身旁的沈君兮，只見她抱著那隻通身雪白的雪貂獸。那雪貂獸比起之前見過的樣子，顯然已經長大不少。

得知只是雪貂獸有些不妥，紀蓉娘懸了大半日的心終於放下來，可她也不知道這宮中到底有沒有人懂得給小傢伙瞧病？

「去太醫院傳孫院使過來。」紀蓉娘想了想，道：「同他說清寧鄉君養的雪貂獸瞧著有些不好，問他有沒有什麼法子？」

內侍應聲而去，不多時，孫院使便帶人匆匆趕來了。

給一隻雪貂獸瞧病，行醫大半輩子的孫院使也是第一次聽聞，可既然是貴妃娘娘發了話，他也不能不過來。可這事要如何下手，他也是毫無頭緒，只能先過來，走一步看一步了。

瞧不瞧得好，那是能力問題，可若來都不來，就是態度問題了。

待給紀蓉娘行過禮後，孫院使便開門見山道：「老夫只給人瞧過病，這雪貂獸可是從未瞧過的，現在也只能硬著頭皮試一試了。」

沈君兮抱著小毛球上前，衝著孫院使福身。

看著像隻小貓崽似的、乖巧地伏在沈君兮懷裡的雪貂獸，孫院使心裡的那些不滿倒也化去了一半。

只是要如何給雪貂獸瞧病，倒讓孫院使犯了難。望聞問切，四診皆不可能，唯一能做的只能詢問沈君兮有關雪貂獸的異常。
好在沈君兮怕自己說得不夠詳細，將鸚哥也帶在身邊；但對於鸚哥而言，這是她第一次進宮，不免有些緊張，回答起孫院使的話就有些磕磕巴巴。
幸而孫院使是個極有耐性的人，聽完鸚哥的講述後，細思了一會兒道：「能否請鄉君命人抓住這隻小獸，我想摸一摸牠的肚子。」
沈君兮就同鸚哥一道按住小毛球的四隻爪子，將柔軟的肚子露出來。
孫院使輕輕地按壓著小毛球的肚子，小毛球發出了不怎麼愉悅的「嘶嘶」聲。
「牠肚子裡摸著有硬塊，是不是最近吃了什麼不好消化的東西？」孫院使推測道。
「沒有啊！」鸚哥一聽，緊張起來。「每日餵的都是那些，並沒有其他東西呀！」
「那會不會是牠自己調皮，跑出去吃了些什麼？」沈君兮也細想起來，畢竟這些日子在田莊裡，四處都是能吃的東西，說不定是小毛球一時貪玩，吃了什麼不該吃的。
「人若是不消化，倒可以用些陳皮、山楂，可這雪貂獸……」孫院使便露了難色。「能不能用這些，恐怕還得斟酌一二……」
「要不要試試巴豆？」陪在紀蓉娘身邊的王福泉也出主意道：「把肚子裡的那些東西給瀉出來不就好了？」
「若是牛馬，我倒建議一試。」孫院使卻是搖頭。「可這雪貂獸本就這麼一丁點大，巴豆若是沒用好，怕是能瀉了牠半條命去。」
沈君兮在一旁聽了，更愁了。

孫院使的話原本還給她一些希望，可現在看來，又回到了原點。

最後大家討論了一陣，還是先用陳皮、山楂之類的煮水給小毛球喝，至於有沒有效，那也只能聽天命了。

帶著些許失望，沈君兮只好先帶著小毛球回了秦國公府。

只是沒想到的是，她前腳剛出宮，後腳有旨意追了出來。

來傳話的是個沈君兮瞧著有些面善的小內侍。

「小的是在乾清宮裡當差的。」那小內侍一見到沈君兮便道：「皇上讓我轉告鄉君，那雪貂總歸是個玩意兒，倘若沒了就沒了，讓鄉君不必太掛懷。」

傳完話，那小內侍便回宮覆命去了。沈君兮抱著那小毛球站在馬車旁，心中卻是一陣苦笑。

看樣子，自己弄巧成拙了。

她之前是擔心，在大家看來，小毛球不過只是個玩物，病了就病了，沒了就沒了，無傷大雅，所以她才會聲稱小毛球是御賜之物，並不能隨意待之。

果然，大家對這件事的態度變得不一樣了。

可現在，昭德帝給自己傳了這麼一句話出來，恐怕大家對小毛球的生死又不會再意了。

她想著此事的時候，就聽身旁的紀老夫人唸了一聲「阿彌陀佛」。

「如此一來，是最好不過了。」她招呼沈君兮上車。「回去還是給牠用陳皮和山楂煮些水喝，不管怎麼說，總是一條命呀！」

沈君兮只好先跟著紀老夫人回了紀府。

陳皮和山楂煮水給小毛球餵了兩日，小毛球卻是每況愈下，這讓沈君兮做什麼事都沒了興致。

她整日陪在小毛球身旁，生怕自己一個不注意，這小傢伙就沒了呼吸。

紀老夫人瞧著也只是嘆氣；紀雯倒是常常過來陪她，而得了信的紀雪卻有些幸災樂禍。

前些日子，紀雪也不知從哪兒得了一隻八哥鳥，總讓身邊的人提著，在府裡四處炫耀。

可她不敢帶到紀老夫人的院子來，原因是沈君兮的小毛球一見到那隻八哥便想往上撲，好幾次差點得手，嚇得紀雪再也不敢將八哥帶到翠微堂來。

現下她得知小毛球病了，便又帶著八哥過來了，還特意站在沈君兮的窗下逗鳥。

對於紀雪這種胡鬧般的挑釁，沈君兮自是視而不見，可紀雯卻有些瞧不下去。

「她怎麼能這樣？」紀雯拍著桌子站起，想要同紀雪說理。

「雯姊姊還是別去尋不痛快了。」沈君兮卻阻止她。「妳要去了，才真的中了她的套。妳讓她去，待上一陣沒意思，自然就會走了。」

紀雯聽沈君兮說得在理，心裡也佩服。她嘆道：「妳明明年紀比我小，怎麼有些事能看得透透的呢？」

第五十六章

沈君兮沒有說話，而是將一盤茶點推到紀雯跟前，笑道：「吃茶。」

紀雪在屋外坐了一陣，聽屋內的人言笑晏晏，絲毫沒有要出來的意思，便氣鼓鼓地離開了翠微堂。

聽屋外又恢復了寧靜，屋內的兩人相視一笑。

紀雯更是同沈君兮笑道：「還是妳這個法子好，以不變應萬變。」

兩人正在說笑間，珊瑚打了簾子進來道：「姑娘，剛有前院的小廝進來傳話，說七殿下尋了個人，或許能救得了小毛球，問姑娘要不要帶著小毛球去試試？」

「現在？」沈君兮有些驚愕。

有了昭德帝的那句話，大家對小毛球也變得不再上心。她原本以為不會再有人記得這件事，不料趙卓竟然還在幫自己尋訪能救小毛球的人。

「殿下可有說是去哪兒？」她一邊穿鞋一邊問道。

「說是西市。」珊瑚也連忙蹲下身子幫沈君兮穿鞋。

西市？京城裡最魚龍混雜的地方。

沈君兮的動作一滯。七皇子怎麼會尋到那裡去的？

「去拿我的長衫來。」她同珊瑚道。

如果去西市，還是女扮男裝的好。

「怎麼，妳要去西市？妳知不知道那是個什麼地方？」紀雯卻擔憂地拉住沈君兮。她雖然沒去過西市，卻也從長輩的口中聽過西市是個什麼地方。她擔心沈君兮不知道，然後冒冒失失地闖進去。

「我自然是知道的。」沈君兮同紀雯笑道。「七殿下能為了小毛球尋到那地方去，我總不能連去的膽量都沒有吧？不過是多帶些人手而已，西市再亂，總不至於有人敢光天化日地強搶吧？而且七殿下也與我同去，妳就是信不過我，總信得過七殿下身邊那幾個護衛吧？有他們在，出不了什麼事的。」

沈君兮一邊換著衣服，一邊寬慰著紀雯。「反倒是這事，妳別告訴外祖母，讓她老人家平白為我擔心。」

「那怎麼行！」紀雯卻驚呼。「難道祖母問起，我還能說不知道？」

「那妳幫我瞞到日暮時分。」沈君兮看了看屋外那有些曬人的日頭，道：「日暮時分我若是沒回來，妳再告訴外祖母好了。」

說完，她便提起小毛球日常睡覺的籃子，腳步輕快地出了門。

看著沈君兮消失的背影，紀雯撫了撫額。她怎麼覺得這些日子，這個小表妹變得越來越跳脫，一點都不似先前那般乖巧了？

趙卓的馬車並未停在秦國公府前，而是停在國公府旁的小巷內。沈君兮從角門出來，便徑直上了趙卓的馬車。

見她一身男裝打扮，趙卓讚許地點點頭，笑道：「上道。」說完，他敲了敲車廂，馬車緩緩地走動起來。

「我聽說西市有個賣珍禽異獸的，也使人過去問了，那人說得瞧了才知道能不能治。」趙卓解釋道。「因此我這才邀妳同去。」

沈君兮感激地點點頭。

這盛夏時分，馬車裡熱得很，就這麼一會兒工夫，她感覺到貼身的小衣已經黏在身上，鼻頭上也滿是汗珠。七殿下在這種天氣下還能幫著自己東奔西跑，已屬非常難得了。

只是那馬車行得一陣便停下來，然後聽車夫道：「公子，前方馬車過不去了。」

「席護衛，還有多遠？」趙卓坐在馬車內問道。

「約莫還有半里地的樣子。」席楓在馬車外答道。

趙卓看向沈君兮道：「還有半里地，妳能走著去嗎？」

沈君兮點點頭，於是二人便下了馬車，在席楓和徐長清的護衛下，往街市深處走去。

夏日的街市很冷清，但依然有為了生計而忙碌的人，只不過他們大多穿著粗布衣服，一身杭綢直裰的沈君兮和趙卓走在路上，顯得格格不入。

如此一來，便有人從鋪子裡伸出頭來看稀奇，而街市上來了兩個俊俏少年的事，頓時在這些人之間傳開了。

沈君兮原本以為憑藉自己兩世為人的歷練，早已不懼這些人的眼光，可瞧著他們或好奇或貪婪地瞧向自己，她還是有些緊張地往趙卓身邊靠去。

趙卓嘴角微彎，牽住她的手，將她護在自己身後。

「那人的鋪子在哪兒？」趙卓的聲音冷冷的，讓人一聽，也知道他在刻意控制情緒。長伴在趙卓身邊的席楓和徐長清更是清楚。

「在前方的街角。」席楓連忙用自己的身體擋住兩個想要靠近的嬌媚女子，那一身低俗濃郁的脂粉味，熏得他夠嗆。

趙卓嗯了一聲，握著沈君兮的手卻抓得更緊了。

待他們轉過街角，在另一條顯得更冷清的街上，有個覥著大肚子的男人正靠在自家鋪子前的柱子上打盹。他身後有不少竹製的籠子，籠子裡則關著一些沈君兮叫得上名或叫不上名的小動物。

那鋪子不大，卻被打掃得很乾淨，養著這麼些東西，可幾乎沒有什麼異味，這讓沈君兮不免高看了眼那坐在門口打盹的人。

「欸，店家，醒醒！」席楓上前推了推那打盹的人，那人打著哈欠地坐起來。「還記得我嗎？我之前來過的。」

被推醒的胖店家揉了揉自己的眼，看清眼前的這些人後，立即從地上爬起來。「記得、記得的！您先前來問過我雪貂獸的事！」說著，他朝鋪子內扯著嗓子道：「秦四，趕緊搬幾張椅子出來，再泡上一壺好茶！」

趙卓聽了這話，卻是皺了皺眉頭。

這個街市魚龍混雜，他並不想久待，衝著徐長清使了個眼色。

徐長清接過沈君兮手中的籃子，上前道：「不用忙那些了，我這兒有隻雪貂獸，想麻煩店家幫忙看看。」

豈料胖店家卻是看也沒看那雪貂獸，揮手道：「不就是隻雪貂獸嘛，有什麼好看的？又不是什麼稀罕物，病了就病了，死了就死了，不如在我店裡重新挑一隻回去。」

沈君兮聽了，皺了眉頭。

她剛才看這店面被收拾得如此乾淨整潔，還道這店家是個充滿善心的人，可聽他說的那兩句充滿市儈氣的話，她便產生了懷疑。

她扯了扯趙卓的衣袖，悄悄對他搖搖頭。

趙卓也不太喜歡眼前這個胖子，便帶著沈君兮轉身要走。

「能不能讓我瞧一瞧？」鋪子裡有人說話。

沈君兮循聲瞧去，只見一個二十出頭的年輕人挽著袖子和褲腿站在那兒。

「秦掌櫃？」沈君兮詫異道。

那年輕人聽了紅了臉，搔搔頭道：「我叫秦四，不是什麼掌櫃的，而是這店裡的一個夥計。」

說著，他從徐長清的手裡接過了裝著小毛球的籃子，小心翼翼地將小毛球從籃子裡拿出來，並且順著牠的毛摸了又摸。小毛球在他手上變得十分乖巧起來，任那秦四擺弄。

此刻，沈君兮的注意力並不在小毛球的身上，而是一直盯著秦四的臉。

是他！一定是他！

面前的這張臉與記憶中的重合時，沈君兮的心變得激動起來。

上一世的她，被傅辛狠心拋棄後，是眼前這個叫秦四的人給了自己一個救命的白麵饅頭，並且幫自己逃離當時已經變成人間地獄的京城！

「如何？我的小毛球可還有救？」因為前世的記憶，她對秦四有著天然的好感，語氣也跟著輕柔兩分。

只可惜這種輕柔，秦四並未聽得出來。

「無妨。」他爽朗地笑道：「雪貂獸因為夏日炎熱會掉毛，因此牠經常用舌頭為自己梳理毛髮，不免將一些毛髮舔進肚子裡。這些毛髮積在牠的肚子裡排不出來，因此才讓牠變得有些茶飯不思。」

「這可如何是好？」沈君兮一聽，跟著緊張起來。「可去年熱天，怎麼不見牠吞食毛髮呢？」

「我瞧著妳這隻雪貂獸年紀不大，去年夏天牠的毛髮可能還不似現在這般粗硬吧？」秦四笑著用手指在小毛球的肚子上打著圈，小毛球躺在那兒，很是受用地發出「呀呀」一聲。

沈君兮一聽，便知道這個時候的小毛球覺得很舒服。

「可現在我該怎樣讓牠排出那些毛髮來？」為小毛球糾結了好些日子的沈君兮終於看到希望，眼神熱切地看著秦四。

「這倒沒什麼為難的。」那秦四笑道：「只需弄些小麥苗或是大麥苗給牠吃就行了，到時候，牠會自行將那些毛髮排出的。」
就這樣？如此簡單？沈君兮有些不敢相信自己的耳朵。
見她一臉不敢置信的樣子，秦四笑道：「妳信我一次，我不會騙妳的。」
說著，他將小毛球還給沈君兮。
沈君兮從衣袖中拿出一枚八分的銀錁子，當成診金交給秦四。沒想到那秦四卻不肯接，趙卓便拿過那銀錁子，丟給一旁的胖店家。
他雖然也不喜歡那胖店家，可他更不喜歡這個叫秦四的傢伙。而讓他想不明白的是，沈君兮怎麼會對那傢伙充滿好感？
因此，他一刻也不想讓沈君兮在此處多停留。
扔了那枚銀錁子後，他便以天色不早為藉口，帶著沈君兮離開了。
沈君兮雖然心下有些奇怪，卻也沒有多問，因為她也想知道秦四教的法子到底有沒有效？
因此一回了紀府，她便命人去尋小麥苗來。可因為小麥苗不能食用，京城中幾乎遍尋不著，後來還是有管事的特意驅車去郊外弄了一大把回來。
好些日子都不怎麼進食的小毛球，一見到那嫩嫩綠綠的小麥苗後，竟然像兔子似地啃食起來。
沈君兮高興得抱著趙卓又笑又跳。「真的有效、真的有效！我覺得今日給那秦四的打賞還少了些，我應該再多帶些銀子去的！」

趙卓卻聽了有些不太高興。

「妳要感謝的只有那秦四嗎？」他板著臉瞧著沈君兮。明明在這件事裡，自己才是最花心思的那一個！

沈君兮一愣，怎麼從趙卓的話裡聽出了滿滿的醋意？

「怎麼，你覺得不行嗎？」她眨著大眼睛，有些疑惑地瞧向趙卓。

趙卓被她這麼一瞧，也有些不好意思起來。

「隨妳吧，我得回宮了！」說著，他竟是脹紅了一張臉，轉身走了。

他這是生氣了？自己剛才有說錯什麼話嗎？

沈君兮一時愣在那兒，竟不知自己是追上去好，還是不要追上去好？

兩日之後，病懨懨了好一陣子的小毛球終於恢復神氣，又開始上蹦下跳，沈君兮的心也跟著舒展開來。

宮裡的紀蓉娘聽聞後，便讓她帶著小毛球進宮。

進宮後的沈君兮才發現，昭德帝竟然也在等著她。

「竟然是因為吞食了自己的毛髮？」見過禮後，昭德帝聽她說著小毛球患病的原因，也笑道：「倒也難為你們找出了原因。」

說著，一時心情大好的昭德帝便要打賞沈君兮。

沈君兮聽了，哪敢一個人貿然地接著？連忙將趙卓在這裡面出的力給說了。

只是因為她看上去年紀小，又一口氣將事情的前因後果說了，昭德帝和紀蓉娘聽了，覺得稀罕得不得了。

「賞，都賞！」昭德帝笑著同身邊的福來順道：「特別是老七那兒，這件事他費心了，把朕的那把天極弓賞給老七吧！」

昭德帝雖說得輕描淡寫，福來順的心裡卻是一震。

那把天極弓是西北送來的貢品，不但做工精巧，而且輕便稱手，之前太子殿下、四殿下、五殿下都曾向昭德帝討要過，皇上卻沒捨得給他們，沒想到竟然這樣輕而易舉地賞給了七皇子，這要是讓其他皇子們知道了，還不知道會怎麼想？

但皇上既然有令，自己只管照做就是。

因此，當那把天極弓被送到趙卓的寢宮時，各宮的皇子們都有些不淡定了。

他們紛紛打聽，好端端的，皇上怎麼突然捨得將天極弓賞給老七？

「因為清寧鄉君？」東宮內，趙旦在大殿上來回踱著步，顯得有些焦躁。

「福公公那邊是這麼說的。」前去打聽消息的小內侍跪在一旁回話道：「說是因為七殿下幫忙找人治好了清寧鄉君養的雪貂獸，皇上一時高興，將天極弓賞了下去。」

沈君兮的那隻貂，趙旦也是有所耳聞的，當初也是東北送過來的貢品，被福成死纏爛打地求了去，豈料那小妮子又不珍惜，後來竟讓那貂兒到了沈君兮的手裡。

當初他聽聞此事時，還曾笑話衍慶宮的人沒什麼能耐，竟然連一隻貂都保不住。可現在回想起來，恐怕不是衍慶宮的人不濟，而是那個叫沈君兮的在父皇的心目中，地位不太一般。

「傳我的話，去好好查一查清寧鄉君，她怎麼突然得了父皇的青睞？」趙旦瞇著眼道：「還有，派人去盯著其他宮裡的皇子們，看看他們有什麼動靜？我不信這麼大的事，只有我一人覺著有些不妥。」

果如趙旦所料，各宮的皇子們得知趙卓得了天極弓後，都有些坐不住了。

他們這些皇子，雖然表面上一團和氣，私底下卻相互較勁。而老七，因為其生母的關係，在他們這些做哥哥的看來，是一直不得寵的；若不是因為後來貴妃娘娘收養了他，恐怕整個宮裡都沒有人會正眼瞧他。

可是這樣一個人卻突然得了皇上的青睞，而他被青睞的原因，卻是那個不知打哪兒冒出來的清寧鄉君？這讓所有皇子都有些想不清、道不明了。

但是他們都有了共識——清寧鄉君，絕不是一個可以讓他們小覷的人。

只是沈君兮對於宮中這些因自己而起的風雲卻是一無所知。

她帶著昭德帝給的賞賜，抱著小毛球出了宮，上了一直候在宮外的馬車，準備回府去。

「都說了不要了，你這人怎麼這麼奇怪！」沈君兮雖是坐在馬車裡，卻聽見街邊的店鋪裡有人呵斥著，她還沒反應過來，一個人從街邊的茶館裡被推出來，直直地撞到她的馬車上。

紀府跟車的婆子也衝著那茶館大喝。「你們怎麼回事，往哪兒扔呢！也不怕衝撞了我們家姑娘！」

那茶館的管事一瞧見馬車上秦國公府的徽章，也知道惹事了。

第五十七章

「這還真是對不起，咱們真沒想到貴府的馬車剛好經過！」他趕緊覥著臉跑出來賠不是。「只是這人真的太過討厭，抱著幾隻貓崽子，總問我們要不要養貓？」

坐在馬車內的沈君兮聽了有些奇怪，微微撩了簾子往窗外看去，一看便瞧見了癱坐在地上半天也沒起來的秦四。

沈君兮心下稱奇，便讓人擺了腳凳，下得車來。

「怎麼會是你？」她衝著秦四笑道。

因為上次秦四見到沈君兮時，她是一身男裝打扮，因此秦四一時還沒能認出來，直到瞧見她懷裡抱著的小毛球，才恍然大悟道：「您是那日的小公子？」

沈君兮笑著點點頭。「好好的，怎麼給人送起了貓？」

此時的秦四正是一肚子苦水沒處倒，可對方瞧上去卻只是個七、八歲的孩子，也只能苦笑著搖頭。「一言難盡。」

「既然一言難盡，那我們找個地方坐下來說好了。」沈君兮衝著那秦四嫣然一笑。「我還沒有謝謝你救了我的小毛球呢！」

說完，她對那茶館裡的管事道：「有沒有清靜一點的雅間？」

那茶館的管事見沈君兮雖是個孩子，卻是從秦國公府的馬車裡下來，通身的作派更顯大家風範，不敢馬虎，連忙應道：「有的、有的，還請客官裡面請。」

說著親自在前面帶路，將二人引到二樓一間臨街的雅間。

雅間算不得很大，雪白的牆上掛著梅、蘭、竹、菊四幅插屏，而屋子正中則擺了一張鑲大理石的八仙桌。

「就這間吧！」沈君兮給紅鳶使了個眼色，紅鳶便拿幾兩碎銀子丟給那茶館管事。「上一壺好茶來！」

那管事接了銀子，喜孜孜地去了；沈君兮則邀那秦四與自己對桌坐了。

與小女孩對桌喝茶？這是秦四從未經歷過的事，因此顯得有些手足無措。

沈君兮只是笑道：「秦掌櫃不必拘謹。」

秦四是第二次聽這個小姑娘叫自己「秦掌櫃」了，雖然不明白為什麼，卻還是有些不好意思地搔頭。「我還只是個小學徒，連管事都不是，更擔不起姑娘一聲掌櫃。」

「那我稱你為秦四哥好了。」

上一世的秦四不但做到掌櫃，而且是京城裡數一數二的玩寵鋪子「天一閣」的大掌櫃；京城裡那些喜歡遛鳥逗狗的，隔上十天半個月就要去他店裡瞅瞅看看，有沒有進來什麼珍奇品種？

至少她上一世的丈夫，延平侯傅辛是這樣的。

待茶館的小二上了茶點後，沈君兮同秦四道：「你剛才同我說一言難盡，可是遇到了什麼事？」

秦四嘆了口氣。他也沒想過自己有一天要對一個小姑娘大吐苦水，可一想到自己這些日子的際遇也與這個小姑娘有些關係，便道：「姑娘有所不知，那日你們離去後，我家掌櫃的嫌我這人不會做生意，將你們這樣的大主顧往外推。」

沈君兮不解地眨了眨眼。

「我家掌櫃的意思是，你們一見就是有錢人，」秦四苦笑道：「應該讓你們多多少少買點東西走才是，反正你們也不差那麼幾個錢。」

沈君兮聽了，笑道：「你們管事說得也沒錯，開門做生意，不是想多賺幾個錢嗎？」

「賺錢是沒錯，可也不能昧著良心呀！」秦四給自己灌了一杯茶，繼續道：「我們掌櫃的那意思是讓我誇大其詞，訛人錢兩。我不同意，他罵我死腦筋，說養著我這樣的人也是浪費錢，就將我從店裡給轟出來。」

「所以，你現在是被人趕出來了？」沈君兮瞧著他。「那你接下來怎麼辦？」

「我？還沒想好。」秦四笑道：「我家中兄弟四個，卻只有幾畝薄田，所以我才想著出來當學徒。現在被趕出來，自己都不知道該在哪裡落腳，更別說我養的這群貓崽了。」

沈君兮這才注意到他腳邊放著的籃子裡，竟裝著一窩小貓崽。

這個人還真是心善，自己都混成這樣了，卻不忘要救助這一窩貓崽。大概也因為他是這樣的性子，所以前世落難的自己才能夠得到他的救助。

上一世，他能對走投無路的自己伸出援手，那麼這一世，換自己來幫助他吧！

沈君兮想著，親手給秦四斟了一杯茶。

秦四受寵若驚地站起來，口中連連說道：「受不起、受不起！」

沈君兮用眼神示意他坐下，隨即問道：「不知秦四哥在玩寵這一行做了多少年？可還有繼續在這一行做下去的打算？你覺得這一行要如何才能賺到錢？你之前待過的那家鋪子，可有什麼需要改進的地方？如果你是掌櫃的，將要如何做？」

她一口氣拋出這些問題後，便低頭喝起茶來。

秦四卻有些驚愕。他沒想到一個小女孩竟然能問出這麼多話，但隨即一想，這小姑娘出自大戶人家，說不定人家從小開始管家呢？

因此他儘量說服自己要見怪不怪，並努力在腦海裡想著如何回答那幾個問題。

沈君兮靜靜地坐在那兒，一點也不著急。

這樣的場面，上一世，她經歷得太多了。

那時候她剛嫁入延平侯府，婆婆王氏便讓她當家，對此，她自是滿心歡喜的，覺得這是夫家對自己的一種認可。可當她執掌中饋後，才發現公中的帳上根本沒錢，可府中的各種日常開銷以及各府間的人情往來，卻處處要花錢。

但傅辛卻處處哄著她，讓她拿自己的私房貼補公中的嚼用。

當時，自己才剛剛十五歲，想著夫妻和睦便是天，也就傻乎乎地拿自己的陪嫁填著延平侯府這個無底洞。

可即便這樣，家中的僕婦還經常陽奉陰違，讓她覺得有些力不從心。

後來還是因為她結交了昌平侯家的富三奶奶，事情才有了轉機。

因是商賈人家出身，京城的貴婦圈並不怎麼待見富三奶奶，而也不怎麼被貴婦們接納的沈君兮便與她結成了手帕交。

富三奶奶打得一手好算盤，並且深諳經商之道，她不但教沈君兮如何管家，更帶著她做起了海貨生意。

「家中那些媳婦、婆子，妳有什麼好怕的？她們的賣身契可是握在妳手裡，不聽話的，妳只管打發出去就好了！」一見她被家中的僕婦欺負，那富三奶奶也給她出主意。「就算她們是妳婆婆的人也不用怕，現在整個延平侯府吃妳的、用妳的，誰敢跟妳多說一個不字？只要管好妳丈夫和婆婆的吃穿嚼用，誰還能挑出妳的錯來？」

富三奶奶當年同她說的話，沈君兮依然記得很清楚。「至於那些媳婦、婆子，她們聽誰的話，讓誰給她們發月例銀子，絕不能慣著她們端碗吃飯、放下碗罵娘的壞毛病！」

沈君兮按著當年富三奶奶教她的法子，將延平侯府的僕婦們一個個收拾得服服貼貼，又因為跟著富三奶奶做了幾件大生意，延平侯府才結束了捉襟見肘的日子，慢慢變得寬裕起來。

那個時候的她十九歲，以為自己的日子會越過越好的時候，婆婆的姪女、傅辛的表妹王可兒卻乘虛而入。

他們二人在自己的眼皮子底下勾搭成奸，她卻相信婆婆的說辭，以為那只是普通的兄妹之情。

現在回想起來，沈君兮彷彿還能看到自己的心在滴血。

不是為了那變心的傅辛，而是可憐上一世為了這白眼狼一家死命打拚的自己。

她雖然重生了，可當年富三奶奶教的那些御下手段卻沒忘，她現在不說話，其實也是在同秦四博弈，看在這一過程中，誰更能沈住氣。

今年二十歲的秦四顯然沒經歷過這種事，在這樣的靜默中，不免有些心虛，努力回想剛才沈君兮的那些問題。

「我在這行做了五年……」帶著些許緊張，秦四的聲音不怎麼流暢。「如果能有機會在這一行繼續走下去，那自然是最好，可有時候……事與願違……」

沈君兮微笑地看著他，鼓勵他繼續說下去。

秦四見著她臉上的笑容，便覺得自己真是可笑，不過是面對一個孩子，自己就緊張得說不出話，這以後要是再遇上什麼事，自己這樣子能有什麼擔當？

於是也凝了凝自己的心神，理了理思緒，將自己這些年的所思所想說出來。

他雖然覺得同一個孩子說這些並沒有什麼用，但在這樣的述說中，他的條理越來越清晰，話也越說越順暢。

沈君兮靜靜地聽著，臉上的笑意更盛了。

秦四那些看似天馬行空的想法，在他執掌天一閣的時候都一一實現了，可以說，自己是見證過他這些想法的人。

敢想、敢做，已屬難得，難怪當年的天一閣在秦四的經營下，能夠風生水起。

忽然間，她有了個大膽的想法。

既然京城現在還沒有天一閣，那她來做那個天一閣的幕後人好了。據她所知，上一世天一閣的鼎盛時期，一天的流水也是好幾千兩銀子；那些王公貴族在養寵物這件事上，因為存著一份攀比之心，從來都是一擲千金。

沈君兮恍惚地見到了一個能讓她撈金的好行當。

她依稀記得之前黎管事說過，母親在東大街上有兩間帶閣樓的鋪子，原先租鋪的人到了年底便不再續租。自己倒可以收回東大街的鋪子，新開這「天一閣」。

這樣一來，倒有點萬事俱備、只欠東風的意思了。

因此，她瞧向了眼前的「東風」。「如果我現在給你一個機會，讓你實現心中所想，你有膽量接下這份挑戰嗎？」

秦四這下更不相信自己的耳朵了，愣愣地瞧向沈君兮。

這是第一次，他向人說起心中所想，卻沒有被人嘲笑；不但沒有嘲笑，而且還說要幫助他！

他有些狐疑地抬腳看了看自己的鞋底，開始有些懷疑自己是不是踩了狗屎，走狗屎運了？

沈君兮也不逼他，而是從紅鳶那兒拿了些銀兩給秦四。

「這兒有些銀兩，你先找個地方將自己安頓下來，仔細思量我剛才同你說的話。」她笑道：「如果你願意，便去秦國公府的後街上找一個叫黎子誠的，他會告訴你該如何做。」

說完，她便帶著紅鳶離開了。

回紀府的路上，沈君兮好好地思量起這件事來。

現在才昭德八年，離昭德二十二年那場流民叛亂還有十四年，換言之，這期間至少還有十四年的太平日子可讓她賺。

只可惜如今昌平侯家庶出的富三少爺也才十歲，富三奶奶更是連人影都沒有，若想像上一世那樣賺個盆滿鉢滿的，恐怕得靠自己了。

要不像上一世一樣，做點海貨生意？沈君兮慢慢地盤算起來。

回了紀府後，紀老夫人似往常一樣地問了紀蓉娘的近況，得知一切都安好後，便放她回房去洗漱。

沈君兮卻在心裡惦記著開店的事，便在紀老夫人的小花廳裡見了黎子誠。

因為之前對杭宗平的殺雞儆猴，其他田莊的管事們都老實了不少，這些日子，黎子誠雖然東奔西跑地瘦了不少，整個人卻顯得精神很好。

沈君兮便將自己想開鋪子的想法同他說了。

黎子誠卻驚愕於沈君兮與自己的想法不謀而合。

深知紀芸娘的個性，紀老夫人當年給女兒的陪嫁多為田莊和鋪面，除了每年按時收租，根本不用多費心思。靠著這些田莊和鋪面，便能讓紀芸娘衣食無憂。

可在黎子誠看來卻不是這樣的。

他是個有野心的人，也覺得自己的才能不止這麼一點，希望能有個更大的平臺能讓自己施展才能，而不是整日奔波於幾個田莊鋪面之間。

沈君兮的話，等於為他打開了一片新天地。

「我想開一家玩寵店。」她同黎子誠說道：「現下京城裡的玩寵店都在西市這種不入流的地方，咱們要開，就把店子開在東大街上。你之前不是同我說東大街有兩間鋪子只租到年底？正好趁這個機會收回來。」

黎子誠聽了，卻是一愣。

在東大街開玩寵店？要知道東大街那兩間鋪子一年的收益是上千兩，如果將這兩個鋪子收回再自己開店，這一進一出的，風險是不是有些大？

而且據他所知，玩寵店並不賺錢，所以京城的玩寵店只開在西市那種店面租不起價的地方。

他更擔心的是沈君兮只是一時興起。

整個府裡都知道，鄉君這些日子都在為她那隻雪貂獸奔波，若是因為如此而開玩寵店的話，恐怕這店鋪也是撐不久的。

黎子誠便將自己的擔憂委婉地說了。

沈君兮聽了，卻哈哈大笑起來，遂把之前秦四跟自己說的轉述出來，聽得黎子誠也是眼前一亮。

「若沒有意外，秦四過些日子便會來尋你，有些事，你與他再詳談。」

秦四細思了兩天兩夜後，決定賭上一把。

他很快地尋到了黎子誠，二人一拍即合。在一番合計之後，便一同來尋了沈君兮。

沈君兮謹記著當年富三奶奶教她的抓大放小，同二人道：「這些我都不管，你們只管將這些日子的花銷都記好，每個月來跟我說一聲事情進展得如何就行。」

待他們二人走後，她便去紀老夫人那裡。

自己要開新店的事，之前是八字還沒有一撇，也不好聲張，可現在既然想將店鋪開起來，不能瞞著家人行事。

紀老夫人聽聞她想要開店，很是意外，而且下意識覺得這是小孩子在胡鬧。只是沈君兮說得言辭懇切，倒教她不好一口回絕。

「妳以為開店是你們小孩子過家家呀？」紀老夫人拉著她勸道：「就算妳的鋪面是現成的，可妳還得雇人、還得進貨吧？這活寵又不比其他貨物，放在那兒不用管，每天吃喝拉撒的不都要錢？倘若一個照顧不好，還可能血本無歸……」

「這些我當然都知道，」沈君兮跟紀老夫人撒嬌道：「可若是不試一試，心裡好似裝了十五隻貓爪子一樣，七上八下地撓呀！」

瞧著外孫女那一臉認真的表情，紀老夫人嘆了口氣。

第五十八章

「既然妳想試，那便去試。我給妳一年時間，若妳這鋪子一年時間都不能回本，妳乖乖地把鋪子給我關了！就算妳娘留給妳的陪嫁再多，也不能讓妳這樣揮霍。」紀老夫人同沈君兮約法三章。

「不用一年，開張半年就夠了。」沈君兮卻同紀老夫人討價還價。「但在那之前，外祖母您可不能插手這件事。」

如果秦四真能像上一世那樣經營天一閣，根本用不著半年，或許三個月便能在這京城立住腳跟。

祖孫就此說定，紀老夫人也任由沈君兮去胡鬧了。

日子一眨眼便到了七月底，離開京城五個月的董氏帶著紀晴回了府。

北燕三年一次的鄉試定在八月初。

得了信的紀雯和沈君兮自然歡欣雀躍地迎出去，在二門外見著了正指揮下人搬箱籠的紀晴和董氏。

沈君兮不知是不是自己的錯覺，紀晴不過才離開幾個月，卻變得成熟穩重許多，連個頭也長高不少，一眨眼就成了風姿朗朗的少年。

「晴表哥這半年都吃了什麼？竟然長這麼快！」

董氏被沈君兮這句話逗樂了，牽了沈君兮的手，由紀雯陪著去紀老夫人的翠微堂。

一早得了消息的紀老夫人自然是翹首以盼，見到風塵僕僕的董氏，不免有些心疼地嘆道：「老二這到底是在折騰什麼？難道偌大的京城找不到好的先生，非要讓晴哥兒去那麼遠的地方讀書？而且還選在七月半走水路，好在這是菩薩保佑，總算平安到家了。」

當初決定讓紀晴跟著紀容若去山東讀書，紀老夫人也是同意的，現在她老人家這麼說，不過是在發發牢騷而已。

「讀萬卷書不如行萬里路嘛……」董氏笑著應承。「總歸都是為了孩子好。」

臨到紀晴上考場那天，大家都起了個大早，紀老夫人囑咐他要沈著細緻，而沈君兮則送他一個「旗開得勝」的荷包。

「我送四弟去考場吧！」平日早該去上書房的紀昭特意請假在家。

紀晴覺得挺好不好意思的，自己若是考差了，倒是對不起家裡的這些人了。

好在幾日後順天府傳來消息，紀晴考了第十九名，成了一名可月領六斗米的廩生，也算是功夫不負有心人。

「賞！」得了消息的紀老夫人自是高興得合不攏嘴，大方地拿出體己銀子賞了闔府的人；再加之八月十八是紀昭大婚的日子，一下子雙喜臨門，整個秦國公府都洋溢著喜氣洋洋的氣氛。

在此時，心絞痛了幾個月的齊氏也突然不藥而癒了。

對次子的婚事不聞不問了幾個月的她，突然四處張羅起來。

「大夫人這病好得還真是時候。」李嬤嬤同紀老夫人笑道。

此時的紀老夫人正瞇著眼，半靠在鋪著秋香色五蝠捧雲團花錦褥的羅漢床上，任由跪坐在羅漢床上的沈君兮為她捶肩。

「哼，」沒想到紀老夫人冷哼一聲，一點都沒有避諱的意思。「她是怕這個時候還不好，以後就不能名正言順地在新進門的兒媳婦跟前擺婆婆的譜了吧！」

李嬤嬤聽了，只是尷尬地笑了笑。這種事，她一個做下人的可不好跟著非議什麼。

轉眼到了八月十七，是紀家到謝家去催妝的日子，也成為京城裡難得熱鬧的一天。

因為是嫡長孫女出嫁，謝家給她準備了一百二十抬嫁妝，第一抬都已經到了東大街，最後一抬還沒有出謝家的門。

一路上鑼鼓喧天，鞭炮和鳴，熱鬧得好似過年一樣，惹得不少人家駐足觀看。

待這些嫁妝如山一樣地堆在紀昭的新房裡時，齊氏簡直震驚地合不上嘴。

她還真沒想到這個二兒媳婦竟然有這麼多陪嫁，那套堆在牆角的子孫桶一看是京城最有名氣的木器鋪子打造的，而那兩大箱最新樣式的綾羅綢緞，更是滿得連手都插不進去。

這謝大人真不愧是為皇上掌管天下錢糧的閣老，出手就是闊綽！這些東西加起來恐怕不比當初北威侯府承諾給三小姐的差，甚至有過之而無不及。

要知道她當初中意北威侯府的三小姐，也不過是看中他們家揚言三小姐將有兩萬兩銀子的陪嫁而已。

齊氏不免在心裡打起小九九來。

第二日，秦國公府開府宴客，鞭炮齊鳴。

在鞭炮聲中，新娘子謝氏坐在喜轎中被抬進了府，在親友的觀禮下和紀昭拜堂，又在女眷們的簇擁下去了新房；待新人喝過交杯酒後，董氏等女眷說笑著從新房裡走出來，準備去坐席。

只是她剛出新房，就見到院子裡的樹影下好似有兩個黑影在拉扯。

「誰？」董氏喝了一句。

紀雯拉扯著紀雪從樹影下走出來。

「妳們兩個在這裡做什麼？」董氏往兩人身後看去，只見她們身後都沒有丫鬟、婆子跟著，不免皺了皺眉頭。

紀雯一見到母親，抓著紀雪的手草草地行了個福禮，道：「雪姊兒想進新房去看三嫂，可之前我得了三哥囑咐，讓我看著點她。」

原來紀昭也知道自己這個妹妹素來不是個可靠的，擔心她在大喜的日子鬧出什麼禍來，特意囑咐紀雯看著點。

沒想到紀雪還是趁她疏忽的時候跑過來，急得紀雯趕緊追過來。

而紀雪對紀雯也是憋了一肚子火。

她甩開紀雯的手，滿心不高興地道：「妳別拽著我，我可是打聽好了，這個時候去新房給三嫂端茶是有封紅的，妳自己不想要，可別攔著我！」

董氏在一旁冷冷瞧著紀雪。那說話的語氣神態和齊氏簡直如出一轍。

她深知紀雪的個性，向來是個窩裡橫的，在府外或許還會有所收斂，可在府裡卻有不達目的不甘休的倔勁。

若在平常，她也懶得管了，可今天畢竟是紀昭大喜的日子，董氏也不想鬧得太難看，就跟身邊的嬤嬤道：「妳帶著雪姊兒去，看著她點，讓她端了茶出來。」

那嬤嬤應了一聲，跟著紀雪去了新房。

董氏看了眼紀雯，奇道：「守姑呢？守姑沒有跟著妳們一起嗎？」

紀雯搖搖頭。「她今天一直在翠微堂裡陪著祖母呢，我邀她，她也不肯出門。」

董氏聽了，在心裡道了一聲「壞了」。

昨天晚上，齊氏突然來找她，說是想同她敘敘舊，可話裡話外卻一直在念叨守姑正在為芸娘守孝，怕是不適宜參加昭哥兒的婚事。

她當時沒有接大嫂的話茬，指不定她會尋了其他人將這話傳到老夫人的耳裡。依照婆婆那護犢子的個性，聽到這樣的話，還不知道會怎麼生氣！

董氏心下一緊，跟紀雯說了聲「好好看住妹妹」，便帶著人往翠微堂趕去。

相對於熱鬧的秦國公府，翠微堂便顯得有些冷清。

一身常服的紀老夫人靠在西次間的羅漢床上，笑盈盈地看著低頭剝橘子的沈君兮，一旁盛裝的李老安人則笑道：「今天可是妳昭表哥的好日子，怎麼也不去湊湊熱鬧，而是待在這兒陪我們兩個老婆子？」

「守姑不愛湊熱鬧，覺得在這裡陪著外祖母挺好的。」沈君兮微微抬頭笑道，繼續低頭剝著那橘子。

「不用挑得那麼乾淨，我和老夫人年紀都大了，吃些橘絡好順氣。」李老安人見她正用一根細長的銀牙箸挑著橘子上的橘絡，便笑著阻止道。

沈君兮聽後，笑嘻嘻地取了一只金泥小碟，將剝好的橘子放在那金泥小碟上，邀功似地端到李老安人和紀老夫人跟前。「外祖母和老安人嚐一嚐，看看甜不甜？」

看著一臉嬌滴滴的沈君兮，李老安人對紀老夫人笑道：「老姊姊還真是沒白疼她一場。」

兩人正在翠微堂裡說笑，特意從西山大營趕回參加婚禮的紀容海卻一臉凝色地趕過來，以至於守門的婆子前來稟報時，還讓紀老夫人吃了一驚。

「好好的，他不在前院待客，跑到我這翠微堂來做什麼？」紀老夫人雖有些不滿地抱怨，還是讓人將長子叫進來。

紀容海一進西次間，見著身穿常服的母親，正隨意地坐在羅漢床上與李老安人相談甚歡，有些不解地道：「母親，今日是昭哥兒大喜的日子，為何您還端坐在這兒？東跨院裡怕是快要開席了。」

紀老夫人聽了，趕緊催促李老安人。「妳趕緊過去吧，我這兒還有守姑陪著我呢！」一點也沒有要起身換衣服的意思。

紀容海瞧著，更是不解了。

豈料那李老安人並未起身，而是跟紀老夫人笑道：「您是昭哥兒的親祖母，大姪兒媳婦還忌諱您的孀居身分，我一個隔了房頭的嬸嬸怕是嫌棄得更厲害，還是在這翠微堂裡陪著老姊姊吧！」

說著，她同身邊一個丫鬟道：「妳去東跨院裡和三太太說一聲，說我在翠微堂陪著老夫人，讓她那邊散席後再過來。」

那丫鬟應聲而去，而紀容海在一旁聽了，心裡覺得有些不是滋味。東府的李老安人平日喜歡息事寧人，說話、做事都不是這個作派，莫非府中又發生了什麼他不知道的事？

「娘，是不是齊氏又在您跟前嚼舌頭，說了什麼不該說的話？」這個府裡，老二媳婦是個知書達禮的，明哥兒媳婦文氏也是個知輕重的，一句話能讓母親氣到的，除了齊氏還真不作第二人想。

「她能說什麼？」紀老夫人卻冷笑著。「昭哥兒的婚事可是我一手操辦的，她連個錯都挑不出，不過是她嫌棄守姑是個為母守孝的孩子，怕守姑妨礙到昭哥兒。既然如此，我這個孀居多年的老婆子最好也是避嫌的好。」

「行了、行了。」紀老夫人絮叨了一陣後，就有些不耐煩地將紀容海往前院趕。「外院還有那麼多客人，你窩在我這裡算怎麼回事？」

因為紀容海次子成婚，這些年與秦國公府交好的世家皆有人來喝喜酒，他也不能太過怠慢，只得匆匆回了前院。

李老安人瞧著，卻是擔憂。「這樣會不會讓他們夫妻生出什麼嫌隙來？」

「他們之間的嫌隙難道是因為我生出來的嗎？」紀老夫人有些不服氣地白了李老安人一眼，然後拉過沈君兮的手。「他們的事我是不想管了，我只想看著我的守姑平平安安長大，然後嫁個好人家，我就可以閉眼嘍……」

沈君兮聽了，只覺得鼻頭一酸。上一世的紀老夫人並未活到她進京嫁人的時候。

「外祖母一定會長命百歲的！」不知道該說什麼好的沈君兮依在紀老夫人的背上，環住她的脖子，親暱地道：「外祖母不但要看著我嫁人，還要看著我當娘，然後看著外曾外孫娶媳婦……」

「那我不成了老妖精？」紀老夫人呵呵一笑，點了點沈君兮的鼻子，對李老安人道：「這孩子不知道隨了誰，小孩子家家的，也不知道害羞。」

李老安人卻看著沈君兮，笑道：「她這個年紀正是無憂無慮的好時候，再過兩年，有了心事，就什麼也不會跟我們說了。」

本是李老安人的一句笑談，卻讓紀老夫人想到了紀蓉娘和紀芸娘小時候。

瞧著沈君兮那像極了芸娘的面孔，紀老夫人有些不捨地撫著她的臉蛋道：「就算為了我們的守姑，外祖母也會努力活成老妖精的。」

祖孫倆正說笑著，董氏過來了。

紀老夫人一見著她便唬了臉道：「你們還有完沒完？都說了我不會去坐席的，不用過來左一趟、右一趟地請了。」

董氏慣來在紀老夫人身邊服侍，自然懂得如何哄老太太開心。聽紀老夫人這麼一說，她佯裝驚訝地道：「我這還沒開口呢，老夫人知道我要說什麼了？」

紀老夫人卻哼了一聲。「妳也不必給她來當說客，我今天還真不想給她做這個面子，今天就和老安人在我屋裡吃了。」

董氏聽了眼睛一轉，笑道：「既然如此，那我也在娘這裡湊個趣好了。」說著她給手下的婆子使了個眼色。「讓廚房裡參照東跨院的席面送一桌菜過來。」

婆子應聲而去，不一會兒工夫，廚房便將席面送過來。董氏哄著紀老夫人和李老安人入座，又安排好沈君兮之後，這才站在桌旁幫著布菜，一頓飯倒也還吃得開心。

唐氏在東跨院象徵性地吃了兩杯酒後，便帶著人急匆匆地趕過來。

董氏因在閨中時就識得唐氏，兩人說起話來也沒那麼多顧忌，因此揶揄道：「怎麼，妳還怕我們虧待了妳婆婆不成？」

見著董氏在翠微堂，唐氏倒是鬆了一口氣。「早知道妳在這邊服侍著，我倒不用那麼急。剛才空腹喝了兩杯金華酒，這會兒肚子裡還火燒火燎的呢！」

「三舅母，不如您再吃兩個喜餅墊墊吧！」原本在一旁只是安靜聽著她們說話的沈君兮，端了桌上的一盤喜餅到唐氏跟前。

空腹喝酒，太傷身體了。

「哎喲，還是我們家的守姑會疼人。」唐氏聽了驚訝，可飢腸轆轆的她自然也沒有同沈君兮客氣。

吃過喜餅後，唐氏終於覺得肚子裡舒服了一點，摸著沈君兮的頭，同紀老夫人和李老安人笑道：「可惜我沒兒子了，不然真要把這懂事的孩子弄回去當兒媳婦！」

剛才還在紀老夫人跟前大放厥詞的沈君兮聽到這些，不覺臉一紅，露出幾分小女兒神態。

上一世，她遠在山西，卻由父親的同僚作媒，嫁到了空有一個名頭的延平侯府，表面上是光鮮的侯夫人，可家中事務卻多數要親力親為。

這一世，她又該何去何從呢？

第五十九章

莫名地，她的腦海中突然浮現出七皇子趙卓的身影。

自己怎麼會突然想到他？況且他是皇子，婚配自有皇子的章程，又豈是自己能妄想的？

沈君兮甩甩頭，想把這可笑的想法甩出去。

因為明日還要過來認親，唐氏並未在翠微堂裡多停留，便帶著李老安人告辭。

送走最後一批客人後，東跨院也終於安靜下來，忙了一天的齊氏終於有機會坐下來。

卸了釵環的她倚在西次間的臨窗大炕上，品著福建來的武夷茶，很是愜意。

今日真是太長臉了，沒想到京城裡那些有頭有臉的人家都來了，連六部公卿家的夫人也來了半數，想當初明哥兒成親可沒有這麼熱鬧！

齊氏坐在那兒，心裡有些沾沾自喜。

「關嬤嬤，去把我明日要送給老二媳婦的見面禮拿來。」齊氏吩咐著。

關嬤嬤去內室取了個描金漆的大紅匣子出來。

齊氏小心地打開那木匣子，從裡面拿出一枚八成新的花開富貴赤金分心。

她將那分心拿在手裡掂了掂，至少也有五、六兩的樣子。

原本以為這樣的見面禮已經很有面子，但一想到老二媳婦那堆得如山一樣的嫁妝，她又有些不確定起來。

「妳說，我明日拿這個做見面禮，會不會被人輕瞧了去？」齊氏看向身旁的關嬤嬤。

關嬤嬤張了張嘴，想說的話卻沒有說出來。

別說是新嫁過來的三少奶奶，就是她一個做下人的，都覺得有些寒酸。畢竟這秦國公府又不是一般的窄門窄戶，這種只有八成新、式樣還老舊的金器還真是拿不出手。

可她素來知道大夫人的性子，知道有些話定不能這麼說，於是笑道：「這見面禮不是媳婦在敬茶時，婆婆拿出來意思意思一下的？誰家媳婦還會不懂事地當著那麼多人的面拆開不成？」

齊氏一聽，覺得關嬤嬤說得有道理，便將那赤金分心放回匣子裡，讓關嬤嬤好生收了。

正在此時，帶著一身酒氣的紀容海從前院回來，一進屋，二話不說就將屋裡服侍的人盡數趕出去。

齊氏瞧著，以為是久別重逢的丈夫要與自己小意溫存，便一臉嬌羞地下炕去幫紀容海寬衣。

不料紀容海卻一把抓住齊氏的手。「妳到底跟娘說了什麼？好端端的，她怎麼會在昭哥兒大喜的日子裡說出什麼孀居的話來？」

齊氏聽了，也是一肚子委屈。

作為昭哥兒的母親，她自然希望兒子這一生都順風順水的，若不是聽娘家大嫂說守孝的守姑可能會妨礙到昭哥兒，她也不會往這上面想。

但是為了自己的孩子，她寧願信其有，不願信其無。

在求助二房的董氏無效後，她便親自尋到了沈君兮。

沒想到守姑竟是個如此通透之人，自己不過微微一提，她便立即反應過來，還應了自己一句。「必當如此！」

齊氏還在心裡感嘆著守姑這丫頭怎麼這麼懂事，哪知道她一回頭在老夫人那兒告了自己一狀，讓不待見自己的婆婆在這個節骨眼上跟自己翻臉。

這裡面的苦水，自己又和誰倒去？

一想到這兒，齊氏掩面開始哭訴起來。「昭哥兒是我兒子，我自然不想害他，我不過是想讓守姑迴避一下，明日的認親也讓她跟著大家一起去，不知怎的觸著老夫人的逆鱗了……」

紀容海聽了沒有說話。

在娶齊氏之前，他知道她並不是個精明的人。當年他想娶齊氏，而不是齊氏的堂姊，也正是因為看中這一點。婚後，他甚至還因齊氏表現出來的傻乎乎，而覺得她可愛。

可不知道從什麼時候開始，齊氏卻變了，變得功利和貪心起來。這些年，若不是看在她是三個孩子的生身母親，而且並無壞心的分上，他早不想再忍了。

紀容海努力平復心情，盡可能地控制著語調道：「這麼多年了，妳難道不知道芸娘一直是娘心中不能言說的痛嗎？自從守姑來了以後，娘把這些年的歉疚盡數補償到守姑的身上，妳這樣說守姑，不能怪娘會同妳翻臉！」

齊氏垂頭站在一旁，委屈地咬著唇。

嫁給紀容海這麼多年，齊氏知道只要自己擺出服軟的模樣，紀容海便不會同自己太過計較。

果然，紀容海看著她，只是重重地嘆了口氣，隨後道：「明日一早，妳歡歡喜喜地去翠微堂，親自將娘和守姑接到認親的花廳裡去。」

紀容海的話音一落，卻見齊氏臉上好似不情願的樣子，便皺眉道：「怎麼，妳還不願意不成？」

齊氏聽了連連搖頭。「不是妾身不願意，娘是長輩，依禮只有新人上門拜見她老人家的道理，哪能讓她老人家去花廳等著見新娘子？」

「行吧，」紀容海多年身在行伍，對這些也不甚明瞭。「那妳明日要親親熱熱地將守姑接到花廳去，不要讓娘在心裡有疙瘩。」

齊氏只得點頭應下。

紀容海又問起齊氏明日準備給新媳婦的見面禮。得知她只準備一只八成新的赤金分心時，連連搖頭。「妳不是新打了一支丹鳳朝陽的鳳釵嗎？用那個吧。」

說著，他便提腳往院外走去。

齊氏一見就急了。他這是又打算不在自己屋裡歇了嗎？

「老爺這麼晚還要到哪兒去？」

紀容海腳步一頓，遲疑地說道：「前頭還有些公務未處理，我還是歇在外院吧。」

齊氏恨不得咬碎一口銀牙。

紀容海長年在軍營，平日鮮少回來，這好不容易盼星星、盼月亮地把他盼了回來，他卻總是藉口外院還有公務，十之八九歇在外院。

連關嬤嬤都不止一次地暗示過，讓她暗地查一查國公爺在外面是不是有人了？不然以紀容海這正值壯年的年紀，怎麼突然變得這般清心寡慾了？

即便心中有所不甘，到了第二日天剛矇矇亮，齊氏還是依照紀容海吩咐的那樣，一臉喜氣地去了翠微堂。

只是她沒想到，董氏竟然已經帶著穿戴一新的紀雯和紀晴候在翠微堂裡了。

還真是會獻殷勤！齊氏在心中腹誹著，面上還是笑盈盈地同董氏打招呼。

裡間的紀老夫人一早便起身，此刻正笑盈盈地坐在西次間的羅漢床上跟李嬤嬤說話。見齊氏過來了，李嬤嬤便打住話題，而紀老夫人將眾人都叫進去。

眾人依禮請安過後，齊氏留心到往日總是圍繞在紀老夫人身邊的沈君兮不在，面露關切地問道：「怎麼守姑不在？」

豈料紀老夫人不怎麼搭理她，卻同紀雯和紀晴說了一陣話後，才跟屋裡的丫鬟珍珠道：「妳去西廂房看看。」

守姑不是個不懂禮數的孩子，沒道理大家都到了，她卻遲遲不出現。

珍珠正要出屋，卻見翡翠打了簾子，穿著件半新不舊的湖綠色妝花素面小襖的沈君兮輕挪著腳步而來。

見著站滿了一屋子的人，她連連解釋道：「因想著今日無事，一不小心起晚了……」

齊氏一聽她這話裡的意思和身上素淨的裝扮，便知她壓根兒沒想去參加今天的認親會。可一想到昨晚紀容海說的那些話，齊氏覥著臉上前道：「守姑是不是該換身衣裳，畢竟等下要去見一見妳的新嫂嫂……」

沈君兮有些意外地看向齊氏。

大舅母可是特意來關照過自己，不希望她出現在新人跟前的，怎麼這才一晚，態度卻發生這麼大的轉變？

她有些不解地看向紀老夫人。

昨晚東跨院發生的事，一早便有耳報神報到了紀老夫人這裡，她自然知道了經過。

若不是兒子在其中周旋，她還真不願意給齊氏這個面子，但見齊氏說得還算誠懇，她撫了撫沈君兮的頭，道：「針線房不是給妳做了幾身新衣裳？正好今日可以穿出來見客。」

言下之意，她也是希望讓沈君兮去參加今日的認親。

沈君兮沒有多話，用過早膳後，先是回房換了一件簇新的蜜合色對襟襖，然後跟著齊氏一起去前院正廳旁的小花廳，紀昭和謝氏將會在那兒認親。

東府的唐氏帶著女兒紀霞、紀霜以及兒媳高氏過來了；而齊氏娘家的舅母、姑奶奶還有姨母也來了不少，沈君兮一個小孩子放眼看去，只覺得花廳裡到處都是人。

多數人她都不認識，也覺得有些無趣。

紀雯悄悄地靠過來，往她的手裡塞了一個荷包。

沈君兮有些詫異地看過去，那荷包裡裝了個八分的銀錁子。

見著她滿臉不解，紀雯俯身在沈君兮的耳邊道：「昨天我和雪姊兒去給三嫂端茶，她賞了我們一人一個荷包，這是我特意為妳要的。」

沈君兮有些感激地看向紀雯。

姊妹二人正說著悄悄話時，紀容海便帶著幾位男客過來了。

想著沈君兮並不認得他們，紀雯也指著紀容海身邊一位穿著淡竹紋長裰面容消瘦的男子道：「這是東府的三叔。」

沈君兮便知道那是東府的三舅。

紀雯又指著紀容澤身後的一個年輕人道：「那是三叔的兒子昆哥哥。」

說完，她又分別指了另外幾個人，並且告訴沈君兮那是齊氏的兄弟，是紀雪的舅舅們。

大家分著男女，在花廳的左右偏廳坐下，穿著一身喜服的紀昭和謝氏便由家中有頭臉的婆子引著，宛如金童玉女般走進來。

新人先給紀容海行禮，並且奉上了新媳婦茶。

紀容海只輕飲了一口茶，讓身邊的人拿出一個厚厚的紅包做見面禮。

接著，新人們又給叔伯、舅舅們行過禮後，這才到女眷們所在的右偏廳。

一身華服的齊氏看著給自己磕頭的兒子和兒媳婦，再想著兒媳婦帶來的那些價值幾萬兩銀子的陪嫁，縱是這樁婚事之前給她帶來什麼不快，也都被拋到了九霄雲外。

見著二兒媳婦敬上來的茶，齊氏並不急著去接，而是用手微微理了理自己簪在髮髻下的鑲紅寶石雲鬢花顏金步搖。

識貨的人定能一眼瞧出這是今年京城最流行的樣式。

果然，她聽到人群中發出了讚嘆聲。

齊氏這才心滿意足地接過謝氏手中端著的新媳婦茶喝了，然後從關嬤嬤的手裡接過一個描了金漆的大紅匣子，交到謝氏手上。

「謝過母親。」謝氏接過描金大紅匣子後，交給了跟在身後的丫鬟。

沈君兮站在人群裡，卻瞧見齊氏偷偷地衝著她的娘家大嫂高氏眨了眨眼睛。

沈君兮還在心裡嘀咕這個「眨眼睛」是什麼意思的時候，就聽站在人群中的高氏突然道：「也不知我這小姑子拿了什麼東西給兒媳婦做見面禮？不如拿出來給我們開開眼呀！」

身為新娘子的謝氏臉上浮出一絲尷尬。畢竟從小接受的禮教告訴她，當眾拆開別人送給自己的東西，是一件很沒有修養的事。

她看向身旁的紀昭，紀昭則善意地衝她點點頭。

謝氏便收回手中的描金漆大紅匣子，並且在眾人的面前打開。

只見盒內裝著一支新製的丹鳳朝陽鳳釵，那鳳嘴叼著一顆指甲蓋大的渾圓粉色珍珠。那顆珍珠的光澤瑩潤，讓人忍不住要多看兩眼。

一旁觀禮的文氏瞧見了，摸了摸自己手腕上戴的五鳳朝陽空心鐲子，暗想她這婆婆待二弟妹果真還是不同一些。

「哎喲喲，咱們國公夫人出手是大方呀！」人群中有人感嘆著，齊氏則是一臉「理當如此」的神情。

謝氏見眾人都欣賞得差不多了，便蓋了那匣子，囑咐身邊丫鬟將東西收好後，與紀昭一道來到董氏跟前行禮。

董氏說著「白頭偕老」的吉祥話，遞過來一個其貌不揚的黑漆方盒，一看就是有些年頭了。

豈料謝氏還沒伸手去接，那高氏又笑道：「二夫人，您給姪媳婦準備了什麼呀？」

謝氏聽了，微不可見地皺了皺眉，暗想這矮胖婦人到底是誰，怎麼好似渾然不懂規矩似的，說起話來總是這樣咄咄逼人。

董氏瞧見謝氏眉間那一閃而過的不耐之色，輕輕拍了拍謝氏的手，笑道：「也不是什麼好東西，不過是我出嫁前母親為我準備的一套赤金頭面。當年因為捨不得，一直沒有拿出來戴過，待到捨得的時候，卻發現自己戴不了這花俏的式樣了。」

說笑間，她親自打開那黑漆方盒，一套式樣考究、做工精細的赤金鑲玉觀音蓮頭面赫然在列，挑心、頂簪、分心、掩鬢、釵簪一應俱全。

這一套頭面，一看便知用料至少不下二十兩，即便是在十多年前，不花上一、二百兩銀子，銀樓根本打不出來。

董氏的這份見面禮一出手，瞬間把齊氏這個婆婆送的見面禮都給比了下去。

齊氏瞪了她大嫂高氏一眼，心中暗怪她多事。

「咦？怎麼回事？為什麼做嬸嬸的見面禮比婆婆給的還貴重？」在齊氏想要快些糊弄過去時，東府的唐氏卻突然站出來，她用帕子掩著嘴，誇張地笑道：「大嫂，妳恐怕還得再添添吧！」

齊氏的嘴角扯了扯。

昨晚紀容海讓她拿出那支新打的鳳釵時，已經是剜她的肉了，現在居然讓她再添一點，豈不是要她的命？

和齊氏做了這麼多年妯娌的唐氏，自然知道齊氏那混進不混出的個性，見齊氏半天都不吭聲，她伸手按住董氏手中的黑漆方盒，有些俏皮地笑道：「二嫂，咱們先別忙，大嫂不把給媳婦的見面禮再添上一點，咱們這個也不給了。」

說著，唐氏的眼神不斷往齊氏的頭上瞟去。

齊氏的手下意識地往頭上摸去，可當她碰到頭上那支鑲紅寶石雲鬢花顏金步搖時，臉色卻露出了遲疑。

唐氏卻絲毫沒有想放過齊氏的意思。她眼神揶揄地瞧著齊氏，恍若齊氏不將頭上那支步搖拿下來，她不甘休一樣。

謝氏瞧了便心慌起來。

她一個新媳婦，哪裡遇過這種事？

她求救似地看向身邊的紀昭，紀昭卻回了她一個少安勿躁的眼神，藏在袖子裡的手更是輕輕地握了握她的手，讓謝氏頓時安心不少。

——未完，待續，請看文創風718《紅妝攻略》3

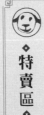

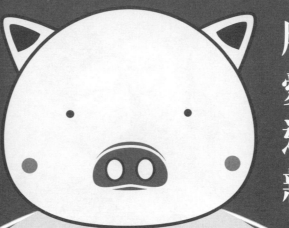

莫顏

文中帶趣　趣中藏情

為了查清前世枉死的事，關雲希和沈穩內斂的褚家貴公子有了意外交集，
這男人説來也怪，明明對她無情，卻又老愛來招惹她，
她為了查案與他周旋，漸漸發現他不一樣的一面，
還驚覺當初背叛她、害她的人，竟是……

文創風 715《娘子招人愛》【重生之二】

關雲希被退婚的那一天，一時想不開，投湖自盡了。
她被救醒的那一刻，打了褚恒之一拳，這一拳，自此叫這男人給記上了。
借屍還魂後的關雲希，不在乎退婚這種芝麻綠豆的小事，
也不在乎官家千金的身分地位，更不在乎英俊的未婚夫愛誰、娶誰。
她重生後只有一個目的，就是繼續前世未完成的大業，
領著一幫兄弟拚前途，拚一個安身立命之地。
偏偏有個男人看不下去，不准她不在乎官家千金的身分地位，
也不准她不在乎退婚，更不准她不在乎他愛誰、娶誰，這可惹惱了關雲希。
「褚恒之，你有病嗎？憑什麼管我？」她神色冰冷。
「就憑妳我有婚約在身。」他俊容冷酷。
「咱們不是退婚了？」
「我還沒答應。」
她冷笑。「你答應不就得了？」
他笑得更冷。「妳都投湖了，所以退婚之事被取消了。」
這下子她笑不出來了。

隊友好康報：2/12出版，書展期間特價75折！

三石

脈脈柔情　寫下生死相許

前世她嫁得看似風光，卻落得夫妻不睦，最後被丈夫與小三陷害，
這一世她定要避得遠遠的，重新為自己找個出路！

文創風 716-720 《紅妝攻略》 全套五冊

從侯夫人淪落為流民，又遭夫君與小三聯手害死，
沈君兮想，大約是自己的不甘和委屈太深，才換得一個重生機會——
只是怎麼卻回到了六歲那年，母親剛逝，父親一蹶不振，
家裡一團亂，誰會聽個六歲小孩的話呢?! 唉，也只得硬著頭皮試試，
反正先把前世那個吞了母親嫁妝的嬤嬤弄走，
再順勢清理父親身邊的通房，免得日後成了姨娘來磋磨自己……
沒想到她頭一次清內宅就上手，卻也引得父親關注，
決定把喪母的女兒送回京城的岳家，圖個大家閨秀的將來；
好吧，她這是聰明反被聰明誤，既然要回去當個國公府的小姐，
不如先裝小、裝傻，摸清了外祖的底，她才知道怎麼避過前世的夫家！
畢竟能重活一回，她才不想再跟那些極品親戚們扯上干係，
不過她費心避開了京城的名門世家，怎麼卻多了皇子們圍在身邊呢?!

隊友好康報： 2/12陸續出版，書展期間特價75折！

閃亮亮過年主打星

指定書單單本80元，任選8本以上每本50元

還差一咪咪就可滿千免運嗎？快到過年主打星專區挖寶去！

左薇《這一次，我愛你》

姜瑞禾日理萬機，與對婚姻不忠的妻子早已貌合神離，
誰知妻子從醫院回來後，竟然變得像是另外一個人，
以前和他相敬如「冰」，現在會對他壁咚又強吻？

季葒《婚事大吉》

既然爺爺開出條件，要求他必須娶妻才能繼承家業，
並嚴苛的規定他非得挑選個門當戶對的千金小姐不可，
那麼他當然會配合，以婚姻來換取自己穩固的地位！

金妍《玉人鬥郎》

即使恩師叮囑過他命中注定得遭逢一場桃花劫，
若逃不過，只有死路一條，
但彷彿前世有約，打從練珊瑚出現後，
蔚長風的一顆心就全放在她身上！
就算她真是桃花劫，他也決心義無反顧面對，生死無悔。

柚心《相公意外換人做》

他不過出個差，卻遇上意外，眼看大好人生、光明前途就要完了，
但醒過來一看——嘩，自己居然「穿」了！
這新身分是蘇州寧家的少主寧拓然，聽來響亮，其實頭大……

陶樂思《美宅男，自投羅網》

花藝設計師馮悅平時最愛蒔花弄草，即使再累也甘之如飴，
所以購屋時，便以有庭院的一樓為目標，偏有人捷足先登，
瞧瞧那個幸運買主毫不珍惜，院子花草全死光，活像廢墟！

橙諾《見鬼才愛你》

王遠慮，務實的完美主義者，只信親眼所見、親耳所聽，
妖魔鬼怪在他眼中全是屁，招搖撞騙的神棍他更是不屑，
怎知一遇到那女人，所有鐵齒理論全被推翻……

更多書單請見官網→ love.doghouse.com.tw

風 文創
717

紅妝攻略 2

國家圖書館出版品預行編目資料

紅妝攻略 / 三石著. --
初版. -- 臺北市 : 狗屋, 2019.02
冊 ; 公分. --（文創風）
ISBN 978-986-328-962-3（第2冊：平裝）. --

857.7　　107022444

著作者	三石
編輯	張蕙芸
校對	黃薇霓　簡郁珊
發行所	狗屋出版社有限公司
地址	台北市104中山區龍江路71巷15號1樓
電話	02-2776-5889～0
發行字號	局版台業字845號
法律顧問	蕭雄淋律師
總經銷	知遠文化事業有限公司
電話	02-2664-8800
初版	2019年2月
國際書碼	ISBN-13　978-986-328-962-3

本著作物由廣州阿里巴巴文學信息技術有限公司授權出版

定價250元
狗屋劃撥帳號：19001626
網址：love.doghouse.com.tw　E-mail：love@doghouse.com.tw